JN440856

우리는 그렇게 어른이 되었다

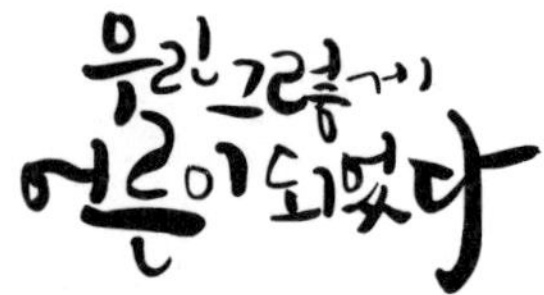

1판 1쇄 | 2017년 3월 10일
1판 2쇄 | 2018년 11월 5일

지은이 | 창신강
옮긴이 | 주수련
펴낸이 | 모계영
펴낸곳 | 가치창조
편 집 | U&J(글씸)
디자인 | U&J(글씸)
캘리그라피 | 임재승

등 록 | 제406-2012-000041호
주 소 | 서울특별시 영등포구 영신로220, 1101호(영등포동8가, KnK디지털타워)
전 화 | 070-7733-3227 팩 스 | 02-303-2375
이메일 | shwimbook@hanmail.net

ISBN 978-89-6301-140-0 43820

가치창조 공식 블로그http://blog.naver.com/gachi2012
단비청소년은 가치창조 출판그룹의 청소년 책 전문 브랜드입니다.

우린 그렇게 어른이 되었다

창신강 지음 | 주수련 옮김

단비청소년

차 례

샤오이 이야기

샤오이가 처음 무대에 서 본 건 초등학교 5학년 때였다. 무대 위에서 한 것은 지극히 평범했다. 동화 구연이었는데, 이야기도 3분 30초 정도 분량으로 그리 길지 않았다. 샤오이는 부동자세로 서서 입도 크게 벌리지 않아, 무대에서 좀 떨어진 곳에 앉은 학생들은 흡사 녹음 소리를 듣는 것 같았다. 학생 중 누구도 샤오이가 무엇을 했는지 기억조차 하지 못했다.

사실 샤오이가 무대에 오르게 된 것은 담임선생님이 열성적으로 준비하던 공연이 취소되었기 때문이었다. 공연의 여주인공 역을 맡은 학생이 갑자기 심하게 목이 쉬어 노래는커녕 목소리조차 내지 못했다. 약도 먹어 보고 배며 얼음 사탕까지 동원해 보았지만, 목은 회복되지 않았다. 그래서 결국은 샤오이가 대신해서 무대에 오르게 된 것이다. 샤오이는 그때 3분 30초짜리 동화 구연을 하면서 얼마나 가슴이 뛰었는지 기억하고 있다. 스스로 눈물을 흘릴 만큼 감동적인 순간들이었다. 3분 30초 동안 중간에 한 번도 막히는 곳 없이 물 흐르듯 유창하게 말을 이어갔다. 구연을 마쳤을 때 무대 아래에서는 청중들의 우레와 같은 박수 소리가 울려 퍼졌다. 어느 정도 시일이 지나서야 샤오이는 그때 들은 우렁찬 소리가 실은 박수 소리가 아니라 자신의 머릿속에서 울린 굉음이었음을 깨달았다. 너무 긴장한 나머지 그것을 박수 소리로 착각한 것이다. 무대의 막이 내리고 담임선생님은 공연에 대해 총평을 하면서 샤오이를 언급했다.

"우리 반 샤오이도 무대에 올랐다."

샤오이는 얼굴이 발개졌다. 내심 선생님이 무언가 더 말해 주기를 기대했지만, 그게 다였다. 선생님은 딱 그 말만 하고는 무대에 오른 다른 학생에 관해 이야기하기 시작했다.

하지만 샤오이는 잊을 수 없었다. 5학년 때의 그 새해맞이 공연은 앞으로도 영원히 잊지 못할 것이다. 그날 창밖에는 눈이 흩날리는 추운 날씨였지만 샤오이는 속에 입은 옷이 다 젖을 정도로 긴장과 흥분으로 달아올라 있었다. 비록 선생님의 칭찬은 듣지 못했지만 샤오이의 머릿속에는 이마저도 막대사탕처럼 달콤한 기억으로 남아 있었다.

샤오이는 여섯 살 때부터 혼자 자야 했다. 그동안 계속 엄마와 함께 자다가 갑자기 자기 방에서 혼자 자는 것이 두려워 첫날에는 도무지 발이 떨어지지 않았다. 엄마는 샤오이가 그때까지 한 번도 들어본 적 없는 매몰찬 말투로 이렇게 말했다.

"오늘부터는 샤오이 혼자 자야 돼. 우리 샤오이도 벌써 여섯 살이나 됐잖니. 바로 오늘, 첫날이 가장 중요한 거야."

엄마, 아빠의 단호한 눈빛을 보며 샤오이는 이 '첫날'을 결코 피해갈 수 없음을 깨달았다. 어쩔 수 없이 베개를 끌어안고 울고 싶은 심정으로 자신의 방을 향해 발걸음을 옮겼다. 샤오이의 방은 2평 남짓밖에 안 되었지만, 어린 샤오이에게는 너무나 큰 공간이었다. 샤오이는 방문 앞에 서서 자기 자신과 필사적으로 싸웠다. 뒤에서 그런 딸을 주시하고 있던 엄마는 딸의 눈에서 눈물이 흘러내리는 것을 보고는 샤오이의 방으로 함께 들어갔다. 그리고 샤오이에게 두려움을 이겨낼 한 가지 방법을 일러 주었다. 바로 머리맡의 등을 켜 놓는 것이었다. 샤오이, 어둠이 가장 무서워하는 것은 빛이란다. 빛이 있으면 어둠은 금세 자취를 감추고 말아…….

샤오이는 엄마의 말에 고개를 끄덕이면서도 불안이 완전히 가시지는 않았다. 어둠이 완전히 사라지지 않고 가까운 곳에 숨어 있다가 어느 순간 나타나 자신을 묻어 버릴 것 같았기 때문이다.

샤오이는 한밤중까지 잠을 이루지 못했다. 눈을 감으면 금방이라도 어둠이 깨어나 자신을 향해 침대 위로 스멀스멀 기어 올라올 것만 같았다…….

이튿날 아침, 샤오이는 눈을 뜨자마자 엄마, 아빠에게 달려갔다.

"어젯밤에 누가 내 창문을 두드렸어요. 탕탕탕, 탕탕탕……. 못 들으셨어요?"

그러자 아빠가 대꾸했다.

"이런, 겁 먹었구나. 누가 널 놀래 주려 7층까지 올라가 창문을 두드리겠니? 떨어지면 어떻게 되려고."

샤오이가 머리를 쥐어짜 생각해 낸 구실을 아빠는 아주 간단히 꿰뚫어 보았다.

그날 밤, 샤오이가 잠자리에 누웠을 때 아빠가 들어왔다. 아빠는 무서워 잠 못 이루는 딸을 위해 이불로 몸을 반 정도 숨길 수 있는 작은 '동굴'을 만들어 주었다. 샤오이가 동굴에 들어가자, 아빠는 샤오이가 잠들 때까지 여기 있을 거라며 동굴 입구에 엎드렸다.

반쯤 감긴 눈으로, 아빠가 동굴 입구에 엎드려 자기를 지켜 주고 있는 모습을 보면서 샤오이는 더없이 든든하고 행복했다. 그런데 얼마나 지났을까, 아빠가 동굴 입구에서 꼼짝도 안 했다. 샤오이는 손을 뻗어 아빠의 귀를 잡아당겨 봤다. 아빠는 이미 피곤에 지쳐 잠들어 있었다.

샤오이는 눈을 번쩍 떴다. 동굴 밖 아빠를 어둠으로부터 지켜야 했다. 샤오이는 먼저 아빠의 안전을 위해 아빠의 오른손을 조심조심 동굴 안으로 옮겼다. 그런 다음 아빠의 오른손 집게손가락을 꼭 쥐고 잠이 들었다.

샤오이가 처음 빵을 먹기 시작한 것은 한 살 때였다.

어느 날 아침, 처음으로 빵을 씹는데 무언가 보드랍고 쫄깃한 것이 한 알 입안에서 굴러다니는 것이 느껴졌다. 어린 샤오이는 입속에 손을 집어넣어 그것을 꺼내 보았다. 모르는 것이었다. 샤오이는 얼른 그것을 입속에 다시 넣고 꼭꼭 씹으면서 거기서 배어 나오는 달짝지근한 맛을 음미했다. 그것이 입속에서 사라지는 것이 싫었다. 태어나서 처음 맛보는 은은한 달콤함이었다. 사탕처럼 달아서 이를 썩게 하고 아프게 해 다시는 먹고 싶지 않게 만드는 그런 단맛이 아니었다.

샤오이는 그것을 삼키지 않고 입에 물었다. 이 아래 있다가는 자칫 산산조각이 날까 봐 혀 밑에 밀어 넣어 잘 보관해 두었다. 오전 내내 샤오이는 입을 오물거리며 입속에서 그것을 지켜 냈다.

샤오이의 치아 건강에 누구보다 예민한 엄마가 곧 이를 알아차렸다.

"샤오이, 너 계속 뭐 먹고 있어? 사탕은 하루에 두 개밖에 안 된다고 했지? 오전 내내 뭘 그렇게 오물오물 씹고 있는 거야? 엄마가 다 봤어. 입 벌려 봐. 뭐 먹는지 보게."

샤오이의 엄마는 어린 시절 치아 관리를 잘 못해서 이 상태가 매우 안 좋았다. 세 개는 일찌감치 뽑아냈고 세 개는 치료를 받았는데, 지금도 다른 세 개가 흔들리고 있어 치과를 찾아야 할 형편이었다.

샤오이는 입을 꼭 다물고 엄마의 검사를 거부했다. 하지만 샤오이의 치아 관리에 있어서만큼은 누구보다 엄격한 엄마였다.

"입 벌려!"

엄마의 위협적인 목소리에도 샤오이는 고집을 꺾지 않았다. 그러자 엄마는 직접 보여 주는 것이 낫겠다 싶어 입을 벌리고 샤오이에게 엉망진창인 자신의 이를 보여 주었다.

"엄마 이 좀 봐. 이를 잘 보호하지 않으면 너도 이렇게 돼. 그러면 아무것도 못 하고 매일같이 치과에 가서 이를 뚫고, 나사로 조이고, 망치로 두드리고……."

그러자 샤오이는 입을 벌렸다. 엄마가 묘사한 이 치료 과정은 생각만 해도 피가 철철 흐르는 끔찍한 것이었다. 엄마는 샤오이의 입 아래 손바닥을 폈다.

"뱉어 봐!"

샤오이가 엄마 손에 뱉어 놓은 것은 이미 형체를 알아볼 수 없었다. 아무리 들여다보아도 엄마는 그것이 무엇인지 알 수 없었다.

"이게 대체 뭐야?"

엄마는 샤오이가 무슨 이상한 것이라도 먹었을까 걱정이 되어 서둘러 코끝에 대고 냄새를 맡아 보았다. 무언가 음식인 것 같긴 한데 이미 향이 다 빠져나간 상태라 아무리 코를 가까이 대 보아도 아무 냄새도 나지 않았다.

하지만 샤오이는 그 향을 잊지 않고 자신의 후각 깊은 곳에 고이 간직해 두었다.

"그거 빵 속의 건포도 아니었을까?"

샤오이의 중학교 반 친구 자오자오가 맞은편에 앉아 콜라 속 얼음을 아작아작 씹으며 말했다.

"지금 생각해 보면, 건포도인 것 같아."

“건포도가 아니고 뭐겠어?”

자오자오는 더 깊이 생각하지 않았다. 겨우 한 살 때 기억에 샤오이처럼 무슨 환상을 품고 싶지도 않았다. 한 살 때 맡은 냄새가 어떻게 아직 기억에 남아 있을 수 있어? 자오자오가 보기에 샤오이는 별 것 아닌 어린 시절 일에 지나치게 집착하는 것처럼 보였다.

“근데 한 가지 이해가 안 되는 건, 그렇게 큰 빵 속에 어떻게 건포도가 딱 한 알만 들어 있었느냐는 거야.”

샤오이의 말에 자오자오는 입에 넣고 씹으려던 얼음을 도로 뱉고 대꾸했다.

“그건 더 쉽지. 빵 만드는 사람은 동시에 여러 종류의 빵을 만들잖아. 어떤 빵은 건포도가 많이 들어가고 어떤 빵은 네가 한 살 때 먹은 그런 보통 빵이겠지. 아마 네가 두 살 때나 세 살 때 먹은 빵도 그런 빵이지 않았을까? 빵 만드는 사람은 보통 빵을 만들면서 건포도 한 알을 빵 속에 넣어 반죽했고, 이 행운의 빵은 잘 구워져서 네 엄마에게 팔린 거지. 너희 집 세 식구가 네 기억 속의 그 특별한 아침 식사를 할 때 세상 다시없을 행운아인 네가 그 빵을 먹게 된 거고…….”

행운아 샤오이는 한 살 때 만난 그 행운을 위해 콜라 잔을 들어 자오자오의 잔과 부딪쳤다.

“그 건포도를 위하여!”

자오자오는 콜라 속 얼음을 다시 입에 부어넣고 아작아작 소리를 냈다.

"응? '네 행운을 위하여'가 아니고 왜 '그 건포도를 위하여' 야?"

"당연히 '그 건포도를 위하여'지. 오늘 이 순간까지 난 그렇게 맛있는 건포도는 먹어본 적이 없으니까."

그 말에 자오자오는 크고 예쁜 두 눈을 동그랗게 떴다.

"정말?" 그리고 이내 몸을 돌려 가게 종업원을 불렀다.

"여기 건포도 있어요?"

남자 종업원이 대답했다.

"7, 8가지 종류가 갖춰져 있습니다. 모두 원산지에서 직접 들여온 것들이에요. 신장 남쪽 지역 것도 있고, 북쪽 지역 것도 있고……. 투루판(중국 신장웨이우얼 자치구 가운데, 우루무치 동남쪽에 있는 도시 —옮긴이)에서 들여온 것도 있어요."

자오자오는 종업원에게 그 여러 종의 건포도들을 한 접시에 담아다 달라고 부탁했다. 종업원이 건포도를 준비하러 들어가자 샤오이가 속삭였다.

"나더러 그걸 다 먹으라고?"

"네 병을 치료해 주려는 거야."

자오자오가 대답했다.

"내가 무슨 병에 걸렸는데?"

"어린 시절 건포도 망상증."

"오늘 일고여덟 가지 건포도를 다 먹어보면 낫게 될까?"

"적어도 다시는 그 옛날 건포도를 입에 올리진 않겠지."

샤오이는 더 대꾸하지 않았다. 자오자오에게 어떤 감성적인 것을 기대하기는 어려웠다. 자오자오는 밝고 씩씩했지만, 기억해야 할 것과 기억하지 않아도 될 것을 딱히 구별하면서 살지 않는, 섬세한 데라고는 없는 친구였다. 말은 그렇게 했지만 샤오이는 그 건포도를 절대 잊을 수 없다는 것을 잘 알고 있었다.

샤오이의 또 다른 친구, 페이페이는 다른 반 아이였다. 자오자오와 먼저 아는 사이였는데 자오자오가 샤오이에게도 소개해 줬다. 그 전에도 샤오이는 학교 복도에서 페이페이를 종종 마주치곤 했다. 짧은 커트 머리에, 남학생들과 곧잘 주먹으로 툭툭 치거나 발로 차면서 이야기하고 있는 페이페이를 보며 처음에는 남자아이인지 여자아이인지 잘 구별할 수 없었다.

사실 지금도 샤오이는 페이페이를 그다지 좋아하지 않았다. 페이페이와 같이 뭘 먹거나 영화를 볼 때는 자오자오와 함께 있을 때뿐이었다.

페이페이가 있을 때는 자오자오도 평소보다 말수가 좀 줄었고 샤오이는 원래 조용한 편이라 셋이 모이면 페이페이 혼자 시끄럽게 떠들었다. 그렇게 페이페이의 이야기를 가만히 듣고 있으면 페이페이가 자신의 일상에 자꾸만 끼어들려는 것 같아 조금 당황스러웠다.

마침내 페이페이가 말을 멈추고 샤오이를 보며 물었다.

"샤오이, 왜 그렇게 말이 없어? 나한테 네 얘기도 좀 해 봐."

분명 자오자오가 옆에 있는 것을 뻔히 알면서도 굳이 '우리한테'가 아닌 '나한테'라고 말하는 페이페이. 이런 면에서도 자기중심적인 것이 느껴졌다.

한번은 자오자오와 둘만 있을 때 샤오이가 물었다.

"넌 페이페이랑 어떻게 알게 된 거야?"

자오자오는 샤오이가 페이페이에 대해 어떻게 생각하고 있는지 모른 채 아무 생각 없이 대답했다.

"언제인지는 잊어버렸는데 우연히 꽤 오래 같이 이야기할 기회가 있었어. 무슨 일인가로 그날 남학생들이랑 여학생들 모두 복도에 한데 모여 있었고, 그때 페이페이가 옆에 있었거든. 아무튼, 같이 이야기하다 보니까 서로 공감되는 것도 많고 말이 잘 통하더라고."

"어떤 점이 공감됐는데?"

샤오이는 페이페이에 대한 자오자오의 개인적인 느낌과 생각을 알고 싶었다.

자오자오는 잠시 생각에 잠기더니 이렇게 대답했다.

"예를 들면, 나는 아빠랑 사이가 안 좋아. 페이페이도 자기 아빠랑 사이가 안 좋고. 걔네 엄마랑도."

"그게 다야?" 샤오이가 물었다.

"응, 그게 다야."

고작 그게 이유야? 샤오이는 정말 이해할 수 없었다.

하지만 자오자오의 표정은 오히려 '그거면 된 거 아냐?'라고 되묻고 있었다.

얼마 지나지 않아 샤오이는 페이페이가 직접 하는 이야기를 통해 페이페이의 부모님에 대해 좀 더 자세히 알게 되었다. 페이페이의 엄마는 자기 생활이 뚜렷한 사람이었다. 시간을 쪼개 요가를 배우고 벨리댄스 학원도 다니면서 20대 아가씨처럼 몸매를 가꾸는 데 열중했다. 페이페이는 그런 엄마가 마음에 안 들어 종종 싫은 소리를 하곤 했다.

"온종일 벨리댄스나 추러 다니고, 그거 해서 뭐하려고?"

그러면 페이페이의 엄마는 조금도 주저하지 않고 대답했다.

"내가 하고 싶으니까!"

벨리댄스를 추는 엄마 이야기를 할 때 페이페이는 마치 어느 고대 늙은 마녀가 인간 세상을 휘젓고 다니는 것을 묘사하는 듯한 표정을 지었다.

"엄마답지 않아."

당시 셋이서 이야기할 때는 분위기 때문이었는지 샤오이도 페이페이의 엄마가 좀 지나치다고 생각했다. 그날, 집으로 돌아오니 엄마가 또 양치질 잘하라는 잔소리를 늘어놓기 시작했다. 위아래로 닦고, 좌우로도 닦아야 해. 치아 관리 못해서 나중에 이 잘못되면 누구도 원망 못해. 벌써 십 년이 넘게 들어온 잔소리였다. 엄마는 이 잔소리를 끊임

없이 되풀이하고 있었다. 샤오이는 순간 짜증이 확 치밀었다.

"엄마, 잔소리 좀 그만해. 나도 이제 중학생이야. 엄마한테 양치질 하는 것까지 간섭받아야 돼? 내가 무슨 정신지체아야? 하루가 멀다고 이 잘 닦나 안 닦나 감시하고, 중간고사, 기말고사, 쪽지시험 성적표 기다리고, 내가 무슨 대학 갈지 신경 쓰고……. 지치지도 않아? 엄마도 다른 아줌마들처럼 요가도 배우고 벨리댄스도 추러 다니고 좀 그래 봐. 부엌일이랑 나한테 간섭하는 것 말고는 그렇게 뚱뚱해지도록 먹는 것밖에 모르잖아. 사람들이 엄마보고 복스러워 보인다고 하니까 진짜 그런 줄 알아? 딸은 말썽 없이 잘 자라고 있고, 아빠 사업도 잘되고 그러니까 그게 다 엄마가 만든 줄 아나 본데, 아니야. 엄마, 엄마도 좀 엄마 시간을 갖고, 운동도 하고 그래. 그 배도 좀 어떻게 하고, 엄마 건강에 대해서도 좀 신경 쓰라고요!"

샤오이가 이렇게 많은 말을 단숨에 쏟아내기는 처음이었다. 멍하니 샤오이의 말을 듣고 있던 엄마는 그동안 편안하게 잘 붙어 있던 살들이 순간 부들부들 떨리면서 돌연 거북스러워지는 것을 느꼈다. 엄마는 옷자락을 들쳐 샤오이가 말한 자신의 배를 잠시 들여다보다가 이윽고 입을 열었다.

"내 배가 왜 이렇게 나왔는데? 나오고 싶어서 나왔니? 엄마가 뱃살 쳐다보고 있을 시간이 어디 있어? 뭐, 요가? 벨리댄스? 엄마가 그런 거 하는 사람이니?"

두 사람 사이에 한창 입씨름이 오가던 그때, 아빠가 퇴근하고 집으로 돌아왔다. 샤오이와 엄마 모두 흥분한 상태였다.

"둘이 싸웠어? 별일이네."

샤오이는 더 말하고 싶지 않아 자기 방으로 들어가 버렸다. 엄마는 아빠를 붙잡고 조금 전에 있었던 일을 큰 소리로 이야기하기 시작했다. 반은 아빠에게 하는 하소연이고 반은 방 안에 있는 샤오이더러 들으라는 거였다.

샤오이는 조금 불안해졌다. 엄마의 이야기를 듣고 아빠가 어떤 반응을 보일지 몰라서였다. 그런데 뜻밖에도 아빠는 이야기를 다 듣더니 이렇게 말했다.

"내가 보기에는 우리 샤오이가 엄마를 생각해서 한 말 같은데. 당신도 자신만의 시간을 갖고 자기한테 투자하라는 거 아닐까?"

그러고는 샤오이의 방문을 향해 큰 소리로 물었다.

"그렇지, 샤오이?"

샤오이는 감동으로 가슴이 먹먹해지는 것을 느꼈다. 곧 조용히 방문을 열고 나와 엄마를 바라보며 말했다.

"제 말이 그 말이에요, 엄마."

"내 말이 맞지?"

아빠는 만면에 미소를 띠고 샤오이를 바라보았다.

샤오이는 그런 아빠 곁으로 가 아빠의 오른손 집게손가락을 꼭 쥐었다. 아직 화가 다 가시지 않은 엄마는 문득 생각이 난 듯 샤오이에게 물었다.

"샤오이, 네가 아까 말한 요가며 벨리댄스는 어느 집 엄마가 한다는 거니? 어디서 그런 걸 가르친대? 엄마도 좀 알아봐 줘라."

그러자 아빠가 샤오이 대신 대답했다.

"공부하기도 바쁜 애가 언제 알아봐? 내가 내일 알아봐 줄게. 운동이라니, 이거 우리 샤오이 칭찬해 줘야겠는데. 당신이나 나는 미처 생각지도 못했는데, 우리 샤오이가 일깨워 줬으니 말이야. 좋아, 그 보답으로 오늘 저녁은 우리 딸이 좋아하는 요리를 만들어 줍시다."

그때까지도 샤오이는 아빠의 오른손 집게손가락을 꼭 잡고 놓지 않았다. 문득 한 살 때 먹은 그 건포도 향이 기억 속에서 다시금 되살아나 샤오이의 마음을 따뜻하고 달콤하게 감싸고 있었다.

어느 날, 자오자오가 샤오이에게 다급한 목소리로 부탁했다.

"페이페이 좀 너희 집에 이틀만 재워주면 안 돼? 안 되면 하루라도!"

샤오이가 놀라 물었다.

"왜? 페이페이한테 무슨 일 생겼어? 어디 이사 가? 아니면 집에 물이라도 샌대?"

"페이페이 벌써 우리 집에서 이틀간 지냈어. 엄마한테 쫓겨났대."

"무슨 일로?"

"엄마한테 욕을 했다나 봐."

"엄마한테 욕을 했다고?"

샤오이는 깜짝 놀랐다. 평소 페이페이가 종종 자기 엄마에 대해 요가를 한다느니 벨리댄스를 한다느니 툴툴거리기는 했지만, 아무리 그래도 자기 엄마에게 욕을 하다니, 샤오이로서는 이해할 수 없는 일이었다.

"싫어. 재워줄 수 없어."

자오자오도 그런 샤오이를 탓하지 않고 오히려 이렇게 말했다.

"페이페이도 그래. 왜 엄마한테 욕을 해서는……. 우리 집에 이틀 있으면서도 샤워도 안 하고 발도 안 씻는 거 있지. 그뿐인 줄 알아? 말도 어쩌면 그렇게 앞뒤 안 가리고 입에서 나오는 대로 떠들어대는지……. 자정이 넘었는데 나더러 맥주 좀 갖다 달라는 거야. 그래서 우리 집에는 술 마시는 사람이 없어서 맥주 같은 거 없다고 했지. 그랬더니 큰 소리로 뭐라는 줄 알아? '너희 아빠도 안 마셔? 남자가 술도 안 마시고 인생 헛사는 거 아냐?' 나 참, 내가 다 민망해서 얼굴이 화끈거리더라. 결국에는 그 말이 우리 아빠 귀에 들어갔어. 아빠가 그때까지 안 주무시고 계셨거든. 어쩌면 페이페이가 또 무슨 일을 저지를지 몰라 못 주무시고 계셨는지도 몰라. 오늘 아침에 아빠가 나 불러서 페이페이 내보내라고, 다시는 그런 애 데려오지 말라고 하시더라고. 그렇지만 페이페이한테 어떻게 그렇게 말해? 나도 다른 방법이 없어서 널 찾은 거야. 정말 너희 집에라도 며칠 재워 주지 않으면 무슨 일이 벌어질지 몰라. 그래, 어쩔 수 없지, 뭐. 내가 다시 한 번 페이페이한테 엄마에게 죄송하다고 빌고 집으로 들어가라고 말해 볼게."

샤오이가 다시 페이페이를 만났을 때 페이페이는 매우 쌀쌀맞은 얼굴이었다. 내가 페이페이를 거절한 것을 자오자오가 있는 그대로 이야기했겠지. 자신이 엄마에게 한 일은 생각 안 하고, 정말 자기 하고 싶은 대로만 하는 이기적인 애야. 자기밖에 몰라. 샤오이는 페이페이 같은 친구는 없어도 상관없다고 생각했다.

페이페이는 샤오이에게 냉담한 태도를 보여 샤오이가 자신에게 미안한 마음이 들게끔 할 생각이었다. 그런데 샤오이 역시 자신과 똑같이 냉담한 태도를 보이면서 자신이 어떻게 대하든 조금도 신경 쓰지 않았다. 페이페이는 당황스러웠다. 자신과 매일 함께 빈둥대며 노는 아이들에게는 조금도 이런 기분을 느껴본 적 없었다. 하지만 자신과 일정한 거리를 두는 사람에게는 신경이 쓰였다. 샤오이가 바로 그런 친구였다. 두 사람은 며칠 동안 계속 말 없이 냉랭한 상태로 지냈다. 그러다 더는 답답함을 참지 못한 페이페이가 자오자오를 찾았다.

"샤오이 불러서 셋이 같이 비러제(하얼빈 시의 거리 이름 —옮긴이)에 가자! 내가 취두부 튀김 꼬치 쏠게!"

비러제에는 취두부 튀김 향이 온 거리를 진동할 만큼 취두부 가게가 즐비했다. 자오자오도 페이페이가 먼저 나서서 샤오이와의 관계를 풀어 보려는 것을 알고 곧장 샤오이에게로 달려갔다. 페이페이가 우리 셋이 같이 비러제에 가서 취두부 튀김 먹재! 자기가 쏜대!

"난 관심 없어."

샤오이가 쌀쌀맞게 대답했다. 샤오이가 가지 않으면 페이페이가 모처럼 나선 것도 아무 소용없었다. 자오자오는 다시 매달렸다.

"가자, 샤오이. 페이페이는 누구보다 너한테 사 주고 싶어서 가자고 하는 거야."

그래도 샤오이는 말이 없었다.

"가자, 가자, 응? 우리 셋이 계속 같이 다니면 얼마나 좋아. 난 우리가 이렇게 뿔뿔이 헤어지는 거 싫어……."

자오자오가 거의 애걸하다시피 하자 샤오이가 마침내 입을 열었다.

"가서 페이페이에게 한번 물어봐. 우리 사 주는 그 돈은 어디서 난 건지. 어디서 주워온 돈인지, 아니면 엄마한테 받은 돈인지. 엄마한테 받은 거라면, 그런 엄마한테 욕을 하는 애가 사람이니?"

딱 부러진 샤오이의 말에 자오자오는 그만 할 말을 잃고 말았다. 샤오이는 그런 자오자오를 남겨둔 채 휙 돌아서서 가버렸다. 사실 진작부터 해 주고 싶었던 말이었다. 자오자오가 전해 주는 말을 듣고 페이페이 역시 놀라 멍한 얼굴이 되었다.

어느 날, 샤오이의 아빠가 중요한 계약이 있어 회사 차를 타고 외지로 나갔다가 계약을 마치고 돌아오는 길에 그만 차 사고를 당하고 말았다. 하마터면 차가 전복될 뻔한 위험한 사고였다. 다행히 차는 가드레일을 들이받고 간신히 멈췄다. 차에 타고 있던 사람들은 너 나 할 것 없이 크고 작은 상처를 입었다. 샤오이는 소식을 듣고 심장이 멎을 듯 놀라 당장 병원으로 달려가려 했다. 엄마는 별일 아니라고, 그저 손이 차 문에 끼어 조금 다친 것뿐이라고 샤오이를 말렸다. 그래도 샤오이는 도무지 마음이 놓이지 않아 엄마를 졸라 아빠가 입원해 있는 병원으로 갔다. 병원에 도착하니 침대에 누워 책을 보고 있는 아빠의 오른손이 하얀 붕대로 칭칭 감겨 있었다. 마치 한겨울에나 끼는 큰 장갑 같았다.

아빠가 샤오이를 보고 미소를 지었다.

"입원까지 하고 싶지는 않았는데……. 아빠 금방 퇴원해. 뭐하러 수업도 안 마치고 달려왔어? 아빠 걱정돼서?"

샤오이는 붕대를 감은 아빠의 오른손을 보며 대답했다.

"아빠 많이 다쳤을까 봐서요."

아빠는 왼손으로 샤오이의 근심 어린 얼굴을 어루만지며 딸을 안심시켰다.

"아빠 아무 일 없어. 걱정하지 마."

그날 저녁, 엄마는 저녁을 차리면서 유난스레 말이 많았다.

"천만다행이지. 다행이고말고. 만에 하나 차가 전복되기라도 했어봐……."

듣다못해 샤오이가 한마디 했다.

"엄마, 이제 그만 좀 해요. 일어나지도 않은 일을 왜 자꾸 들먹이고 그래?"

"알았어, 알았어. 그만할게. 그래도 샤오이, 네 아빠 이만하면 정말 다행이지 않니?"

"아이참, 엄마!"

저녁을 먹으면서 왼손으로 젓가락을 쥔 아빠는 반찬을 제대로 집지 못하고 계속 식탁 위에 떨어뜨렸다. 샤오이는 불안한 눈으로 그런 아빠의 왼손을 줄곧 바라보았다.

"그런 눈으로 볼 것 없어. 수십 년간 오른손으로만 하다가 이렇게 왼손으로 하는 법을 익히는 건 다른 쪽 뇌를 발달시키는 거나 같은 거야. 아주 유익한 일이라고."

하지만 그로부터 열흘 정도 지나고, 샤오이는 아빠가 그 사고로 손가락 한 개를 잃었다는 것을 알게 되었다. 바로 오른손 집게손가락이었다. 아빠가 자기 눈을 피해 등 뒤로 손을 감추는 것을 보고 샤오이는 무언가 안 좋은 예감이 들어 외쳤다.

"숨기지 말고 저한테 보여 주세요! 아빠 손, 저한테 보여 달라고요!"

그 모습을 본 엄마는 그만 부엌으로 들어가 눈물을 훔쳤다. 샤오이가 아빠의 오른손을 마주하는 광경을 도저히 지켜볼 수 없었다. 아빠가 내민 오른손에서 샤오이는 친숙했던 그 집게손가락을 쥘 수 없었다. 슬픔이 차올랐다. 하지만 눈물이 나오지 않았다. 눈물샘이 무언가로 꽉 막힌 듯 눈물이 나오지 않았다.

샤오이는 혼자 거리로 나왔다. 바람이 불었다가 비가 왔다가, 변덕스러운 날씨였다. 거리 중앙의 화단에는 하얀 소녀상이 하나 있었는데, 소녀상의 예쁜 얼굴에도 흙먼지와 빗물이 흘러내려 한줄기 눈물 자국이 나 있었다. 그 눈물 자국은 소녀의 얼굴에서 지워지지 않고 아로새겨져 소녀를 영원히 슬픔에서 벗어나지 못하게 할 것 같았다.

샤오이는 자신이 바로 그 슬픈 소녀상이 된 것 같았다.

아빠는 여전히 왼손으로 식사했다. 오른손은 식탁 아래로 감추고 꺼내지 않았다. 집게손가락이 없는 오른손을 딸이 보게 하고 싶지 않아서였다. 샤오이 역시 아빠의 오른손을 보지 않으려 애썼다. 아빠와 눈이 마주치는 것도 피했다. 식사 때면 아빠는 여전히 식탁에 반찬을 떨어뜨리고 옷에 기름방울을 묻히곤 했다. 마치 이제 막 젓가락질을 배우는 유치원 아이 같았다. 마침내 샤오이가 먼저 말을 꺼냈다.

"아빠, 이제 그냥 오른손으로 식사하세요. 그렇게 힘들어하지 마시고요."

아빠는 애써 태연한 척 대답했다.

"아빠는 왼손을 쓰는 게…… 왼손을 쓰는 게 뇌를 발달시키는 거로 생각해서……."

"그만하세요. 아빠가 왜 그러시는지 저 다 알아요. 아빠는…… 제가 아빠 손을 보면 자꾸 생각날까 봐 그러시는 거죠……."

아빠의 눈가에 이슬이 맺혔다. 그리고 죄라도 지은 사람처럼 고개를 떨구며 중얼거렸다.

"다 아빠 잘못이야. 조심하지 못하고 하필이면 그 손가락을……."

아빠의 말에 샤오이는 그제야 막힌 것만 같던 눈물이 왈칵 터져 나와 그만 엉엉 소리 내어 울고 말았다.

눈이 내리는 계절이 다가왔다. 페이페이와 자오자오 그리고 샤오이, 세 친구는 다시 만나 함께 밥도 먹고 수다도 떨었다. 셋을 서먹하게 했던 기억들은 시간이 흐르면서 점차 희미해졌다. 이제는 셋이 모이면 페이페이와 자오자오도 조용히 입을 다물고 샤오이의 말에 귀를 기울이게 되었다.

샤오이는 한 살 때 처음으로 빵을 먹으면서 건포도를 발견한 이야기, 초등학교 5학년 때 처음으로 무대에 올라 사람들 앞에서 구연한 이야기 등을 함께 나누었다. 자오자오는 이미 들은 이야기였고 크게 달라진 것 없는, 그저 한 소녀의 추억거리라는 것을 알고 있었지만, 페이페이가 샤오이의 어릴 적 추억을 충분히 듣고 공감할 수 있도록 숨소리도 내지 않고 거북이처럼 조용히 앉아 있었다.

페이페이가 눈을 동그랗게 뜨고 물었다.

"네가 무대에서 구연했던 이야기가 그 이야기였어? 나 그때 무대 아래에서 애들이랑 너 보고 있었어. 무대 위에 있는 여자애가 대체 무슨 이야기를 하는 거야? 왜 혼자 울고 저러지? 이러면서 듣고 있었잖아. 진작 그 이야기 좀 들려주지. 또 다른 이야기는 없어? 다른 것도 이야기해 봐. 넌 다른 이야기도 많이 알고 있을 것 같아."

그래서 샤오이는 또 다른 이야기를 꺼냈다. 아빠의 오른손 집게손가락을 유별나게 좋아하던 어느 여자아이의 이야기였다. 이 이야기는 매우 길고, 세세한 부분까지 자세히 묘사되었다. 마지막에 여자아이가 아빠의 집게손가락을 더는 볼 수 없게 된 대목에 이르러 이야기는 끝을 맺었다. 샤오이의 표정은 담담했다. 오히려 이야기를 듣는 페이페이와 자오자오의 눈가가 붉어졌다. 두 친구는 눈물을 닦고 샤오이에게 물었다. 이 이야기는 어디서 읽은 거야? 우리도 그 책 좀 보여 줘!

샤오이가 대답했다. 어떤 이야기들은 책에서 읽은 것이 아니라 마음속에 담아 두고 잊지 못한 일들이라고…….

아부 이야기

아부가 태어날 무렵, 아부의 가족이 사는 도시는 낡고 오래된 건물들이 하나하나 철거되고 있었다. 그 자리에 새로 세워진 높디높은 새 건물들은 세련된 면모를 자랑하며 위풍당당하게 서 있었지만, 도시 한쪽에 늘 어두운 그림자를 던져 주었다. 사람들은 햇빛을 원하면서도 건물을 한없이 높게만 지으려고 했다. 아부가 태어날 즈음, 길모퉁이에서 우유를 팔던 노인은 이제 보이지 않았다. 형형색색의 포장지로 요란스레 포장된 대형 슈퍼마켓 우유에 밀려난 것이다. 길모퉁이 시멘트 단 위에는 우유 통이 놓였던 둥그런 흔적만 어렴풋이 남아 있었다.

아부가 태어나고 얼마 안 있어 첫 황사가 불어닥치면서 도시는 온통 누렇게 변했다. 아부는 태어난 지 만 1년쯤 되었을 때 몹시 아팠다. 감기도 아니고 몸에 열이 있는 것도 아닌데 정신을 차리지 못하고 자리에 누워 일어나지 못했다. 황사가 옅어지면서 병은 나았다.

아부는 싫다는 말밖에 할 줄 모르는 아이였다. 아빠가 밖에 나가서 놀다 오라고 해도 “싫어요.”, 엄마가 닭고기를 집어 주며 “이 비쩍 마른 것 좀 봐. 고기 좀 많이 먹으렴.”이라고 해도 “싫어요.”, 정말 싫다는 말을 입에 달고 살았다.

아부가 유아원에 들어갔을 때, 원장 선생님과 유아원 선생님들은 아부를 보며 놀라움을 금치 못했다. 선생님이 무슨 말을 해도 아무런 반응이 없었기 때문이다. 보통의 유아원 아이들은 어느 아이나 “우리는 말 잘 듣는 착한 어린이가 될 거예요!”, “맞아요!”, “네!”와 같은 말들을 곧잘 할 줄 알았다. 이러한 말들은 유아원에서 가장 먼저 배우고 가장 많이 하는 말이었다. 그만큼 원장 선생님과 선생님들이 아이들에게 가장 자주 가르치고 시키는 말이기도 했다. 하지만 아부한테서는 이러한 말들을 거의 들을 수 없었다. 이 때문에 어른들은 아부를 둔하고 늦되는 아이로 알았다.

놀랍게도 아부가 가장 먼저 배운 말은 욕이었다. 그중 가장 먼저 내뱉은 욕은 ‘개똥’이었다. 이것은 원장 선생님한테서 처음 들은 것이었다. 그때 원장 선생님은 바닥에 코를 흘린 한 남자아이를 꾸짖으면서 이 말을 내뱉었었다. 아부가 두 번째로 한 욕은 ‘돼지’였다. 이것은 유아원 음악 선생님한테서 배운 것이었다. 음악 선생님은 노래를 제대로 하지 못하는 아이를 향해 습관적으로 ‘돼지’라는 말을 썼다. 세 번째로 한 욕은 ‘젠장’이었다. 이 말은 처음 누구에게서 배웠는지 잘 기억나지 않았다. 원장 선생님도 이 말을 했고, 선생님들도 했고, 할아버지, 아빠, 엄마도 이 말을 했다.

하루는 유아원 대문 앞에서 승용차 한 대가 흙먼지를 뿌옇게 일으키며 지나갔다. 아이들은 모두 먼지 때문에 손으로 얼굴을 가렸다. 그 흙먼지 속에서 아부가 분연히 일어나 내뱉었다. "젠장!"

원장 선생님은 걱정스러운 얼굴로 아부의 아빠에게 이 사실을 전했다.

"아부가 욕을 하네요……."

"네? 우리 아부가 욕을 한다고요?"

아빠는 믿기지 않아 눈이 휘둥그레졌다.

아부는 세 살 때 윗집에서 기르는 긴 털을 가진 개한테 발을 물린 적이 있었다. 다행히 신발만 물어뜯기고 발은 살짝 멍이 든 정도로 그쳤다. 만약 맨발이었거나 샌들, 슬리퍼 같은 신발을 신고 있었다면 적어도 살점이 한 뭉텅이 뜯겨나갔거나 발 하나를 잃었을지도 몰랐다.

그 일 이후로 아부는 기괴한 생김새에 긴 털을 늘어뜨린 개만 보면 무섭고 싫었다. 그런 개들 몸에서는 항상 샴푸 냄새와 향수 냄새가 났다. 여자들이 그런 개를 안고 어르며 애칭을 부르는 소리를 들으면 아부는 자신도 모르게 콧구멍이 간질거려 금방이라도 재채기가 나올 것 같았다. 아부는 그런 개들보다 꾀죄죄하고 지저분한 개가 좋았다. 아부의 생각에 그런 꾀죄죄한 개들은 늘 배고프고 고생스런 환경에서 사는 개들이라 그만큼 사람을 볼 때 똑바로 바라보지 않고 항상 고개를 숙여 두려운 눈으로 볼 것 같았다.

그해 어느 가을날, 아부는 길에서 떠돌이 개 한 마리를 알게 되었다. 아부가 구운 소시지 한 개를 손에 들고 먹으면서 걷고 있는데 어느 개 한 마리가 아부의 뒤를 졸졸 따라왔다. 뒤를 돌아본 아부는 들고 있던 소시지를 개 앞으로 내밀었다. 막상 소시지를 받자 개는 덥석 물지 않고 잠시 주저했다. 정말 자신에게 주는 것인지 다른 의도가 있는지 몰라 망설이는 듯했다.

아부는 개의 생각을 읽고 소시지를 바닥에 던져 주었다. 그러자 개는 순식간에 먹어치웠다. 개가 소시지를 먹는 걸 본 아부는 돌아서서 가던 길을 갔다. 그런데 소시지를 다 먹은 개가 고개를 들고는 한바탕 길게 소리를 내지르는 것이었다. 그것은 평범한 개 울음소리가 아니었다. 마치 사람이 찬송가를 길게 부르는 것 같았다.

아부는 몰랐지만, 아부가 들고 있던 소시지를 먹은 그 개는, 그날이 명절과도 같았다.

아부가 또 자리에 앓아누웠다. 온 식구가 아부를 둘러싸고 어쩔 줄 몰라 하며 발만 동동 굴렀다. 예전에 왔던 의사가 다시 아부의 집을 방문하여 머리부터 발끝까지 온몸 구석구석을 진찰했다. 하지만 결과는 지난번과 마찬가지였다. 아부의 몸은 아무 이상이 없었다. 감기도 아니었고 열이 있는 것도 아니었다. 그런데도 아부는 자리에 누워 눈조차 뜨지 못했다. 의사는 고개를 흔들며 아빠에게 말했다.

"아드님에게 별일이 없으면 더는 전화하지 마십시오."

아부 때문에 내내 노심초사하고 있던 아빠는 그 말을 듣고 확 안색이 변했다.

"아니, 애가 아파서 저 모양으로 누워 있는데 의사에게 전화를 안 하면 대체 누구한테 하란 말이오?"

의사는 아부 아빠의 노한 기색을 보고는 황급히 자리를 떴다.

아부는 먹지도, 마시지도, 일어나지도 못했다. 그 누워 있는 자세도 퍽 이상했다. 마치 갓난아기처럼, 바깥세상에 대해서는 일절 아무것도 알고 싶지 않은 듯한 모습으로 누워 있었다. 그런 아부를 식구들은 어떻게 해야 할지 몰라 안절부절 바라만 보았다.

아빠는 커피 한 잔만 마시고는 하루 종일 아무것도 먹지 않았다. 엄마는 아부의 할아버지마저 쓰러질까 염려되어 죽을 쑤어 억지로 떠 넣어 주었다. 그때까지도 아부는 일어날 줄 몰랐다. 가족들은 아부가 얼른 눈을 뜨고 일어나 배고프다고 말해 주기만을 애타게 기다렸다.

그런데 그때, 문밖에서 누군가의 노랫소리가 들려왔다. 아부에게 온 정신이 쏠려 있던 식구들은 누구도 그 소리에 주의를 기울이지 않았다. 그 이상한 가락의 노랫소리가 집 밖에서 들려오자 그때까지 꼼짝 않고 누워 있던 아부의 귀가 조금씩 꿈틀거리기 시작했다. 한 차례, 두 차례……. 문밖의 노랫소리가 채 다 끝나지 않았을 때, 마침내 아부가 번쩍 눈을 떴다. 그리고 굳게 닫고 있던 입을 열었다.

"날 보러 왔어요. 문 열어 주세요……."

아빠가 얼른 달려가 문을 열었다. 문밖에는 고약한 냄새를 풍기는 더러운 떠돌이 개 한 마리가 서 있었다.

"들어와."

아부가 두 번째 한 말이었다. 개는 불안감을 감추지 못하면서도 집 안으로 들어왔다.

"나 방금 네가 부른 노래 들었어."

엄마는 놀란 눈길로 아들과 개를 번갈아 바라보았다.

"너 이 개를……어디서 알게 된 거니?"

아부가 연이어 입을 열었다.

"저 잠깐 나가서 놀다 올게요."

식구들은 종일 아무것도 먹지 못하고 누워만 있던 아부가 일어나 옷을 입고, 신발을 신고, 개와 함께 집을 나서는 모습을 놀란 눈으로 멍하니 지켜보았다. 문밖을 나서기 전 아부가 뒤돌아보며 말했다.

"저희 나가서 좀 놀다 올게요. 이따 뭐 먹을 것 좀 준비해 주세요. 내 친구는 구운 소시지를 좋아해요."

아부의 엄마는 아들에게 먹일 것에만 골몰해 아부가 마지막에 한 말은 까맣게 잊어버리고 말았다. 아부가 말한 구운 소시지는 식탁에 올라오지 않았다. 아부와 떠돌이 개가 돌아오자 엄마는 문 입구에서 개를 막아서며 말했다.

"개는 안 돼. 몸에서 더러운 냄새가 나잖니."

하지만 아부는 엄마가 말한 냄새 따위는 조금도 개의치 않았다.

"집에 들어오게 해 줘요."

집에 들어와 식탁 앞에 앉은 아부는 구운 소시지가 없는 것을 보고 물었다.

"구운 소시지는요?"

엄마는 식탁 위에 풍성하게 차려놓은 음식들을 가리키며 말했다.

"모두 네가 좋아하는 것들이야."

"내 친구가 먹을 소시지는 어딨어요?"

아부가 재차 물었다. 그제서야 아빠가 아들의 마음을 알아차리고 말했다.

"아빠가 나가서 구운 소시지를 사 오마."

아빠의 말에 아부의 기분은 잠시 가라앉았다. 문을 나서는 아빠에게 아부는 한 번 더 당부했다.

"고추가 들어간 것은 안 돼요. 내 친구는 매운 거 싫어해요."

옆에서 듣고 있던 엄마가 한마디 했다.

"엄마에게 그렇게 관심 좀 가져 봐라."

그날 저녁, 떠돌이 개가 집 문밖에서 기다리는 동안 아부는 태어나서 처음으로 엄마의 칫솔에 치약을 짜드렸다. 전에 없던 일이라 엄마는 놀란 눈으로 아부를 바라보았다.

"내 친구, 우리 집에 데려와서 같이 살고 싶어요."

엄마는 아들의 생각을 알아차렸다.

"그 떠돌이 개 빼고는 친구 누구든 집에 데려와도 돼. 그 더러운 개가 집에 들어오는 바람에 엄마가 그 냄새 지우느라 화장수를 반병이나 쏟아부었잖니. 너도 한번 맡아 봐. 아직도 집 안에 퀴퀴한 냄새가 안 빠지고 남아 있는 거."

"목욕시키면 돼요."

"안 돼!" 엄마는 단호하게 말했다.

어쩔 수 없이 아부는 문밖으로 나갔다. 떠돌이 개는 그곳에서 아부를 기다리고 있었다.

"오늘은 우선 네가 있던 곳에 가서 자. 내가 방법을 생각해 볼게."

개는 홀로 평소 자기가 지내던 보금자리로 갔다. 그곳은 커다란 쓰레기장이었다. 그때 하늘에서 빗방울이 떨어졌다. 개는 쓰레기 더미를 파고 들어가 앞발을 모아 엎드린 채 고개를 반만 내밀고는 아부가 오기만을 기다렸다.

잠시 뒤, 쓰레기차 한 대가 도착했다. 쓰레기차는 싣고 있던 커다란 쓰레기 더미를 와르르 떠돌이 개의 보금자리에 쏟아부었다. 쓰레기 더미를 뒤집어쓴 채 쓰레기차가 떠나기를 기다려 개는 산처럼 쌓인 쓰레기들을 간신히 헤치고 천천히 밖으로 나왔다.

밖에 나와 온몸에 붙은 쓰레기들을 털어내는데, 문득 고개를 들어보니 어안이 벙벙한 얼굴로 자신을 바라보며 서 있는 아부의 모습이 보였다. 아부는 놀란 입을 다물지 못한 채 떠돌이 개를 바라보고 있었다. 개가 사는 곳이 자신이 생각했던 것보다 훨씬 더 열악했기 때문이다.

다음 순간, 아부는 쓰레기 산이 떠나가라 고함을 질렀다. 아부가 왜 갑자기 그렇게 울부짖는지 떠돌이 개도 얼른 이해가 가지 않았다. 그것은 아부의 분노였다.

쓰레기 산을 향해 목청껏 울분을 터뜨린 아부는 잠시 후, 두 손으로 눈앞에 있는 쓰레기들을 마구 파헤치기 시작했다. 쓰레기 더미에 큰 구멍이 생길 때까지 계속해서 파고 또 팠다. 뭔가를 찾는 것인지, 개는 영문을 알 수 없어 그저 아부의 행동을 가만히 지켜보기만 했다. 눈앞에 동굴 크기만 한 구멍이 생기자 놀랍게도 아부는 떠돌이 개처럼 웅크리고 그 안으로 들어갔다. 분노 끝에 아부는 자신이 직접 떠돌이 개와 같은 생활을 하기로 마음먹은 것이다.

떠돌이 개의 기억 속에 이토록 자신을 사랑해 주는 사람과 함께 잠자리에 든 적은 단 한 번도 없었다. 그날 밤 떠돌이 개는 아부가 직접 만든 동굴 안에서 조용히 아부의 품속에 파고들어 세상 누구보다 편안하게 잠이 들었다.

이튿날, 잠에서 깨어난 아부는 추위로 온몸에 한기를 느꼈다. 개의 몸은 아부의 몸보다 더 차갑게 식어 있었다. 개를 본 아부는 한동안 그 자리에서 움직이지 않았다. 그저 끝까지 감지 않은 개의 눈을 가만히 내려다보기만 했다.

떠돌이 개는 더없이 행복한 죽음을 맞이했다.

생의 끝자락에서 처음 사람의 온기를 느껴 본 떠돌이 개는 죽어서도 선뜻 하늘로 떠나지 못하고 도시를 배회했다. 오랜 시간 개의 영혼은 쓰레기장에 머물렀다. 이곳은 개에게 한없이 고생스러웠던 곳이자 처음으로 행복을 느껴 본 곳이었다. 개의 영혼에는 날개 한 쌍이 돋아났다. 아부라는 한 남자아이를 수호천사처럼 지켜주기 위함이었다.

어느 날, 매일같이 쓰레기장에 쓰레기를 한가득 쏟아붓던 쓰레기차에 불이 붙었다. 그날도 쓰레기차는 산처럼 쌓인 쓰레기 더미 위에 또 다른 쓰레기를 한 차 쏟아붓던 중이었다. 그런데 갑자기 차에 불이 붙더니 곧 화염에 휩싸였고, 얼마 후 차는 흔적도 없이 불타 없어지고 말았다. 차에 타고 있던 운전기사는 황급히 차에서 내려 몸을 피했다. 얼굴에 불이 붙어 비명을 질렀지만, 크게 다친 곳 없이 눈썹만 홀랑 타 없어진 것이 그나마 천만다행이었다. 사람의 얼굴에 눈썹이 없으니 무척 이상해 보이긴 했다. 마치 산소가 부족한 어느 별에서 막 튀어나온 외계 동물 같았다.

떠돌이 개가 떠난 후 아부는 3일 밤낮을 먹지도 마시지도 않았다. 아빠, 엄마는 속이 타들어 갔지만, 의사를 불러 링거로 체내에 꼭 필요한 것을 보충해 주는 것 외에는 할 수 있는 것이 없었다. 아부의 할아버지는 아부보다 더 쇠약해 보이는 몸으로, 아픈 손자와 그런 손자를 위해 아무것도 해 줄 수 없는 자신을 탓하며 말했다.

"아부가 나을 수만 있다면 내 몸의 장기라도 가져다 쓰거라. 우리 손자가 필요한 것이면 뭐든 가져가."

그러나 할아버지는 이도 거의 빠져 몇 개 남아 있지 않았다. 긴 의자에 누워 잠시 눈을 붙였다가 눈을 뜨면 첫 마디가 "아부는 자리에서 일어났느냐?"였다. 그런 다음에는 손가락을 입에 넣어 초등학생처럼 자신의 남은 이를 하나하나 세어 보고는 식구들에게 알렸다.

"나 아직 이 네 개 남았다."

5일째 되는 날 저녁에야 아부는 비로소 눈을 떴다. 죽은 듯이 꿈을 꾸고 또 꾸다가 꿈속을 헤어 나와 눈을 떠 보니 창문에 그림자 하나가 어른거리는 것이 보였다. 마치 한겨울 유리창에 얼어붙은 성에 같았다. 좀 더 자세히 들여다보니 그 그림자에는 한 쌍의 펄럭이는 날개가 달린 듯했다.

아부는 아빠, 엄마를 돌아보았다.

"창문 좀 보세요……."

식구들이 아부의 말을 듣고 창문을 바라보았을 때 그 그림자는 이미 사라지고 없었다.

날개 달린 그림자는 낮에는 좀처럼 나타나지 않았다. 이 때문에 아부의 생활도 밤낮이 완전히 뒤바뀌게 되었다. 아부는 낮에 자고, 밤이 되면 일어나 그 날개 달린 그림자가 오기를 기다렸다.

그뿐만 아니라 밤중에 어둠 속을 응시하는 버릇도 생겼다. 낮에는 졸려 흐리멍덩하게 풀려 있던 두 눈이 밤만 되면 고양이처럼 또랑또랑 빛을 발했다. 고양이가 제 배를 채울 쥐를 잡기 위해서라면, 아부는 그 그림자를 쫓기 위해서였다.

아부는 유리창에 나타나는 그림자가 떠돌이 개의 영혼이라는 것은 알지 못했다. 하지만 그 그림자가 자신을 위해 나타난다는 것만은 알 수 있었다. 아빠, 엄마, 그리고 거의 항상 집 안에서만 느릿느릿 돌아다니는 할아버지까지, 식구들을 붙잡고 유리창에 날개 달린 그림자를 본 적 없느냐고 물어봤지만, 식구들의 얼굴에는 도리어 두려운 기색이 감돌았다.

그들한테는 아무것도 보이지 않았다. 때는 여름이었고, 유리창은 공기처럼 투명하게 말끔했다.

식구들은 아부에게 무슨 문제가 생긴 것이 틀림없다고 생각했다. 태어날 때부터 지금까지 아부한테서 나타나는 이해할 수 없는 일들은 모두 아부가 생리적으로나 정신적으로 어딘가 병약한 데가 있어서 그런 것으로 생각했다.

아부가 초등학교에 입학하던 날, 지팡이를 짚은 할아버지를 비롯해 아빠, 엄마 모두 나서서 들뜬 마음으로 아부를 학교까지 데려다 주었다.

안타깝게도 학교에서의 낮은 아부에게 밤이었다. 아부는 1교시가 시작되자마자 곧바로 교실에서 잠이 들었다.

담임선생님은 얼굴이 쟁반같이 크고 둥글었다. 이름은 화마오였다. 선생님은 아부를 깨워 오늘은 매우 중요한 수학 문제인 1 더하기 1이 몇인지를 배우는 날이라고 말했다. 아부는 졸린 눈을 마지못해 뜨고 선생님을 올려다보았다. 선생님의 얼굴이 커다란 얼룩 고양이처럼 보였다. 아부는 1 더하기 1은 유치원에서 이미 배웠다고 말했다. 아부의 대답에 화가 난 선생님의 눈꼬리가 한껏 치켜올라갔다. 그러자 더욱 고양이를 닮은 모습이 되었다.

2교시에는 의자에 앉아 자는 것이 불편해 아예 바닥에 내려가 책상 밑에서 잤다. 거기서 자니 더는 깨우는 사람이 없어 좋았다.

그날 아부는 겨우 반나절만 학교에 있다가 마오 선생님한테 쫓겨나 집으로 돌아왔다. 아무것도 모르는 식구들은 다음 날 아침에도 할아버지가 지팡이를 짚고 앞장서고 아빠, 엄마가 그 뒤를 따르며 기운차게 아부를 학교에 데려다 주었다.

이날은 정말 보기 드물게 화창한 날이었다. 따뜻한 바람이 살랑이며 뺨을 스쳐 지나가고 반짝이는 햇빛은 하루를 시작하는 모든 이에게 희망이 샘솟게 했다. 물론 아부는 예외였다. 아부에게 지금 이 시각은 취침 시간이었다. 이날 아빠는 특별히 아부를 교실 안 아부의 자리까지 데려다 주었다. 아부는 책상 앞에 앉아 다정한 눈길로 아빠를 한 번 올려다보았다. 잠자리에 들기 전 침대에 데려다준 아빠에게 보내는 저녁

인사였다. 아빠의 모습이 교실 입구에서 사라지자마자 아부는 곧바로 꿈속으로 들어가 등굣길에 못 잔 잠을 보충했다.

수업이 시작되고, 교실에 들어선 담임선생님이 아부의 자리가 비어 있는 것을 보고 반 아이들에게 물었다.

"아부는 오늘 안 왔니?"

아이들이 돌아보니 아부는 또 책상 밑으로 내려가 누워 있었다. 선생님은 세상모르고 자는 아부를 책상 밑에서 끌어내 뺨을 찰싹찰싹 때렸다.

"일어나! 내가 누군지 똑바로 봐!"

잠에서 깬 아부는 화가 잔뜩 난 선생님의 커다란 얼굴을 흘깃 한 번 보고는 대답했다.

"마오 선생님이요."

그리고 100퍼센트 정답임을 확신하며 의기양양한 얼굴로 다시 잠을 청했다. 선생님은 머리를 쥐어뜯으며 금방이라도 미칠 것만 같은 얼굴로 외쳤다.

"이런 학생은 필요 없어! 정말 돌아버리겠네!"

그날 아부는 꿀 같은 단잠을 자던 중 어떤 여자가 죽을힘을 다해 자신을 쫓아오며 1 더하기 1이 몇인지 묻는 꿈을 꾸었다.

저녁이 되었다. 아부가 일어날 시간이었다. 아부는 아빠, 엄마, 그리고 연로한 할아버지의 밤을 방해하지 않도록 매일 식구들과 똑같은 시간에 씻고 양치하고 침대로 갔다. 침대에 누워 식구들이 모두 잠들기를 기다렸다가 아빠의 코 고는 소리가 들리면 눈을 뜨고 살그머니 일어나 혼자만의 '낮 시간'을 보냈다.

날개 달린 그림자는 날마다 정확한 시간에 유리창에 모습을 드러냈다. 이날도 아부는 맨발로 창문 가까이에 다가갔다. 창밖에는 안개가 자욱했다. 안개가 끼면 유리창 안쪽에 물방울이 맺히는 것을 아부는 알고 있었다. 집 안 온도가 바깥 온도보다 높기 때문이다.

그런데 이날은 창 바깥쪽에도 물방울이 맺혀 있었다. 아부는 곧 그 물방울이 무엇인지 알 수 있었다. 그림자가 눈앞에 서 있는 아부를 보고 눈물을 흘리고 있었다. 아부가 아직도 자신을 알아보지 못한 것 같아서였다. 하지만 아부도 이제 그 그림자가 누구인지 알고 있었다.

창밖에서 그림자는 아부를 향해 날개를 한번 펄럭였다. 아부에게 무언가 말하고 싶은 것이 있는 것 같았다. 그림자의 생각을 알아챈 아부는 신발을 신고 밖으로 나왔다. 그림자가 앞서 날아가고 아부가 그 뒤를 따랐다. 그림자가 이끄는 대로 달리고 또 달렸다. 그림자는 점점 더 빨리 날기 시작했고 그에 따라 아부의 발걸음도 빨라졌다. 어느 순간에는 두 발이 거의 공중에 뜨다시피 했다.

그렇게 그림자와 아부는 한밤중에 도시 한복판을 가로질러 변두리에 이르렀다. 그림자는 변두리 어느 쓰레기 산 앞에서 날갯짓을 멈췄다. 아부도 이곳이 떠돌이 개와 함께 밤을 보낸 곳임을 기억하고 있었다. 아부는 고개를 들어 허공을 향해 외쳤다.

"떠돌이 개야! 너 내 친구 떠돌이 개 맞지? 나 네가 누군지 알아!"

순간 떠돌이 개의 그림자가 어둠 속으로 사라졌다. 아부는 작별인사를 하려고 그림자가 사라진 쪽을 바라보았다. 그런데 문득 등 뒤에서 이상한 소리가 들렸다. 뒤돌아서 전에 자신이 판 쓰레기 더미 속 동굴을 들여다보니 동굴 안에 무언가 작은 것들이 한데 모여 바들바들 떨고 있었다. 강아지들이었다. 한 마리, 또 한 마리…… 모두 합쳐 세 마리였다.

아부는 다시 하늘을 올려다보고 큰 소리로 물었다.

"얘네 네 새끼야? 말해 줘!"

세 마리 강아지는 벌써 아부의 다리에 올망졸망 매달려 있었다. 아부는 이 강아지들이 떠돌이 개의 새끼인지 알고 싶어 강아지들을 안고 가로등 밑으로 가 보았다. 불빛 아래 비춰 보니 세 마리 강아지는 저마다 털 모양도 다르고 생김새도 크게 달랐다.

그때, 아부는 번뜩 깨달았다. 떠돌이 개의 그림자는 쓰레기 산을 떠돌다 이 가엾은 강아지들을 발견하고 구해 주고 싶어서 아부에게 도움을 청한 것이다.

떠돌이 개의 바람은 이루어졌다. 아부는 강아지들을 집으로 데려가 기르기로 마음먹었다.

아부가 강아지들을 집에 데려가기로 한 후 떠돌이 개의 그림자는 다시 나타나지 않았다. 그러나 아부는 떠돌이 개가 이대로 영영 가버리지는 않을 거라고 믿었다.

아부가 세 마리 강아지를 데리고 집에 돌아올 무렵 도시는 환하게 아침이 밝았다. 아빠는 문을 열다가 문밖에 서 있는 아부를 보고 소스라치게 놀랐다. 게다가 아들의 다리 밑에는 꼬질꼬질한 강아지들이 매달려 있지 않은가!

"그것들은 어디서 데려온 거니? 너 밤새 어디 갔다 온 거야?"

아부는 말 없이 강아지들을 집 안으로 데리고 들어갔다. 그제야 졸음이 밀려오면서 하품이 나왔다. 잘 시간이 된 것이다. 아부는 할아버지, 아빠, 엄마가 놀란 눈으로 지켜보는 가운데 세 마리 강아지와 함께 자신의 방으로 들어갔다. 할아버지가 지팡이로 바닥을 두드리는 소리에 비로소 아빠와 엄마는 퍼뜩 정신을 차렸다.

"우리 손자가 지금 뭘 하는 게냐? 저 개들은 어디서 끌고 왔누?"

아빠는 아부의 방문을 확 열어젖히고 말했다.

"당장 내다 버려!"

엄마도 옆에서 거들었다.

"네가 그렇게 개를 기르고 싶으면 엄마가 비싸고 좋은 개 사다 줄게. 집에서 기를 만한 깨끗한 개로 말이야. 왜 길거리에서 개를 주워오고 그러니? 엄마는 이런 개들 집에서 기르는 거 반대야. 어디서 이런 개들을 가져다가 집에 들여?"

엄마의 일장 훈시가 끝나자 할아버지와 아빠는 즉각 행동에 나섰다. 할아버지와 아빠의 손에 붙잡혀 집에서 내몰릴 위기에 처하자 강아지들은 아부를 에워싸고 아부의 몸에 필사적으로 달라붙었다.

할아버지가 들고 있던 지팡이로 그중 한 마리를 치자 강아지가 비명을 질렀다. 한 마리가 울자 다른 두 마리 강아지도 두려움에 떨며 낑낑깽깽거렸다.

강아지들의 울음소리에 마침내 아부가 폭발했다. 아부는 달려가 창문을 벌컥 열어젖혔다.

"강아지들을 쫓아내면 나도 여기서 뛰어내릴 거예요!"

순간, 할아버지, 아빠, 엄마의 손이 멈췄다. 놀라서 벌어진 입을 벌린 채 아부를 멍하니 쳐다보았다.

그날 저녁, 아부의 아침이 시작되었다. 아부는 세 마리 강아지들을 재우고 하루를 시작하러 자리에서 일어났다. 뜻밖에도 유리창에 떠돌이 개의 그림자가 다시 보였다.

"걱정돼서 온 거야? 강아지들 보러 온 거 맞지?"

그림자가 대답했다.

"나도 이제 늙었어. 너에게 고맙다는 말을 하고 싶어서 온 거야."

"그림자도 늙어?"

"응, 조금 전에도 너희 집 창문까지 날아오르는 게 힘들어서 간신히 올라왔는걸. 겨우 5층 높이밖에 안 되는데……. 늙은 거야."

아부가 말했다.

"이제 안심하고 가도 돼."

그날 이후, 떠돌이 개의 그림자는 두 번 다시 보이지 않았다.

동네에서 아부를 아는 사람은 극히 적었다. 아부는 학교도 더 다니지 않았다. 이제는 마오 선생님을 보고 싶지 않았다. 선생님만 보면 절로 고양이 선생님이라는 말이 튀어나왔고, 그럴 때마다 고양이 선생님은 아부의 머리 위로 한바탕 꾸지람을 퍼붓곤 했다. 아니, 그것은 두 번째 문제였다. 더 큰 이유는 이제 더 이상 학교에서 잠을 잘 수 없었다. 선생님은 수업 중에 자는 학생을 내버려 두지 않았다. 밤낮이 바뀐 아부에게 잠을 자지 못하게 하면 아부로서는 학교에 갈 이유가 없었다. 그렇게 아부는 사람들 기억에서 잊혀졌다.

가을 서리가 내릴 무렵, 강아지들은 훌쩍 자랐다. 강아지들의 도움으로 아부는 쓰레기통에서 추위에 떨고 있는 또 다른 강아지들을 일곱 차례나 발견했다. 어느 검은 강아지는 온몸이 불덩이처럼 뜨거워 마치 어린아이가 고열로 헛소리하듯 끙끙거리고 있었다. 아부는 가여워 숨이 턱 막힐 것 같았다. 집 없이 버려지거나 떠돌아다니는 개들이 이렇게 많은 줄 미처 몰랐다. 아부는 그런 떠돌이 개들을 보면 안아서 품에 안았다. 품속의 온기로 찬바람을 막아 주려는 것이다. 겨울이 닥쳤을 때는 먹이를 구하지 못한 새들에게 자신의 머리카락을 내주었다.

겨울이 다 가기 전에 아부는 남아 있는 힘을 모두 소진하고 다시는 맨눈으로 볼 수 없는 그림자가 되었다.

꽃망울이 터지는 따스한 봄이 왔다. 거리의 떠돌이 개들이 아부의 집을 찾았다. 하늘의 새들도 무수히 아부의 집 창가에 내려앉았다. 개들은 고개를 들어 아부의 집 난간을 향해 짖고, 새들은 부리로 유리창을 두드렸다. 안에 있는 아이가 어서 빨리 잠을 깨고 나오기를 재촉하듯이……

그들은 아부를 기다리고 있었다.

아부의 방 창문은 열려 있었다. 아부의 할아버지가 열어놓은 것이었다. 할아버지는 중얼중얼 혼잣말하듯 물었다.

"우리 아부가 나보다 먼저 갔구나. 우리 아부가 어디로 갔는지 너희들이 좀 알려 줄 수 있겠니?"

할아버지의 눈에 뜨거운 눈물이 고여 희끗희끗한 수염 위로 흘러내렸다. 그러자 할아버지의 말을 알아듣기라도 한 듯 하늘과 땅에서 일제히 구슬픈 울음소리가 비바람이 몰아치듯 울려 퍼졌다. 할아버지뿐 아니라 아부의 아빠와 엄마도 그 소리를 들을 수 있었다.

밤이 되어도 거리의 떠돌이 개와 공중의 새들은 쉬지 않고 여기저기서 아부의 그림자를 찾았다. 시간이 지나 그 그림자가 쇠약해지기 전에 잠시라도 더 그들 곁에 머물 수 있기를 간절히 바라며 그들은 찾고 또 찾았다.

톈양 이야기

왕톈양의 눈에도 아빠는 사회에서 뭐 하나 이룬 것 없이 그저 그런 삶을 살아가는 사람이었다. 그렇다고 뭔가 크게 실패하거나 좌절한 적이 있는 것도 아니지만, 20년의 세월 동안 열 개가 넘는 직종을 전전해도 딱히 성공했다고 할 만한 것이 없었다. 과거 누구나 감탄해 마지않던 탐스러운 검은 머리칼도 점점 줄어 이제는 이마가 훤히 벗어진 모습이 되었다. 다른 사람에게 아빠에 관해 이야기할 때면 톈양은 종종 이렇게 말했다.

"왕년에 글을 좀 쓰시다가 나중에는 광고업에 뛰어드셨어요. 이후에는 작사도 좀 하셨고요. 그러다 몇 년간 모으신 재산을 주식에 투자하면서 돈이 죄다 묶이게 되었어요. 올해는 아들 교육에 관심을 돌리고 모든 희망을 저에게 걸고 있지요."

아빠는 아들 훈육에서만큼은 절대적인 권위가 있었다. 언제나 그랬다. 아빠에게 호되게 야단을 맞아 더러운 물을 뒤집어쓸 때면 톈양은 종종 지난 기억이 뇌리에 떠오르곤 했다. 유치원 때는 아빠가 혼을 내면 입을 벌리고 악을 쓰며 울었다. 혼내는 아빠 목소리보다 더 크게 울었다. 그때는 아빠도, 그도 입으로만 한바탕 법석을 떨었을 뿐이다. 초등학교 때 아빠는 화가 나서 톈양의 머리에 물을 끼얹었다. 차디찬 그 물을 처음 맞았을 때 톈양은 사람들 앞에 발가벗겨진 것 같은 수치심을 느꼈다. 중학생이 되고부터 아빠는 화가 나면 톈양의 머리에 더러운 물을 끼얹었다. 이제 톈양은 울지 않는다. 대신 침묵과 냉소적인 눈빛으로 아빠를 쳐다볼 뿐이다.

아빠는 담배를 피웠다. 사람들 앞에서는 담뱃갑에서 담배를 꺼내지 않고 주머니에서 직접 담배를 꺼내 손가락으로 상표를 가리고 피웠다. 집 안에서는 편하게 담뱃갑을 책상 위에 던져놓고 그 값싼 담배에 불을 붙였다. 아빠가 담배를 피우기 시작하면 톈양은 밖에서 받은 스트레스로 아빠 심기가 몹시 불편하다는 것을 눈치채고, 재빨리 책 한 권을 들고 화장실로 숨었다. 톈양은 아빠와 단둘이 있는 것을 최대한 피했다. 그러나 엄마는 달랐다. 아빠가 담배를 피우는 것을 볼 때면 매번 베란다에 나가서 피우든지 주방 후드 아래에서 피우라고 다그쳤다. 그러고는 집 안 창문이란 창문은 죄다 열고, 환풍기를 틀고, 선풍기까지 틀었다. 실내에 연기 하나 용납할 수 없다는 강력한 표현이었다.

그런 엄마의 행동을 톈양은 이해했다. 엄마에게 아빠는 실패한 남자였으니까. 그때쯤이면 책을 들고 변기 위에 앉은 톈양의 귀에 아빠, 엄마의 말다툼 소리가 들려오기 시작한다. 그리고 삼류 소설에 자주 등

장하는 대사들이 거칠게 오고 갔다.

변기에 앉아 톈양은 생각했다. 그래, 싸워라, 싸워. 싸우다 지칠 때쯤이면 이 책 절반은 다 읽을 테고, 또 싸우면 나머지 절반도 마저 읽지 뭐. 하지만 톈양은 그것조차도 누릴 수 없었다. 책에 빠져들려고 하면 아빠, 엄마가 서로 톈양을 불러댔다. 나와서 누가 옳은지 말해 보라는 것이었다.

이때는 싫어도 어쩔 수 없이 나가야 한다. 톈양은 손에 책을 든 채 화장실에서 나왔다. 언제든 다시 들어가 읽을 수 있도록 펼친 부분 그대로 들고 있었다. 엄마가 물었다.

"엄마가 아빠한테 담배 연기가 바로 빠져나갈 수 있게 부엌 후드 아래서 담배 피우라고 한 게 잘못이니?"

톈양이 대답했다. "아니요."

그러자 아빠가 앞으로 나서며 말했다.

"아니긴 뭐가 아니야! 온종일 밖에서 일하고 들어와 내 집에서 편하게 담배도 못 피워? 내가 기어코 저 웅웅거리는 후드 밑에 서서 피워야 하냐고? 너 그 소리 들으면 기분 어떤 줄 알아?"

"어떤데요?"

"그만큼 내가 꼴 보기 싫다는 거야. 연기처럼 사라져서 지구 밖으로 나가 버리라는 거지!"

톈양은 책으로 눈길을 돌렸다. 바보라고 불리는 한 남자아이가 어느

향초를 먹고는 집에 돌아갈 생각도 하지 않고 숲 속으로 미친 듯이 뛰어들어가는 대목이었다.

그런데 엄마가 불쑥 이렇게 물었다.

"톈양. 엄마가 아빠랑 헤어지면 넌 누구 따라갈 거야?"

톈양은 책을 덮었다. 아빠도 그 대답을 듣고 싶다는 듯 같은 질문을 했다.

"말해 봐. 엄마랑 내가 더 안 살게 되면 넌 누구랑 살 거냐?"

소년은 홀로 깊은 숲 속으로 뛰어 들어갔다.

"난 혼자 살 거예요!"

톈양의 말에 엄마, 아빠는 얼빠진 표정을 지었다. 둘 다 톈양이 자기를 따라간다고 할 줄 알았다. 그런데 뜻밖에도 이런 대답이 나올 줄이야, 엄마, 아빠는 찬물을 뒤집어쓴 기분이었다.

톈양은 자신이 내뱉은 말에 두 사람의 안색이 변하는 것을 보고 평소 때와 뭔가 조금 다르다는 것을 느꼈다. 엄마, 아빠는 아들의 이 말을 듣고 넋 나간 얼굴로 다투는 것을 멈추었다. 그리고 아무 말 없이 각자 자신을 되돌아보기 시작했다.

숲 속으로 미친 듯이 뛰어들어간 소년은 신고 있던 구두도 진흙 속에 빠뜨려 맨발이 되었다. 발은 뾰족한 풀잎에 베여 피가 났다. 소년은 나무 아래에 쪼그리고 앉아 발의 상처를 싸맸다…….

학교에서 톈양은 여자아이들이 같이 잘 안 앉으려고 하는 아이 가운데 하나였다. 톈양이 내성적인 데다 혼자 있기를 좋아했기 때문이다.

"제1차 세계대전에서는 화포가 사용되었는데, 때로 불을 붙여도 터지지 않는 포가 있었지. 이런 것을 가리켜 취포, 민포, 사포라고 한단다."

역사 선생님의 수업을 들으며 학급의 4분의 1가량 되는 여학생들은 모두 톈양을 떠올렸다.

톈양도 반 아이들이 자신을 어떻게 생각하는지 잘 알고 있었다. 그러나 아무래도 상관없다는 태도였다. 그런 톈양을 보면서 담임선생님은 톈양이 학교생활에 도무지 관심이 없다고 생각했다.

담임선생님은 톈양을 주의 깊게 지켜보았다. 특히 수업 시간에는 더욱 유심히 살폈다. 흔들림이라고는 찾아볼 수 없는, 정체된 눈빛……. 흔들림 없는 눈빛은 냉담함을, 정체된 눈빛은 자신만의 내면에 깊이 묻혀 있음을 드러내며 외부의 것은 무엇이든 조용히 거부하고 있었다. 담임선생님은 톈양을 불렀다. 일어나 방금 설명한 수학 개념에 대해 말해 보라고 했다. 톈양은 자리에서 일어났지만, 선생님의 질문에는 대답하지 못했다. 선생님도, 아이들도 톈양이 대답 못하리라는 것을 이미 알고 있었다. 반 아이들은 선생님이 왜 톈양에게 발표를 시켰는지도 알고 있었다. 첫째는 딴생각하지 말고 수업에 집중하라는 뜻이고, 둘째는 역시 한눈팔고 있는 다른 학생들에게 주의를 환기시키기 위함이었다. 조금만 한눈을 팔아도 선생님은 금방 알아차렸다.

"왕톈양, 왜 선생님이 일어나라고 했는지 알아? 수업에 집중 안 하고 정신이 딴 데 가 있어서야. 네가 대답 못할 거라는 거 알아. 다음 시간에 질문할 때는 잘 대답할 수 있도록 해라. 무엇보다 선생님이 다음 번에 또 지목하지 않도록 해. 앉아!"

그러나 톈양은 앉지 않고 그대로 서 있었다.

"그만 앉으라니까!"

선생님의 재촉에도 톈양은 귀먹은 사람처럼 계속 자리에 서 있었다.

선생님은 아이가 혹 상처를 받은 것이 아닌지 걱정스러워 물었다.

"선생님이 앉으라고 하는데 왜 계속 서 있는 거니?"

그러자 톈양이 입을 열었다.

"저 내일도 선생님 질문에 대답 못할 것 같아요. 내일 저 또 부르실 필요 없게 그냥 이대로 쭉 서 있을게요."

잠시 교실 안에 침묵이 흘렀다. 그리고 다음 순간, 웃음소리가 온 교실을 뒤덮었다. 선생님도, 아이들도 모두 까르르 웃음보가 터졌다. 아이들은 톈양이 너무 바보 같아서, 선생님은 톈양이 꽤 영리하다고 느껴서였다.

선생님의 웃는 모습을 보고 톈양은 자리에 앉았다. 톈양의 기억 속에 담임선생님이 이렇게 자신을 향해 웃은 적은 한 번도 없었다. 수업 시간 내내 톈양은 긴장을 늦출 수 없었다. 담임선생님이 문득문득 미세하게나마 온정 어린 눈길로 자신을 바라봤기 때문이다. 톈양은 진땀이 흐르고 심장이 두근두근 뛰었다.

배가 고파진 소년은 무심코 나무 위의 다람쥐 한 마리를 올려다보았다. 다람쥐는 나무에서 솔방울 하나를 따 소년에게 떨어뜨려 줬다. 속이 꽉 찬 솔방울이 소년 앞에 떨어지면서 안에 든 소나무 열매가 폭탄처럼 터져 나왔다. 숲이 베푼 첫 번째 온정이었다.

늘 반에서 뒤처지기만 했던 톈양의 수학 성적이 2주 뒤 치른 시험에서 5등 안에 들었다. 담임선생님도 자신의 눈을 의심하면서 톈양의 시험지를 몇 번이나 확인하고 또 확인했다. 마침내 선생님은 미소를 머금고 톈양의 수학 시험 채점을 마쳤다. 그러나 1분 뒤 다시금 그 시험지를 붙잡고 마치 잃어버렸다가 다시 찾은 오래된 그림을 살펴보듯이 처음부터 끝까지 자세히 훑었다.

한편, 집에 돌아온 톈양은 아빠가 재떨이를 손에 든 채 베란다에서 나오는 것을 보았다. 재떨이 안에는 담배꽁초가 서너 개나 꽂혀 있었고 아빠의 낯빛도 흐렸다. 벗어진 이마마저 거무죽죽해 보였다. 최근 아빠가 새롭게 손댄 일이 늘 그랬듯 별다른 성과가 없는 모양이었다. 아빠가 톈양에게 말했다.

“너 근래에 본 시험, 과목별로 가져와 봐.”

톈양은 시험지를 아빠 앞으로 가져갔다. 그러나 수학 시험지는 방에 두고 가져가지 않았다. 아빠는 고개를 절레절레 흔들며 시험지들을 넘겼다. 못마땅한 얼굴로 무슨 말인가를 되뇌며 시험지를 차례차례 모두 살펴본 아빠가 물었다.

"수학은?"

"아직 안 나왔어요."

"안 보는 게 낫지. 보면 더 속 뒤집혀."

아빠는 시험지들을 한쪽으로 밀었다.

"가져가, 가져가!"

숲 속의 밤은 무서웠다. 소년에게 솔방울을 떨어뜨려 준 다람쥐는 어디론가 사라져 버렸다. 소년은 어깨를 감싸고 나무 아래에 쪼그리고 앉아 다람쥐를 기다렸다. 밤사이 그 다람쥐가 다시 나타나 주기를 간절히 바랐다.

담임선생님은 톈양의 수학 시험 성적에 대해 드러내고 칭찬하지는 않았다. 그러나 톈양은 어린아이처럼 종일 마음이 들떠 있었다. 수업이 끝나고 담임선생님은 아이들의 숙제 공책을 정리하다가 옆에 톈양이 있는 것을 보고 말했다.

"톈양, 교무실까지 이 공책 좀 들어다 줄래?"

톈양은 반 아이들의 공책을 한 아름 들고 선생님의 뒤를 따랐다. 반 미터 정도 떨어져 선생님을 따라가던 톈양은 복도에서 문득 알 수 없는 향기를 맡았다. 한 번도 맡아 본 적 없는 독특한 향기였다. 한 가지 확실한 것은 향수 냄새는 아니라는 것이었다. 톈양은 걸음을 재우쳐 선생님에게 좀 더 가까이 다가가 보았다. 선생님한테서 나는 향기가 맞았다.

"선생님, 향수 뿌리세요?"

선생님이 뒤를 돌아보았다.

"향수?"

"선생님한테서 무슨 향기가 나요."

톈양의 말에 선생님의 얼굴이 잠깐 붉어졌다. 담임선생님은 톈양의 머리를 가볍게 한 대 치며 대답했다.

"선생님은 한 번도 향수 뿌린 적 없어."

톈양은 선생님이 손으로 친 부분을 줄곧 어루만지며 선생님을 따라 교무실로 들어갔다. 교무실 안에는 다른 선생님들도 여럿 있었다. 여자 선생님이 좀 더 많았다. 톈양이 조금 전에 맡았던 이름 모를 은은한 향기가 여러 향수 냄새와 섞이면서 사라져 버렸다. 톈양의 얼굴에 실망과 아쉬움의 빛이 떠올랐다.

"왜 그러니?"

담임선생님이 물었다.

"아무것도 아니에요."

톈양은 공책 더미를 내려놓고 교실로 돌아갔다. 담임선생님은 자리에 앉기 전 잠시 생각에 잠겼다가 다시 몸을 일으켜 복도로 나가 보았다. 긴 복도에는 이미 아무도 보이지 않았다.

약 한 주 정도 시난 어느 날, 톈양은 선생님을 도와 공책을 옮겼을 때와 비슷한 향을 또 맡았다.

"선생님, 선생님한테서 정말 무슨 향기가 나요."

담임선생님은 그 말을 기다리기라도 한 듯 바로 대답했다.

"풀 향기일 거야."

"풀 향기요?"

"선생님은 집에서 풀을 기르거든."

"풀을 기른다고요?"

"응, 선생님은 풀이 좋아. 가끔 마음이 심란해서 물 주는 것을 깜빡 잊어도 풀들은 잘 자라거든. 결코, 주인을 원망하지 않고……."

"풀을 어디에서 길러요? 선생님 집은 7층이잖아요"

"베란다에. 베란다에다 심고 길러."

톈양은 머뭇거리다가 물었다.

"선생님 가족들도…… 꽃 대신 풀 기르는 거 좋아해요?"

"선생님은 이혼했어. 혼자 살아."

" 이혼하셨다고요?"

이 말을 내뱉고 톈양은 아차! 싶었다. 좀 무례한 것 같았기 때문이다. 톈양은 얼른 말을 바꾸었다.

"선생님, 저 선생님이 기르는 풀 보고 싶어요."

선생님은 잠시 생각해 보더니 대답했다.

"그래, 언제 선생님 집에 와."

소년은 어둠 속에서 그 다람쥐가 나타나기만을 하염없이 기다렸다. 졸음이 밀려왔지만, 다리를 꼬집고 두 눈을 부릅뜨며 졸음을 참았다. 행여나 잠들었다가 다람쥐가 온 것을 보지 못할까 염려되어서였다.

사실 얼마 전 아빠와 엄마 사이에는 톈양 몰래 각서가 하나 오고 갔다. 대강의 사정은 이랬다. 얼마 전 아빠는 집을 담보로 돈을 빌렸다. 그리고 앞서 투자한 자금 손실을 메꾸기 위해 그 돈을 주식에 투자했다. 만일 이번에도 돈을 날리게 되면 아빠는 스스로 집을 나가기로 했다. 이는 비단 톈양의 집에서만 있는 일은 아니었다. 가장이 이렇게 집을 떠나는 현상을 두고 사회에서는 '빈 몸으로 집 나오기'라고 불렀다. 톈양은 아빠가 또 주식에 손댄 것은 알았지만 그런 무서운 각서가 오간 것은 알지 못했다. 아빠는 일종의 도박을 한 셈이었다. 자신의 남은 인생을 모두 건 도박이었다. 그런 도박을 한 사람의 마음이 여느 사람과 같을 리 없었다. 아빠의 기분은 종일 흥분과 불안 사이를 왔다 갔다 했다. 짧은 시간 동안에도 아빠의 표정은 수십 가지로 바뀌었다. 이렇듯 고통스러운 시간을 보내면서 아빠 얼굴의 주름은 더욱 깊어져 갔다. 마치 불량 제품 공익광고처럼 이제 곧 닥쳐올 불행을 예고하는 것 같았다.

담임선생님이 사는 동네는 매우 복잡하고 어수선했다. 아파트 복도에도 잡다한 물건들이 이곳저곳에 쌓여 있었다. 톈양은 선생님과 함께 좁은 복도를 지나 7층으로 올라갔다. 그러나 막상 선생님의 집 안으로 들어서자 말끔한 집 내부 모습과 함께 은은한 풀 향기가 복도를 지날 때의 어수선한 마음을 상쾌하게 해 주었다. 톈양은 실내화로 갈아 신자마자 곧바로 베란다로 가 보았다. 베란다 안 풍경이 눈에 들어오는 순간 톈양은 놀라움을 금치 못했다. 꽃이 아닌 풀을 기른다는 말을 들었을 때도 참 특이하다고 생각했는데 선생님이 풀을 기르는 방식은 더 독특했다.

베란다 전체가 풀이었다. 다른 것은 아무것도 없었다. 화분이나 화단 없이 베란다 바닥 전체에 흙이 깔렸고 그 위에서 파릇파릇한 풀들이 자라고 있었다.

"선생님, 정말 그러네요. 풀도 정말 향이 있어요."

담임선생님은 간이 의자 두 개를 가져와 베란다 문가에 놓았다. 베란다에 깔린 풀과 하늘 위의 구름을 천천히 감상하기 위해서였다. 두 사람은 물컵을 들고는 컵에 든 물에 풀을 비춰 보고 있었다. 그렇게 한동안 말없이 둘은 같은 동작으로 물에 비친 풀들을 가만히 바라보았다.

"선생님이 왜 이혼했는지 아니?"

선생님이 먼저 이 질문을 꺼내자 톈양은 자신도 모르게 가슴이 쿵 내려앉았다. 그렇지만 이런 민감한 속내 이야기를 듣기에는 지금같이 고요히 풀이 자라는 소리만 들리는 이때가 가장 적당할 것 같았다.

톈양은 선생님을 바라보며 눈으로 물었다. 왜요?

"내가 아이를 낳지 못해서야."

선생님은 웃음을 터뜨렸다.

"이 세상에서 아이를 낳지 못하는 여자는 불행해. 남편은 내가 이혼 이야기를 꺼내고 한 시간 만에 먼저 이혼 합의서를 작성하고 집을 나갔어. 아마 한시라도 빨리 이 풀들에서 벗어나고 싶었나 봐. 전에 그가 이런 말을 한 적이 있거든. 꽃은 안 기르고 풀만 기르는 사람이 아이를 낳을 수 있다는 게 더 이상하지!"

톈양은 멍한 얼굴로 선생님을 바라보다가 돌연 물었다.

"선생님, 연세가 어떻게 되세요?"

"선생님 나이 잘 모르겠지?"

"네."

"서른다섯이야."

톈양은 다시 말을 잃었다.

"서른다섯 살 같이 안 보이지? 마흔다섯 살 같이 보이지?"

선생님의 물음에 톈양이 말했다.

"선생님이 꼭 엄마 같아요."

그 말에 선생님의 손이 가늘게 떨리면서 컵 안의 물이 조금 흘러나왔다. 잠시 후, 선생님이 다시 입을 열었다.

"이따 저녁 먹고 갈래?"

톈양은 생각할 겨를도 없이 고개를 끄덕였다.

"네, 준비하는 거 저도 도울게요."

담임선생님과 톈양이 저녁을 준비하는 동안 맛있는 냄새가 온 집 안에 흘러넘쳤다. 선생님이 물었다.

"선생님이 만든 요리 맛있지?"

"네, 그런데……."

"그런데 뭐?" 냄비에서 눈을 떼지 않은 채 선생님이 물었다.

"전 아직도 풀 향기가 나요."

그러자 선생님은 톈양을 돌아보며 진지하게 말했다.

"아무래도 다음 요리는 풀을 좀 뜯어다 풀 무침을 해야겠는걸."

톈양도 진지하게 대답했다.

"네, 좋아요."

물론 이것은 농담이었다. 두 사람이 소도 아니고 풀을 먹을 리 없었다. 하지만 저녁을 먹으면서 둘은 확고하게 말했다. 풀은 먹을 수 있는 거야.

집에 돌아온 톈양은 식탁 위에 자기 몫의 밥과 반찬이 놓여 있는 것을 보았다. 식지 않도록 뚜껑까지 덮여 있었다.

"저, 선생님 댁에서 저녁 먹고 왔어요."

톈양의 말에 아빠가 물었다.

"뭐? 어디서 먹어?"

"선생님 댁이요."

"하이고, 몽둥이나 안 들면 다행이지, 선생님이 널 불러다 저녁을 먹였다고? 아, 혹시 체육 선생님 아니냐? 너 작년 학교 마라톤 대회에서

20위 안에 들었잖아.”

다람쥐는 오지 않고, 늑대 한 마리가 멀리서 몸을 웅크린 채 소년을 향해 눈을 깜빡이고 있었다……. 늑대는 잠시 후 일어나 소년 쪽으로 몇 걸음 다가오더니 다시 웅크리고 앉아 그를 응시했다…….

텐양은 또다시 풀이 보고 싶어졌다. 선생님의 베란다에서 자라고 있던 그 풀들이 다시금 생각났다.

이후에도 담임선생님은 풀을 보고 싶어 하는 텐양을 세 번 더 초대했다. 선생님과 텐양은 오랜 시간 많은 이야기를 나누었다. 풀들은 그 옆에서 이야기를 나누는 두 사람 곁을 조용히 지켰다.

“저한테서는 언제쯤 풀 향기가 날까요?”

텐양이 선생님한테 물었다.

“풀 향기는 맡을 수 없는 거야. 네가 향이 난다고 느끼면 향이 나는 거고 향이 안 난다고 느끼면 못 느끼는 거야.”

텐양의 아빠는 집을 나갔다. 모든 것을 엄마와 쓴 각서대로 이행했다. 아들 텐양에게 작별인사도 하지 않았다. 그저 말 없이 떠나는 것이 모두에게 좋은 일이라고 생각한 것이다. 사흘 동안이나 아빠가 보이지 않자 텐양은 엄마에게 물었다.

“아빠 어디 가셨어요?”

엄마는 텐양에게 각서를 보여 주었다. 각서를 읽어 본 뒤 텐양은 담담히 그것을 엄마에게 돌려주었다.

담임선생님은 갑자기 학교를 떠났다. 톈양도 그 이유를 알 수 없었다. 처음에는 어딘가 몸이 안 좋아져서 당분간 수업을 못 하는 줄로만 여기고 빨리 낫기를 바라며 기다렸다. 그러나 두 주가 지나도록 선생님은 학교로 돌아오지 않았고, 그제서야 톈양은 뭔가 상황이 심각하다는 것을 깨달았다.

나중에서야 톈양은 그 이유를 알게 되었다. 혼자 사는 여교사가 남학생 한 명을 자주 집에 데려간다는 말이 교장 선생님의 귀에 들어가게 된 것이다. 학교 측에서는 이를 교사로서 절대 용납할 수 없는 일로 판단했다.

늑대를 본 소년은 벌떡 일어나 자신을 지킬 나무 막대기를 찾아들었다. 달빛 아래에서 나무 막대기를 본 늑대는 머뭇거리다가 조금씩 뒤로 물러서기 시작했다…….

톈양은 선생님의 집을 찾아가 보았다. 문 앞에서부터 보수 공사 소리가 고막을 때렸다. 문을 두드리니 웬 낯선 남자가 문을 열었다.

"누굴 찾니?"

"천아이아이 선생님이요."

"이 집은 벌써 나한테 팔렸다."

남자는 그만 문을 닫으려고 했다. 톈양은 급히 손으로 문을 막으며 다시 물었다.

"베란다의 풀들은요? 아직 있어요?"

"풀? 풀 같은 건 본 적도 없다."

그 말을 듣고 톈양은 마음이 좀 놓였다. 이사 가실 때 풀도 같이 가지고 가셨구나. 그 집을 나와 톈양은 홀로 오랜 시간 거리를 걸었다.

하교 시간에 새 수학 선생님이 반 아이들에게 물었다.

"왕톈양이 누구냐?"

톈양이 대답했다. "제가 왕톈양인데요."

선생님은 돋보기안경을 손끝으로 밀어 올리며 톈양을 유심히 바라보더니 말했다.

"너 수학 성적이 꽤 괜찮더구나."

"……."

"교무실에 네 물건이 하나 와 있으니 가져가거라. 누가 보냈더구나."

교무실에 가 보니 책상 위에 화분이 하나 놓여 있었다. 화분 안에는 톈양이 익히 보아 온 풀들이 있었다. 톈양은 아무 말 없이 그것을 들고 교무실을 나왔다.

차를 타고 집에 오는 내내 톈양은 화분을 품 안에 꼭 끌어안았다. 그리고 집에 돌아와서는 침대 머리맡에 그것을 잘 놓아두었다.

소년은 풀이 되어 숲에서 자라기로 했다.

"그래, 이렇게 하면 숲에서 계속 살아갈 수 있을 거야."

그로부터 한 달이 되는 어느 날, 비가 내리는 오후였다. 우산을 쓰고 집으로 가던 톈양은 오랫동안 보지 못한 아빠를 만났다. 하늘도 놀랐는지 신기하게도 비가 뚝 그쳤다. 아빠가 먼저 입을 열었다.

"네 수학 성적이 계속 걱정돼서……."

"아빠, 저 이제 수학 성적 많이 올랐어요."

"그래, 믿는다."

아빠가 문득 코를 한번 벌름거리더니 물었다.

"이게 무슨 향이니?"

톈양은 순간 코가 시큰해졌다. 한동안 침묵하는 가운데 아빠는 어디선가 풍겨오는 풀 향기를 맡았다. 톈양이 말했다.

"안 바쁘시면 집에 가서 한번 보세요."

아빠는 말 없이 돌아섰다.

그쳤던 비가 다시 한 방울, 두 방울 우산 위로 떨어지기 시작했다. 비와 함께 불어오는 가벼운 바람을 타고 싱그러운 향기가 퍼져 나갔다. 톈양은 정말 자신의 몸에서 풀 향기가 나는 것을 느낄 수 있었다.

천국의 침실에도 비가 새다

학교를 떠난 지 오랜 시간이 흘러서야 나는 학교라는 곳에 대해 다시금 고찰해 볼 수 있었다. 학교는 마치 큰 솥단지 같은 곳이다. 불 위에 올려놓고 약한 불로 종일토록 끓여 본래 각기 다른 색깔과 맛을 지니고 있던 것들을 모두 한 가지 같은 맛으로 만드는 곳. 한 번 그 안에 들어가면 몇 년을 그렇게 끓이니 맛이 모두 똑같이 변하지 않으면 이상한 노릇이었다. 하지만 변하기 전에 솥단지를 떠나 본래의 색과 맛을 완전히 잃지 않은 몇몇 친구들을 나는 아직도 기억하고 있다.

퉁퉁은 그 첫 번째 친구이다.

전 세계적으로 작은 눈이 크게 유행하던 당시, 퉁퉁은 그 커다란 눈으로 나를 바라보며 물었다.

"천국에 있는 사람들은 늘 웃으며 지낼까?"

너무도 뜬금없고 엉뚱하기 짝이 없는 질문에 나는 어이가 없었다. 테러범 빈 라덴이 성전환 수술을 하고 뉴욕 7번가나 브로드웨이의 극장, 식당, 술집에 잠입했다가 기습적으로 나타난다면 미국인들이 아마 이런 기분일까. 다만 한 가지 분명히 알 수 있었던 것은 퉁퉁의 마음속에 무언가 걱정거리가 있다는 것이었다.

사실 퉁퉁은 그렇게 친한 아이는 아니었다. 학교에서 같이 이야기하는 횟수가 선생님보다 좀 더 많을 뿐이었다.

"우리 엄마, 아빠가 그러는데 나는 안 좋은 습관이 너무 많대. 내 장래가 걱정될 정도로."

말하는 분위기가 마치 엄마, 아빠가 연합해서 자신을 모함한다는 듯한 어투였다.

당시 우리는 모두 공부하기 바쁜 때라 친구의 속 이야기를 집중해서 들어줄 여유 같은 것도 없었다. 그 애로서는 이제 겨우 운을 뗀 것에 불과한데 나는 건성건성 대답하며 그 이야기를 정리하고 종결지어 버렸다.

"나쁜 습관을 고치는 건 어렵지 않아."

이 말은 곧 학교, 부모, 사회를 대변하는 말이자 우리가 받은 교육과 언론을 대표하는 말이었다.

내 대답에 퉁퉁은 말없이 그저 나를 쓱 바라보기만 했다. 처음 그 뜬금없는 질문을 던질 때의 눈빛이었다.

"천국에 있는 사람들은 늘 웃으며 지낼까?"

퉁퉁이 말하는, 고질적인 단점이란 예컨대 이런 것이었다. 퉁퉁은 밥 먹을 때 입가와 턱에 음식을 묻히고 먹었다. 엄마는 그런 퉁퉁을 볼 때마다 못마땅해 야단을 쳤다.

"또 뭘 묻히고 먹네. 얼른 닦아!"

아빠는 말조차 하지 않았다. 젓가락을 들어 조용히 퉁퉁의 턱을 가리키기만 했다. 마치 교통경찰이 엄한 표정으로 규정을 위반한 차를 가리키며 길가에 차를 대라고 지시할 때와 같은 모습이었다.

그런데 참 이상한 노릇이었다. 퉁퉁이 밥 먹을 때 턱에 음식을 묻히는 버릇은 다음 3단계를 끊임없이 되풀이했다. 1단계, 턱에 뭐가 묻은 줄 모른 채 밥을 먹는다. 2단계 엄마, 아빠가 이를 발견하고 지적한다. 다시는 밥 먹을 때 음식을 묻히며 먹지 않겠다고 다짐한다. 그리고 다음 식사 때 또 턱에 뭔가를 묻힌다.

퉁퉁은 나보다 키가 3센티미터 정도 커서 내 뒷자리에 앉았다. 퉁퉁의 또 다른 단점은 수업 시간에 선생님들 눈에 자주 띈다는 점이었다. 계속 앞만 보고 있는 학생들은 오히려 눈에 잘 띄지 않았다.

"퉁퉁, 너 지금 뭐 하는 거냐?"

수학 시간 도중 갑자기 선생님이 큰 소리로 퉁퉁을 호명했다. 실은 졸고 있는 다른 학생들을 깨우기 위함이었다. 수학 선생님인 천 선생님은 수업 시간이면 늘 잔뜩 흥분한 사람처럼 얼굴에 홍조를 띠고 수업을 했다. 들은 얘기로 선생님은 처음 교사 발령장을 받았을 때 가장 가까이에 있는 나무를 붙들고 한참을 울었다고 한다. 혈관까지 보이는 하얀 피부 때문에 조금만 집중하거나 긴장해도 얼굴의 홍조가 두드러졌고 그 때문에 교단에만 서면 그렇게 얼굴이 붉어 보이는 것이었다.

나는 퉁퉁을 뒤돌아보았다. 퉁퉁은 아무것도 하고 있지 않았다. 누구도 퉁퉁이 조금 전에 뭘 했는지 알 수 없었다. 퉁퉁도 영문을 몰라 그 큰 눈을 동그랗게 뜨고 멍하니 선생님을 바라보았다.

"너 방금 계속 펜으로 코 들어 올리면서 이상한 흉내 냈잖아. 무슨 동물처럼."

그 말을 들으며 나는 알아챘다. 선생님이 억지 부리며 퉁퉁을 혼내고 있다는 것을.

"제가…… 뭘요……?"

퉁퉁은 여전히 어리둥절한 얼굴로 들고 있던 펜을 내려다보고, 또 자신의 코를 만져 보았다. 대체 이 둘 사이에 무슨 일이 있었기에 선생님이 저리 화가 난 걸까? 그러자 수학 선생님은 그 불그스름한 얼굴로 유유히 교단에서 내려와 퉁퉁의 책상 앞으로 다가갔다.

"방금 흉내 냈던 것 다시 해 봐."

퉁퉁도 여학생인데, 남자 선생님에게 그토록 몰인정한 '추궁'을 당하는 것이 수치스럽지 않을 리 없었다. 나는 자리에서 일어났다. 그리고 반 아이들 앞에서 큰 소리로 말했다.

"선생님, 퉁퉁은 아무리 생각해도 기억이 안 나는 모양인데 무슨 흉내를 냈는지 선생님이 한번 보여 주세요."

남학생 한 명이 거들었다.

"네, 선생님, 한번 보여 주세요."

이어서 다른 학생들도 가세했다.

"보여 주세요, 선생님. 통통이 방금 무슨 흉내를 냈어요?"

교실 분위기를 보고 선생님은 말 없이 교단으로 돌아갔다. 그리고 통통이 했다는 그 '미스터리한' 동물 흉내에 대해 더 언급하지 않고 수업을 계속했다. 연기보다는 수학 수업이 그분에게 더 어울렸다.

수업을 마치고 화장실에 가는데 통통이 함께 가 주었다. 화장실에 다녀오는 내내 아무 말 없이 옆에 있어 주기만 했다. 교실에 돌아올 때까지도 통통은 말이 없었다.

통통은 내가 고마웠던 것이다. 통통은 그렇게 말없이 고마움을 표할 줄 아는 아이였다. 이런 친구, 정말 평생 친구라 할 만하지 않을까.

겨울이 다가오자 학교 운동장에 빙판을 만들기 시작했다. 언제 봐도 키 크고 멋진 체육 선생님은 빙판이 깔리면 우리들이 곧바로 유연하게 얼음을 지칠 수 있도록 그 전부터 맨땅에서 스케이트 동작을 가르쳤다. 사실 여학생들은 스케이트를 그다지 좋아하지 않았다. 여학생들 사이에서는 스케이트를 많이 타면 허벅지가 굵어지고 단단해진다는 이야기가 돌고 있었다. 예전의 균형 있는 다리로 되돌리려면 세상에 다시 태어나는 수밖에 없다고들 했다.

그런데 그중 한 명은 예외였다. 바로 우리 반 유유였다. 유유는 본명이 아니고 별명이었다. 늘 흐느적흐느적 힘없이 걷는 모습이 느긋하고 여유 있는 모습을 뜻하는 단어 '유유'에 딱 어울렸기 때문이다. 유유는 창백하고 갸름한 얼굴에 허구한 날 기침을 달고 살았고 걸핏하면 감기에 걸렸다. 하늘에서 천둥이라도 치면 아직 먹구름이 저만치서 굼뜨게 움직이고 있는데도 비 맞는 것이 두려워 교문 밖을 나서지 못했다. 비 맞고 한기가 들었다 하면 금세 감기로 앓아누웠기 때문이다. 운동도 좋아하지 않았고 체육 시간에 하는 활동들은 죄다 끔찍이 싫어했다. 놀 때는 그저 영화를 보거나 느릿느릿 돌아다니는 것을 더 즐겼다.

그런데 그랬던 애가 갑자기 스케이트에 열을 올리기 시작했다. 우리도 도무지 무슨 영문인지 알 수 없었다. 맨땅에서 스케이트 동작을 연습할 때도 유유는 눈에 띄게 열심이었고, 연습을 마친 이후에도 체육 선생님에게 개인 지도까지 받았다. 우리 여학생들은 모두 유유가 잘생긴 체육 선생님에게 '딴마음'이 있어 그러는 것이 분명하다고 수군거렸다. 나중에는 남학생들까지도 이렇게 믿게 되었다. 후에 들으니 소위 몇몇 '조숙한' 남학생들은 체육 선생님이 다니는 길목에서 여자 스타킹으로 얼굴을 가리고, 선생님이 어떻게 여학생을 '유혹'하는 '부도덕한' 짓을 할 수 있느냐고 한차례 따질 작정이었다고 한다.

사실 우리는 모두 틀렸다. 빙판 설치가 완료되고 커다란 운동장에는 거울같이 맑고 투명한 얼음이 깔렸다. 선생님이고 학생이고 지나가다 한 번씩 빙판 위에 자신의 모습을 비춰 볼 정도였다. 그 투명하고 깨끗한 거울 위에는 유유와 어느 남학생의 슬픈 그림자가 어려 있다. 다른 반 아이였던 그 남학생 이름은 아무리 떠올려 봐도 기억이 나지 않는다. 나중에는 아이들 모두 그 남학생을 이름 대신 '유유의 그 애'라고 불렀기 때문이기도 하다. 말 그대로 유유에게 속한 남자애라는 뜻이었다. 그 남학생이 스케이트를 타는 모습은 한 폭의 그림 같이 아름다웠다. 어느 해 질 녘, 우리는 유유와 그 남학생이 손을 맞잡고 빙판 위를 천천히 미끄러져 가는 모습을 보았다. 그때서야 우리는 깨달았다. 유유가 왜 그토록 스케이트에 열중했는지. 또 그렇게 스케이트를 연습해 놓고도 왜 빙판 위에서는 넘어질 듯 위태롭게 서서 그 남학생이 와 줄 때까지 기다리는지……. 빙상 수업은 매우 짧았다. 길어야 한 달 정도, 일고여덟 번밖에 되지 않았다. 이 짧은 시간 동안 유유의 창백했던 얼굴은 발그레해지고 갸름했던 볼에 적당히 살도 붙고 누르스름했던 머리칼도 짙어졌다.

하루는 공교롭게도 우리 반과 그 남학생 반이 함께 체육 수업을 하게 되었다. 아이들 분위기가 어딘지 모르게 좀 어수선했다. 유유가 일부러 그 남학생 앞에서 넘어져 그 남학생이 유유를 부축해 주고 있었다. 그뿐만 아니라 우리 반 남학생들도 일부러 그 남학생과 부딪쳐 '빼앗긴' 분을 풀려고 했다. 그러나 그 남학생은 숙련된 솜씨로 누군가 자신 쪽으로 다가올 때마다 능수능란하게 몸을 피했다. 돌진하던 아이들은 허공을 뚫고 빙판 밖으로 넘어지기 일쑤였다.

옆에서 보는 사람은 내내 조마조마한 마음에 손에 땀이 날 정도였다. 말 한마디 끼어들 수도 없을 만큼 긴장감이 감돌았다. 햇빛 찬란한 빙판 위에서 그렇게 조용히 살기등등한 장면이 펼쳐지고 있었다. 그가운데 가장 먼저 웃음을 터뜨린 것은 다름 아닌 유유였다. 웃고 있는 유유의 볼에서 붉은 꽃이 피어나고 있었다. 한겨울에 핀 꽃이었다. 오랜 시간 시들고 메말랐던 그 꽃은 어느 겨울 한낮에 한껏 꽃봉오리를 터뜨리며 그 속에 품고 있던 열정과 아름다움을 찬란하게 토해 냈다. 얼마나 길고 힘겨운 시간을 거쳐 피어난 꽃이란 말인가!

그날 이후, 시험 성적도 아직 발표되지 않고 겨울 방학도 채 시작되기 전인데 유유가 학교에 나오지 않았다. 유유의 그 남학생도 함께였다.

부모님, 선생님, 교장 선생님을 비롯해 학생들까지, 둘을 알고 있는 모든 이들 사이에서 두 아이가 왜 가출했고, 어디로 갔는지에 대해 온갖 추측이 난무했다. 두 아이의 부모님은 사회적 인맥까지 총동원해 아이들을 찾았다고 한다. 하지만 아무도 둘을 찾지 못했다. 그저 두 아이가 지쳐 스스로 돌아오기만을 기다리는 수밖에 없었다.

방학이 끝나고 개학 날이 되어 유유의 그 남학생은 학교로 돌아왔다. 우리는 학교 안에서 종종 그 애를 볼 수 있었다. 하지만 유유는 돌아오지 않았다. 들리는 얘기로 유유는 여행 중에 머문 곳이 마음에 들어 그곳을 떠나고 싶어 하지 않았다고 한다. 그곳은 1년 사계절 선선한 곳이라고 한다. 고원 기후이지만 여기저기 작고 붉은 꽃들이 피고, 한번 피면 8개월 동안 계속해서 꽃을 피운다고 했다. 유유의 그 남학생은 다시는 스케이트를 타지 않았다. 학교를 졸업한 지 몇 해가 흘렀지만 나는 아직도 유유를 잊을 수가 없다.

유유와 그 남학생은 이렇게 두 번째로 내 기억 속에 남아 있는 이들이다. 사실 그들은 한 사람이나 다름없다. 모두 같이 현실을 벗어나 함께 꿈을 향해 나아간 이들이기에…….

이제는 프리랜서 작가가 된 퉁퉁이 우리 집에 놀러 왔다. 함께 담소를 나누던 중 돌연 퉁퉁이 이 '빙상 커플' 이야기를 꺼냈다. 유유의 그 남학생에 대해서는 이미 들려오는 소식이 끊긴 지 오래였다. 마치 그 해의 빙판처럼 녹아 수증기처럼 사라져 버렸다. 유유에 대해서도 아는 이가 없었다. 퉁퉁은 작가의 상상력을 발휘해 스무 가지 이상의 가능성을 이것저것 늘어놓았다. 이야기하면서 퉁퉁은 늘 그랬듯 티슈를 꺼내 내게 건넸다. 티슈를 달고 다니는 것은 퉁퉁에게 이미 습관이 되어 있었다. 집 밖을 나설 때 핸드폰이나 돈은 잊어버려도 티슈는 절대 잊지 않았다. 그것도 특정 제품의 티슈로만. 그리고 사람들이 보통 핸드폰을 그렇게 하듯이 종종 이야기를 나누는 테이블 위에 티슈를 올려놓곤 했다. 테이블에서 뭘 먹거나 마시지 않아도 항상 그 위에 가지런히 티슈를 올려두는 것이었다.

"어쩌면 유유는 그곳에 정착해서 열 몇 명 정도 받을 수 있는 작은 여관을 차렸는지도 몰라. 그곳에서 남자를 만나 결혼해서 아이도 여러 명 낳고. 처음에는 딸만 낳아서 아들을 한 명 보려고 계속 낳은 거지. 그리고 마침내 기다리던 아들을 낳았을 거야. 아니면 그곳에서 양 떼를 몰지도 모르지. 양 떼 속에서 잠자고, 그 하얗던 피부도 구릿빛으로 타서 불그스름해지고……. 매일같이 자신이 기르는 양들 사이에서 웃고 또 웃으면서 살아가겠지…….”

어느 틈에 퉁퉁의 눈에 눈물이 고였다. 나 역시 그 마음에 동화되어 눈물이 흘러나왔다. 추억은 눈물을 자아낸다. 그것들은 모두 우리가 함께 겪었던 현실이기 때문이다. 그 추억들 이후를 상상해 보아도 역시 눈물이 난다. 한없이 축복만을 빌고 싶은 마음 때문이다.

퉁퉁이 돌아간 뒤 나는 앞에 놓인 티슈를 모아 서랍 안에 챙겨 넣었다. 시간이 지나면서 티슈는 족히 서랍의 반을 채울 만큼 쌓였다. 하지만 나는 다른 식구들이 손대지 못하도록 하고 계속 그것을 잘 모아 두고 있다.

이제 내게 그것은 버릴 수 없는 물건이 되었다.

“좀 나와 봐. 너에게 보여 주고 싶은 사람이 있어. 고등학교 동창이야.”

수화기 너머로 퉁퉁이 말했다. 나는 남자인지 여자인지 물었다. 남자라고 했다. 몇 마디 더 물었지만 퉁퉁은 그저 이렇게만 대답했다. 나와 보면 알 거야!

수화기를 내려놓고 잠시 생각해 보았다. 대체 어떤 남자 동창이 만나자고 하는 거지? 얼른 짐작 가는 사람이 없었다. 종종 이렇다. 학교

다닐 때는 남학생이나 여학생이나 다들 공부하기 바빠서 이성에 관심을 둘 겨를이 없었다. 간혹 관심 가는 이성이 생긴다 해도 으레 '스캔들' 분위기가 되기 마련이다. 유유와 '유유의 그 애'처럼 말이다.

통통과 통통이 말한 남자 동창은 어느 한산한 식당에서 나를 기다리고 있었다. 일부러 조용하고 오래 이야기를 나눌 수 있는 곳을 택한 것 같았다. 그곳은 음식이 담백하고 밥도 고급 자기 그릇에 정갈하게 나오는 곳이었다. 무엇보다 식당 주인이 정성스레 끓여 내는 커피가 일품이었다.

문을 열고 들어서니 곧 그 동창의 뒷모습이 눈에 들어왔다. 하지만 여전히 누구인지 알아볼 수 없었다. 보통 여러 해가 지난 후에 만난 남자 동창들은 고등학교 때의 그 호리호리하던 몸들이 육중하게 변해 있는 경우가 많다. 그가 뒤를 돌아보았다. 검은 얼굴……. 의아했다. 고등학교 반 남자애 중에 이렇게 얼굴이 검은 애가 있었던가? 다른 반 남자애겠지? 내가 헷갈리고 있나?

"나 타오칭이야."

그가 자신을 소개했다. 이름을 듣고 보니 기억이 날 것도 같았다. 분명 타오칭이란 남자애가 있었던 것 같다. 그런데 타오칭이 이렇게 얼굴이 검은 애였나?

나는 통통에게 물었다.

"너희들 어떻게 연락이 된 거야?"

통통은 타오칭을 가리키며 그더러 말하라고 했다. 타오칭의 이야기에 따르면 어느 간행물에서 고등학교 시절을 회상하며 쓴 퉁퉁의 칼럼을 발견한 것이 계기가 되었다고 한다. 과장되지 않고 진솔한 문장이 퍽 마음에 와 닿아 한 편 한 편 눈을 떼지 못하고 계속 읽었는데, 나중에는 가판대 주인이 그를 알아보고 특별히 그달 잡지를 주었다고 한다.

"내리 10개월 치를 읽었지. 그리고 그때서야 필자의 이름에 다시 주목했어. 아무래도 고등학교 동창들 가운데 퉁퉁이란 이름이 있었던 것 같아 동창들 명단을 뒤졌지. 아니나 다를까, 퉁퉁이란 이름이 있는 거야. 곧바로 잡지사에 전화를 걸어 퉁퉁의 연락처를 알려달라고 했지. 그렇게 해서 연락이 되었어."

타오칭이 퉁퉁과 연락이 닿은 과정을 이야기하는 동안에도 나는 계속 기억을 더듬고 있었다. 타오칭이 누구였더라? 왜 이렇게 기억나는 게 없지?

그가 돌연 말을 멈췄다. 그리고 나를 바라보며 이렇게 말했다.

"알아. 아직 내가 누군지 잘 모르겠지?"

그 말에 퉁퉁도 고개를 들었다.

"응? 설마?"

"분명 아직 기억이 안 나는 모양인데."

나는 미안한 마음에 그의 앞에 놓인 물컵을 밀어 주며 물을 권했다. 나와 퉁퉁이 둘 다 커피를 주문해서 마시는 동안 타오칭은 줄곧 물만 마시고 있었다.

"내가 누군지 기억하려면 먼저 나와 관련된 일을 알아야겠지."

타오청은 이렇게 말하며 물을 한 모금 마셨다.

그가 누구인지도 기억이 안 나는데 그와 관련된 일이라니, 더더욱 머릿속이 캄캄했다. 나는 잠깐 말머리를 돌렸다.

"나랑 퉁퉁은 모두 커피 마시는데 왜 물만 마셔?"

그는 간단명료하게 대답했다.

"평소에는 물만 마셔. 꽤 오래됐어."

나는 다시 퉁퉁에게 물었다.

"고등학교 때 타오청과 관련된 일 뭐 아는 거 있어?"

"얘가 나 혼자보다 우리 둘 모두에게 들려주고 싶어 해서……. 뭐, 한 명보다는 두 명의 청중이 더 나으니까……."

퉁퉁이 대답했다. 타오청은 나나 퉁퉁 모두 시시콜콜한 이야기에 흥미를 느끼는 성격이 아니라는 것을 알아채고 헛기침을 한 번 했다. 마치 오랫동안 녹슨 자물쇠를 이제 막 열려는 것처럼…….

"사실 뭐 별건 없어……."

어떻게 이야기를 시작해야 할지 잘 몰라 망설이는 듯했다.

우리는 잠자코 기다렸다. 인내심이라면 퉁퉁이 나보다 한 수 위였다. 오래전부터 몸에 밴, 다른 사람의 이야기를 경청하는 그 습관은 세월이 흘러도 여전히 변치 않았다. 퉁퉁은 타오청에게 익히 보아온 티슈 한 장을 건넸다. 타오청은 아주 예의 있는 자세로 그것을 받아 손에

쥐었다.

“고등학생 시절 몇 년 동안 너희는 아마 내가 말하는 것을 거의 들어 보지 못했을 거야. 그렇지?”

아, 바로 이것이다. 이것이 바로 내가 그를 기억하지 못하는 이유였다. 몇 년 동안 목소리를 들어 본 적 없는 사람을 누가 기억할 수 있겠는가? 고등학생 때 그는 마치 등불 뒤 벽 위를 기어 다니며 바닥에 떨어져도 소리 하나 없는 도마뱀붙이 같았다.

“고등학생 때 나는 늘 두통에 시달렸어. 한번 머리가 아프기 시작하면 이틀을 갔지. 머리가 아플 때는 애들이랑 거의 아무 말도 안 했어. 어떻게 말을 해야 할지도 몰랐고. 엄마는 내 말수가 적어진 게 고등학교 입학 후의 스트레스 때문인 것 같다고 하셨고, 아빠는 내게 무슨 말 못할 걱정거리라도 있는 줄 아셨지. 검사도 받아 봤지만, 아무것도 나온 게 없었어. 자꾸 머리가 아프니까 나는 약국에 가서 값싼 두통약을 자주 사다 먹었어.”

두통 이야기를 하면서 타오칭의 말이 빨라졌다. 고통은 사람의 기억 속에 깊이 아로새겨진다. 테이블 아래 두 무릎 위에 올려놓은 손은 조금 전 퉁퉁이 준 티슈를 계속 쥐었다 놨다 하고 있었다. 나와 퉁퉁이 커피를 추가로 주문하는 동안 그는 물만 한 모금 마셨다. 눈은 막연히 계산대 위만 맴돌고 있었다. 나와 퉁퉁 모두 그의 이런 모습을 이해했다. 말수가 적은 사람들은 누군가 자신의 말에 집중하는 사람과 마주하면 오히려 표현이 서툴러지고 흔들리는 시선을 어디에 두어야 할지 몰라 우왕좌왕하는 경향이 있다.

"그 두통약을 먹으면 정신이 흐릿해지고 거의 혼수상태가 되었어. 정말이지 그때 난 교실에서 선생님에게 들키지 않고 자기 위해 안 해 본 방법이 없어. 사실 이거 되게 어려워. 일단 교단 앞에 서면 학생들의 모든 움직임이 한눈에 들어오거든. 그냥 선생님이 그 애를 꾸짖고 싶지 않거나 꾸짖기 귀찮거나 아니면 그 애의 앞날에 일말의 희망도 품지 않는 경우가 아니라면 선생님의 시선과 꾸지람을 피할 수 없지. 난 선생님들에게 이런 학생이었어. 그래도 난 내가 선생님 마음속에서 중간은 가는 학생이라고 생각했어. 아마 자존심 때문이었겠지. 그래서 교실에서 잘 때도 최대한 수업을 열심히 듣는 것처럼 보이려고 애썼어……."

타오청은 두 팔을 테이블 위에 올리더니 한 손으로 왼쪽 볼을 괴고 비스듬히 우리 쪽을 바라보았다. 약 1분 정도 침묵이 흘렀다. 처음에 나와 퉁퉁은 그가 잠시 말을 멈추고 쉬는 것이라 여겼다. 하지만 아니었다. 잠시 후에야 우리는 그가 지금 고등학교 때 자던 방식을 직접 재현해 보인다는 것을 깨달았다. 그의 눈은 정말 집중해서 앞을 보고 있는 것 같았다. 그러나 자세히 들여다보면 눈길이 이리저리 흔들리고 있는 게 보였다. 아니, 흐릿하게 멀어지고 있다고 하는 편이 더 맞을 것이다. 아득히 먼 곳으로 하염없이 흘러가고 있었다. 타오청은 하하 웃고는 그 동작을 거두었다. 한순간에 나와 퉁퉁은 그의 담담한 이야기에 완전히 빠져들고 말았다.

"학교 성적은 계속 안 좋았어. 고 3이 다 되어갈 무렵 내 성적은 반에서 꼴찌를 달리고 있었지. 우리 담임선생님이었던 천 선생님도 나를 불러 몇 차례나 상담했어. '타오청, 너 계속 이러다간 결국 실패한 인생이 되고 말아!' 나는 속으로 외쳤어. '저 아직 고등학교도 졸업 안 했는데 실패한 인생이라뇨? 제겐 아직 대학이 있고, 이후에는 사회로 나갈 거라고요!' 매번 선생님과 상담을 하고 나면 두통이 시작됐어. 이틀 연속으로. 그러면 또 수없이 두통약을 삼켰지. 그리고 하루 종일 혼수 상태에 빠져 못 깨어나는 거야. 그런데 어느 날,……어느 날……."

타오청이 갑자기 말을 머뭇거렸다.

"어느 날 뭐? 무슨 일이 생겼어?" 퉁퉁이 물었다.

"무슨 일인데?" 나도 다음 말을 재촉했다.

그는 컵을 들고 물을 한 모금 크게 들이켰다. 목을 한번 후련하게 축이고 싶은 모양이었지만 오히려 심한 기침만 나왔다. 나는 퉁퉁을 돌아보았다. 퉁퉁도 나와 시선을 마주쳤다. 우리 둘 다 그해 타오청에게 무슨 일이 있었는지 기억을 떠올려 보고 있었다.

"아마 너희들에게는 별일이 아닐 거야. 하지만 나에겐 달라……."

타오청은 상당히 자신을 의식했다. 다른 사람이 그를 이해하지 못할까 염려해 줄곧 설명하려 했다. 나와 퉁퉁 모두 그의 이런 면을 느낄 수 있었다.

"타오청, 편하게 얘기해. 커피 한 잔 주문해 줄까?"

퉁퉁이 물었다. 타오청은 다시금 물컵을 들고 남아 있는 물을 단숨에 비웠다.

"물 한 잔만 더 주문해 줘. 난 몇 해째 물만 마시고 있어. 커피나 술 같은 건 두통을 일으킬 수 있어서."

그는 금세 다시 허리를 똑바로 펴고 두 손으로 테이블 양 가장자리를 잡으며 우리와 눈을 맞췄다. 입가에는 미소가 걸려 있었다.

"어느 날, 어떤 애랑 싸움이 붙어 치고받고 싸웠는데, 그러고 나서는 머리가 안 아팠어. 대략 열흘 넘게 한 번도 아프지 않는 거야."

"싸움하고 났더니 머리가 안 아팠단 말이야?"

퉁퉁이 물었다. 퉁퉁은 나보다 더 호기심에 차 있었다.

"응, 나로서는 두통을 치료하는 방법이 생긴 거지."

타오청의 진지한 표정과 말투로 볼 때 결코 농담조로 하는 말이 아니었다.

"얼마나 어렵게 찾은 방법이었는지 몰라. 하지만 문제는 나와 싸움을 해 줄 사람을 찾아야 한다는 것이었어. 그뿐만 아니라 무슨 일이 있어도 선생님께 불려가는 일은 없을 상대라야 했지."

나는 그 기이한 경험과 생각에 놀라 입을 다물지 못했다. 커피를 한 모금 입에 댄 퉁퉁도 짙은 커피 한 방울이 턱에 묻었지만 느끼지 못했다.

"그러려면 나보다 센 상대여야 했어. 매번 나를 이겨서 승리의 쾌감을 맛보게 해야 했지. 그래야 다음에 또 아무도 없는 곳에서 나와 맞붙을 테니까. 나는 다른 반에서 적당한 녀석을 물색했어. 이미 싸움으로 꽤 유명한 녀석이었지. 내가 처음 그 녀석에게 싸움을 걸었을 때—개네들 말로 하면 일대일 대결이었지— 내 키는 그 녀석 코언저리에 간신히 닿을까 말까 했어. 그 녀석은 나를 한번 흘깃 보고 이러더라. '네가 나랑 붙겠다고? 관두지!' 나는 다가가서 그 녀석을 세게 한 번 걷어찼어. 내 도전을 받아들이도록 말이야. 그 녀석은 큰 눈알을 번득이며 나를 돌아보았어. '정말 해보자는 거냐?' 나는 '학교 창고 뒤에 있는 공터에서 보자!' 하고 돌아섰어. 첫 싸움 직전, 그 녀석이 한 번 더 물었어. '너 정말 나랑 싸울 거야?' 나는 행동으로 보여 줬지. 그 녀석의 배에 주먹을 내리꽂았어. 그다음은 일사천리였지. 그렇게 우리는 창고 뒤 공터에서 소리 소문 없이 싸움을 이어갔어. 한번 시작하면 지칠 때까지 싸웠지. 그렇게 싸우고 나면 며칠 동안 편안했어. 두통약을 먹지 않아도 되었고 공부에도 전념할 수 있었어. 대략 한 학기를 그렇게 싸웠던 것 같아. 서로 이름 같은 건 묻지 않았어. 싸움이 끝나면 그대로 돌아갔지. 다음에 만날 시간만 정하고 말이야.

그런데…… 하루는 그 녀석이 공터에 나오지 않았어. 약속을 어긴 거야. 오후 3시에 만나기로 했는데 4시 반까지 기다려도 안 오길래 걔네 반으로 가 보았지. 가 보니까 그 녀석이 교실에서 숙제를 하고 있더라고. 마침 그 녀석도 나를 발견하고 교실 밖으로 나왔어. '우리 이제 그만하자. 나 재미없어졌어.' '안 돼. 그럴 수 없어.' '왜?' 그 애의 물음에 내가 말했지. '싸워야 할 때 못 싸우면 난 아무것도 할 수 없다고!' 그러자 그 녀석은 내 팔을 잡고 창고 뒤로 갔어. 그날따라 그 녀석 주먹이 평소보다 두세 배는 매운 것을 느낄 수 있었지. 본래 우리는 다른 사람들 눈에 띄지 않도록 서로 얼굴은 때리지 않기로 했는데 이번만큼은 달랐어. 실수로 내 얼굴에 몇 차례 주먹을 날린 거야. 아니, 어쩌면 일부러 그랬는지도 몰라. 싸움이 막바지에 이를 무렵 그가 말했어. '자, 이게 마지막 일격이야. 오늘은 여기서 끝이야! 나 들어가서 공부해야 돼! 이만하면 너도 내 주먹 질리도록 먹었잖아. 안 그래?' 그래서 내가 말했지. '아니야, 넌 약이야. 통증을 치료하는 약!' 그 녀석은 내 말을 이해 못하고 말 없이 날 쳐다보기만 했어. 난 한 학기를 그렇게 나와 싸워 준 그 녀석이 정말 고마웠지. '넌 내게 할 만큼 했어! 다시는 널 귀찮게 하지 않을게!' 그러자 그가 내 얼굴을 보면서 말했어. '네 입술 부었어. 부어서 꼭 햄버거 같아.'

아빠, 엄마, 천 선생님 모두 내 얼굴을 보고 난리가 났어. 누구랑 싸웠는지, 왜 싸웠는지 다그쳤지. 물론 나는 얼굴에 붕대를 감은 채 입을 꼭 다물었고. 내가 말을 하지 않자 어른들은 내 행동에 대해 훈계를 늘어놓았어. 하지만 그 말투 속에서 묻어나는 나란 녀석에 대한 경멸을 나는 똑똑히 느낄 수 있었어. 어른들의 말이 길어지면 길어질수록 내 편두통은 심해지기만 했지……. 그러다 한번은 날 야단치는 천 선생님의 그 새빨간 얼굴에 대고 이렇게 내뱉었어. '그 얼굴, 선생님 그 벌건 얼굴 정말 꼴 보기 싫어요!' 아직도 기억나. '뭐? 그럼 누구 얼굴이 보기 좋은데? 말해 봐!' '몰라요! 말 안 할 거예요!' ……."

타오청이 두 번째로 물컵을 비웠다. 그리고 나와 퉁퉁을 바라보았다. 그의 모습을 마주한 우리는 마치 익지 않은 소고기 요리를 먹는 듯한 느낌이었다. 우리 위장이 소화를 시킬 수 있는지 없는지 시험이라도 하듯 주방장이 일부러 익히지 않고 내놓은 고기를 마주하고 있는 기분이었다.

평범한 한 남자아이에게 이런 경험은 정말이지 안 익힌 소고기와도 같았을 것이다. 나는 무슨 말을 해야 좋을지 몰라 다소 당황스러운 마음으로 입을 열었다.

"처음 들어. 고등학생 남자애가 이런…… 학창 시절을 보내야 했다니……."

반면 퉁퉁은 타오청의 다음 말을 고대하는 눈빛으로 다시 이야기를 재촉했다. 타오청은 현재 이야기로 말머리를 돌렸다.

"이런 노래를 들은 적 있어. '천국의 침실에도 비가 새다' 몇 년째 줄기차게 듣고 있는 노래야. 그냥 그 제목이 좋아서, 그 제목이 내포하는 모호한 의미가 좋아서 듣고 있어. 우리 고등학교 시절도 꼭 이 노래 가사, 이 노래 제목이랑 비슷했던 것 같아. 미처 예상치 못한, 예상할 수도 없었던 일들, 예상치 못했지만, 확실히 일어났던 일들……."

"고마워. 이런 얘기 들려줘서……."

퉁퉁의 눈가에서 눈물이 반짝였다.

나는 그의 두통이 어떤지 궁금해졌다.

“타오칭, 너 그거 정말 심각한 편두통 아니야?”

“모르겠어. 처음에는 이게 유전이라고 생각했어. 우리 엄마도 두통이 심했고, 외할머니도 그러셨거든. 근데 고등학교를 졸업하고 나서는 머리가 아프지 않았어. 이후로 한 번도 아픈 적이 없어.”

타오칭은 자신의 검은 얼굴을 문지르며 말을 이었다.

“도통 알 수 없는 일이야.”

어느새 바깥이 어둑어둑해졌다. 우리 셋은 거기 앉아서 몇 잔의 커피와 물을 주문했는지 모른다. 마음 깊은 곳은 여전히 진정될 줄 몰랐다. 나중에는 아무것도 먹지 않았지만, 누구도 배고픈 것을 느끼지 못했다.

새벽 1시, 우리 셋은 무려 10시간을 그곳에 머물렀다. 식당도 영업을 마칠 시간이었다. 식당 주인은 온화한 인상의 중년 여인이었다. 크지 않은 식당에 우리 셋만 남자 그녀는 조용히 옆 테이블에 앉아 차를 마시며 아침에 놓아둔 신문을 펼쳤다. 우리는 곧 식당을 나와 대로변 가로수 아래 섰다. 아직도 다 하지 못한 이야기가 가슴속에 남은 듯 무언가 아쉬운 기분이었다. 타오칭은 묵고 있는 호텔로 돌아간다고 했다. 나 역시 집으로 가야 했고 퉁퉁도 돌아가서 칼럼 원고를 마무리해야 했다. 우리는 흘러간 고등학교 시절을 못내 아쉬워하며 떨어지지 않는 발걸음을 옮겼다.

타오칭이 호텔 이야기를 꺼낼 때야 우리는 그가 출장 중에 이곳에 들른 것임을 알게 되었다. 나와 퉁퉁은 멀어져가는 그의 뒷모습을 눈으로 배웅했다. 그런데 그때, 그가 다시 돌아서서 우리 쪽으로 달려오는 것이 보였다. 어두운 거리를 비추던 가로등이 그의 넓은 어깨 위에 빛을 뿌리다 별빛처럼 조각조각 흩어져 튀어 올랐다. 다시 우리 앞에 선 그가 숨을 몰아쉬며 한 손가락을 펼쳐 들었다.

"한 가지 말하지 않은 게 있어."

좀 지쳐 있던 퉁퉁은 다시 정신을 번쩍 차렸다.

"무슨 일인데?"

"너희들 유유 기억하지?"

"그럼! 기억하고말고! 하지만 지금 어디에서 어떻게 살고 있는지는 몰라. 학교를 떠난 뒤로 어느 고원 지역으로 갔다는 말만 들었어. 자세한 건 아무것도 몰라. 그냥 막연히 추측만 할 뿐이지."

퉁퉁은 타오칭의 팔을 붙잡았다.

"유유에 대해 뭐 아는 거 있어? 있지? 네 얼굴 보니까 확실히 그런 것 같은데!"

타오칭은 조금 겸연쩍은 얼굴로 수줍게 우리 뒤편 건물의 번쩍이는 조명등을 바라보며 말했다.

"고등학교 졸업 후에 난 유유를 찾으러 고원으로 갔어. 우린 지금 함께 살아."

"세상에!"

퉁퉁은 놀라 뒤로 자빠질 지경이었다.

"어떻게 이런 일이!"

나 역시 이 놀라운 소식에 온몸에 전율이 흘렀다. 다소, 아니, 전혀 예상치 못한 일이었다.

"그때 유유와 '유유의 그 애'가 학교를 떠난 이후로 난 내내 그 둘을 생각했어. 두 사람이 여행 중에 접했을 갖가지 아름다운 것들을 머릿속에 그려보곤 했지. 후에 유유의 그 남학생만 혼자 돌아오고 유유는 어느 고원, 사람도 거의 살지 않는 곳에 남았다고 들었을 때 난 혼자 온종일 유유를 걱정했어. 그러다 어느 날 아침 결심했지. 유유를 직접 찾아보기로. 너희들 아니? 내게 있어 고등학교 시절 듣고 보았던 가장 아름다웠던 일은 바로 유유의 일이었어. 난 유유의 그 아름다웠던 날들을 잊을 수가 없어. 그 겨울날 붉은 꽃처럼 생기 있게 피어났던 그 애의 얼굴을 잊을 수가 없었어."

그 밤, 길 한가운데서 우리는 타오칭과 따뜻하게 포옹했다. 이미 흘러가 버린 고등학교 시절에 새롭게 다시 작별인사를 하듯이. 그때 내가 타오칭에게 이렇게 말했던 것이 기억난다.

"네 검은 피부, 정말 아름다워."

그는 고원의 태양이 선물해 준 것이라고 했다. 그러면서 고원의 태양을 보려면 내일 일찍 출발해야 한다고 했다.

집으로 돌아가는 길, 퉁퉁은 내내 아무 말이 없었지만 나는 잘 알고 있었다. 마음속 깊은 곳에서 터져 나오려는 울음을 애써 참고 있음을…….

알 수 없는 충동

표범 몇 마리가 큰 몸집의 말을 물어뜯어 땅에 쓰러뜨렸다. 말은 피투성이가 되었다. 끔찍했다. 말이 허공 속에서 머리를 버둥대자 물어뜯긴 목에서 흘러나온 피가 사방에 튀었다. 그때 집에는 아무도 없었고 나 혼자 텔레비전 앞에 앉아 그 장면을 보며 몸서리를 치고 있었다.

나는 별안간 유리잔을 하나 집어 깨뜨렸다. 엄마가 아끼는 푸른색 꽃무늬 유리잔이었다. 엄마는 집안 식구들 앞에서나 손님 앞에서 늘 그 유리잔을 두 손으로 가볍게 받쳐 들고 자신의 고운 손과 함께 그 예쁜 무늬와 모양새를 감상하도록 했다. 그 잔을 얼마나 아끼고 좋아하는지 거의 한시도 손에서 떼 놓지 않을 정도였다.

그런데 지금 그것을 집어 들고 깨뜨려 버린 것이다. 그 아름다움을 산산조각 내고 난 뒤 나는 집을 뛰쳐나와 무작정 거리를 걸었다. 아직도 기억난다. 나는 사람이 많은 곳으로 향했다. 빠른 속도로 거침없이 걷는 내 모습은 한 마리 질주하는 짐승 같았다. 나는 일부러 지나가는 사람들과 부딪치고 다른 사람의 발을 밟았다. 잔뜩 충혈된 눈으로 나와 이무런 상관없는 사람들의 시선을 미주 노려보았다. 내가 지금 성가신 일을 자초하고 있다는 것을 나도 잘 알고 있었다.

몇 분 후, 마침내 제대로 성가신 일이 하나 터졌다. 내가 일부러 부딪친 어떤 남자가 나를 향해 돌아섰다. 그 역시 나처럼 무언가 일을 내고 싶어 몸이 근질근질하던 참이었던 거였다. 이 세상에, 이 동네에, 바로 눈앞에 있는 이 거리에 무언가 사고를 치고 싶어 안달이 난 인간들이 이렇게 많은 줄 미처 몰랐다. 한눈에도 나보다 크고 건장해 보이는 그는 나보다 한발 앞서 손을 뻗었다. 먼저 머리와 얼굴에 주먹이 날아왔다. 눈앞에 번쩍 별이 보였다. 내 눈언저리는 판다처럼 시커멓게 멍이 들고 눈은 토끼처럼 빨개졌다. 분풀이를 마친 그가 호기롭게 말했다.

"병원 데려다 줄게."

나는 대답했다.

"필요 없어."

눈이 몹시 아팠지만, 자존심 때문에 손가락 하나 대지 않았다.

"요 녀석 보게. 내 어릴 때 모습이랑 똑같네."

그의 말에 나는 눈꼬리를 추켜올렸다.

"내가 왜 네 어릴 때랑 똑같아? 나는 나야. 너랑 아무 상관없어."

"이것 봐, 이것 봐. 쏙 빼닮았는걸."

굴욕적이었다. 두들겨 맞은 데다 날 때린 작자의 어릴 적 모습과 비슷하다는 말이나 듣고 있으니 말이다. 그는 사라지기 전에 한 번 더 물었다.

"정말 병원 안 가도 되겠어?"

"닥쳐! 필요 없다고!"

집으로 돌아오니 엄마는 마침 깨진 꽃무늬 유리잔을 치우고 있었다. 내가 들어오는 소리에 고개를 들고 막 야단을 치려다가 판다가 된 내 꼴을 보고는 손안의 유리 조각들을 내던지고 나를 향해 달려왔다.

"얼굴이 왜 그래? 누구랑 싸웠어?"

"누군지도 몰라요. 그렇지만 그 자식이 고마워요. 아까보다 마음이 훨씬 편안해졌거든요."

"이 지경이 됐는데 마음이 편안하다고?"

엄마는 정신없이 내 얼굴을 붙들고 이리저리 살펴보았다.

나는 그런 엄마의 손을 막으며 다시 한 번 말했다.

"정말이에요."

그날 밤, 잠을 자다가 누군가 나를 건드리는 느낌에 잠에서 깨어났다. 아빠가 내 맞은 얼굴을 어루만지고 있었다. 중학생이 된 이후로는 한 번도 아빠가 내 볼이나 몸에 손을 댄 적이 없어서 나는 뜨악한 마음에 벌떡 일어나 앉았다. 내가 갑자기 일어나는 바람에 아빠는 소스라치게 놀라며 내 얼굴에서 손을 뗐다.

"누가 때린 거냐? 아빠한테 말해 봐. 내 아들이 이렇게 맞았을 땐 분명 무슨 이유가 있겠지."

나는 다친 눈을 비비며 대답했다.

"만약에 제가 먼저 다른 사람한테 때려달라고 한 거면요? 그래도 이유를 따지실 거예요?"

아빠는 기가 막힌 듯 고개를 뒤로 젖히며 물었다.

"뭐? 네가 먼저 때려달라고 했다고?"

나는 고개를 끄덕였다.

"너 중학생 되고부터 골백번은 더 두들겨 패고 싶은 걸 지금껏 꾹 참고 사는데 뭐라고? 네 엄마가 그러더라. 남자애들은 중학교 들어가면 그렇게 때리는 거 아니라고. 다시는 때리지 말라고. 머리 둔해진다고. 그래서 내가 너 손찌검 안 하려고 얼마나 자제한 줄 알아? 그런데 뭐? 나도 감히 못 때리는 내 아들이 다른 사람한테 자기를 좀 때려달라고 했다고? 그럴 필요 뭐 있니? 다음부터 그렇게 맞고 싶으면 바로 이 아빠한테 부탁해라. 다른 사람 귀찮게 할 것 없이."

나는 깔깔 웃으며 아빠를 향해 머리를 내밀었다.

"지금 바로 부탁드려요. 제 부탁 들어주세요."

아빠는 나를 침대로 밀어 넘어뜨리며 말했다.

"얼른 자, 이 녀석아! 허튼소리 말고."

나는 금세 다시 잠이 들었다. 꿈속에서 큰 지진이 일어났다. 재미있게도 나는 무너진 시멘트벽 아래 깔렸다. 사람들은 필사적으로 나를 구하려 애썼다. 나는 그들을 향해 외쳤다.

“저 구하실 필요 없어요! 그냥 이대로 내버려 두세요!”

하지만 온 얼굴에 흙먼지를 뒤집어쓴 채 나를 구하려는 사람들은 내 진심 어린 외침을 듣지 못하고 기어코 무너진 벽 밑에서 나를 끌어냈다. 나는 종잇장처럼 납작해진 내 몸을 바라보며 신나게 웃었다.

집 건물 아래로 내려오는데 위에서 무언가 초록색 물건이 바람을 타고 천천히 떨어졌다. 얼핏 보니 무슨 천 조각 같았다. 하늘하늘 바람에 떠밀려 내려오는 그것을 보며 ‘착륙할 곳을 찾고 있나?’ 이 생각을 하고 있는데 마침 한 치의 오차도 없이 그것이 내 얼굴 위로 떨어졌다. 들춰 보니 헉, 여자 속옷이었다. 위를 올려다보니 7층 베란다에서 한 여자애가 고개를 내밀고 있었다. 그 애는 차마 소리쳐 말도 못하고 나를 향해 두 손만 흔들고 있었다. 나는 그것을 얼른 바닥에 내던져야 하는지 아니면 주인이 와서 가져갈 때까지 들고 있어야 하는지 몰라 정말 한참 고민했다. 이날 이때까지 낯모르는 사람의 속옷을, 그것도 여자애 속옷을 만져 보리라고 누가 상상이나 했겠나. 속옷, 여자애 속옷이라니. 그것을 들고 있는 내 손이 나도 모르게 떨려오기 시작했다. 동시에 눈앞에 있는 초록색 속옷이 손바닥 위에서 춤을 추기 시작했다. 때마침 그 여자애가 7층에서 달려 내려오면서 그 춤은 멈췄다. 그 애는 자기 물건을 내 손에서 홱 낚아채더니 말 한마디 없이 도망치듯 사라져 버렸다.

귀신에게 홀린 기분이었다. 나는 텅 빈 두 손을 코끝에 대고 킁킁거려 보았다. 그러다 '내가 지금 무슨 짓을 하는 거지?' 하는 생각에 순간 멍해졌다. 그러다가 사냥꾼에게 쫓기는 토끼처럼 허둥지둥 그 자리를 벗어났다.

오후 내내 나는 시장 바닥을 돌아다니며 더위라도 먹은 것처럼 그 여자애의 속옷에서 헤어날 줄 몰랐다. 내 안의 또 다른 나에게 죄책감이 들었다. '미안해. 잘못했어. 난 지금 그 여자애 속옷에서 빨리 벗어나야 해!' 하지만 난 벗어나지 못했다. 벗어날 수 없었다. 그 여자애 속옷에 대한 내 환상은 커져만 갔다. 얼핏 보기에 매우 고결하고 도덕적인 나를 그것은 너무 쉽게 무너뜨려 버렸다.

그날 이후, 나는 종종 집 건물 아래에서 무언가를 기다리는 사람처럼 멍하니 서 있곤 했다. 아마 하늘에서 또 한 번 초록색 여자 속옷 같은 것이…… 떨어지길 기다렸나 보다. 그렇게 한참을 서 있다가 7층 베란다에서 그 여자애가 나타나면 자리를 떴다. 나타났다 금세 사라지곤 하던 그 애는 베란다에 나와서도 내 쪽을 보거나 하지는 않았다. 그저 고개를 들고 하늘을 응시할 뿐이었다. 중학생이 되면 누구나 근시를 예방하기 위해 먼 곳을 응시하는 습관을 익히기 마련이다.

그러던 어느 날, 몇 번 본 적도 없는 아저씨가 뒤에서 나를 한 대 퍽 쳤다.

"너 맨날 여기 서서 뭐하는 거냐?"

안다고도, 모른다고도 할 수 없는 사람이었다. 평상시 이 나잇대 아저씨들은 봐도 보는 둥 마는 둥 하기 때문이다. 집에서 아빠를 보는 것만으로도 충분하니까.

"아무것도 안 봤어요."

그러자 그 아저씨가 갑자기 건물 위를 향해 소리쳤다.

"자인아, 나와 봐!"

7층 베란다에서 지난번 초록색 속옷을 떨어뜨렸던 여자애가 엄숙히 고개를 내밀었다.

"이 녀석이야?"

아저씨가 내 얼굴을 가리키며 물었다.

여자애가 고개를 끄덕였다. 그러자 아저씨는 별안간 내 옷깃을 틀어쥐었다.

"우리 딸이 그러는데 너 날마다 여기서 쟤 지키고 서 있다며? 우리 딸은 너 때문에 내려오지도 못하고, 너 무슨 짓을 하려고 맨날 여기 서 있는 거냐, 응? 네 아버지 누구냐? 네 아버지랑 얘기 좀 해야겠다."

서슬 퍼런 아저씨의 기세에 나는 말문이 턱 막혔다. 물론 나는 충분히 아저씨에게 이렇게 대답할 수 있었다. 그냥 제가 여기 서 있고 싶어서 서 있는 건데 아저씨가 무슨 상관이세요? 여기 서 있든 서 있지 않든 그건 내 자유예요. 무슨 근거로 제가 여기 지켜 서서 아저씨네 딸을 못 내려오게 막았다고 하시는 거예요? 하지만 나는 입도 뻥긋하지 못했다. 여기서…… 그 애를 기다린 게 사실이었으니까.

어른들은 왜 다들 이런 식일까? 난 그저 기다렸을 뿐인데, 막았다니! 기다린 것과 막은 것은 엄연히 다르다.

그 초록색 속옷 여자애 아버지가 우리 아빠를 만나 무슨 이야기를 했는지는 알 수 없다. 어쨌든 우리 아빠를 만난 것만은 확실하다. 그날 저녁, 거실 한가운데서 나는 아빠에게 아주 오랜만에 따귀를 한 대 맞았다. 한순간 시야가 캄캄해지면서 밝디밝은 거실 조명이 보이지 않았다. 우리 집 100와트짜리 거실 조명이 아무리 눈을 크게 떠도 보이지 않는 것이었다. 잠시 후 캄캄했던 어둠이 지나가고 나서야 서서히 눈 앞의 광경이 보이기 시작했다. 잔뜩 화가 난 아빠의 얼굴과 민망해 어쩔 줄 모르는 엄마의 표정이……. 그러고 보니 아빠에게 맞는 것도 거의 2년만인 듯했다.

내 죄목은 여자애의 갈 길을 막아섰다는 거였다.

나는 부어오른 오른쪽 뺨을 만져 보았다. 절망이었다. 내가 어쩌다 여자애가 길을 못 가게 가로막은 변태가 된 걸까? 이렇게 간단하게, 너무도 갑작스럽게.

왠지 모르게 그 순간 아빠와 맞붙고 싶다는 생각이 불현듯 들었다. 남자 대 남자로 한번 도전해 보고 싶었다. 이것은 순전히 남자애들의 이상이다. 무언가 잘못하면 종종 아빠에게 맞던 초등학교 때부터 가슴 속에 묻혀 오랜 시간 억눌려 있던 감정이었다. 한동안 돌덩이에 눌려 자라지 못하고 있던 싹이 땅속을 뚫고 나와 삐딱하게 자라는 것처럼.

나는 속으로 이를 악물었다. 만약 아빠가 또 한 번 나에게 손을 들면 이참에 정말 아빠에게 도전장을 내밀어야지. 조금도 망설임 없이 이렇게 말해야지. "아빠, 우리 일대일로 한번 붙어요!"

우리 또래 남자애들이라면 '일대일 대결'이 뭔지 잘 알고 있다. 두 사람이 일대일로 만나 먼저 조건을 말한 다음 힘과 지구력으로 상대방을 굴복시키는 것이다. 아빠와 일대일로 겨루는 상상을 할 때 내가 아빠에게 질 수도 있다는 생각은 한 번도 해 본 적 없다. 만약 그렇게 된다면 뒤에서 눈치 못 채게 공격할 것이다. 아니면 속으로 저주할 것이다. 날 때린 손이 마비돼서 평생 나에게 손대지 못하도록…….

아니, 그렇게까지 하고 싶지는 않다. 그냥 나는 아빠가 날 알아주었으면 하는 것뿐이다. 내 얼굴은 그렇게 아무 때나 때리라고 있는 게 아님을. 아빠 마음대로, 아빠 속 풀리도록 때리고 난 뒤 왜 때렸는지 합리화하라고 있는 얼굴이 아니라는 것을. 그리고 내 주위 모든 어른에게 알리고 싶다. 난 이제 어린애가 아니라고. 나에게도 반항할 능력이 있다고. 나이를 어느 정도 먹은 남자애가 억울한 대우를 받고도 고분고분 받아들인다면 그건 나이를 먹은 게 아니라고, 성장한 게 아니라고 말이다. 이후로도 아빠와 한번 겨뤄 보고 싶다는 생각은 줄곧 머릿속을 떠나지 않고 맴돌았지만 실현할 방법이 없었다. 쉽사리 입이 떨어지지 않았다.

그러던 어느 날, 내 방의 전등이 나가서 엄마가 의자를 딛고 올라가 새 등으로 갈아 끼우고 있었다. 그러다 그만 발을 헛디뎌 의자가 넘어가는 바람에 발목을 삐고 말았다. 나는 다친 엄마를 들어 올리지도 못하고 진땀만 빼고 있었다. 바닥에 쓰러진 엄마가 침착하게 말했다.

"얼른 아빠한테 전화해."

아빠는 내 전화를 받고 부리나케 달려왔다. 엄마의 상태를 본 아빠가 말했다.

"나가서 택시 잡아라."

밖으로 나가 택시를 잡고 뒤돌아보니 아빠가 엄마를 업고 건물 복도를 나오고 있었고, 엄마는 아빠의 목을 꼭 끌어안고 있었다. 그런 아빠의 모습을 보며 나는 마음이 복잡해졌다. 아빠에게 도전이니 일대일 대결이니 했던 내 생각이 한심하고 창피스러웠다. 제 분수도 모르고 까분 격이었다……. 아빠는 엄마를 안아 택시에 태웠다. 엄마의 구두 한 짝이 벗겨져 땅에 떨어졌다. 다친 발이 부풀어 오른 찐빵처럼 부어 있었다. 나는 그 구두 한 짝을 들고 두 사람을 따라가는 것 외에는 아무것도 할 수 없었다.

그 뒤로 아빠와 겨뤄 보겠다는 생각은 가슴속에서 싹 접었다. 그런데 한 가지 이상한 것은 왜 아빠도, 엄마도 나에게 사춘기의 생리적 지식에 관해 이야기하는 것을 그토록 부끄러워하는 걸까? 추측해 보건대 이는 분명 내가 여자애의 갈 길을 가로막았다는 죄목을 뒤집어쓴 것과도 깊은 관련이 있었다.

"말씀하지 않으셔도 저 다 알아요."

처음에 아빠는 무슨 대학교수처럼 단계적으로 내게 그러한 생리적 지식을 가르치려고 했다. 그러나 이미 혼자 힘으로 그 분야를 독파한

학생은 그 강의를 듣고 싶지 않았다. 엄마가 물었다.

"네가 그걸 어떻게 알아?"

마치 정세가 불안정한 어느 위험한 국가가 생화학 무기를 보유하고 있다는 소식을 들은 듯한 표정이었다. 나는 일부러 이렇게 대답했다.

"독학으로요."

"독학?"

아빠의 표정은 벌써 그 생화학 무기를 밟은 것 같았다. 나는 웃음을 터뜨리며 두 분을 안심시켰다.

"학교에서 보건 시간에 다 배워요."

엄마의 표정이 풀렸다. 걱정했던 생화학 무기가 사라졌으니 당연히 마음이 놓일 수밖에.

"그런 일들은 엄마, 아빠가 일일이 말하지 않아도 네가…… 잘 알고 있겠지."

엄마는 중간에 무슨 말인가를 하려다가 내 앞에서 하면 안 되는 말인 양 머뭇거리며 말을 삼켰다. 나는 책가방에서 보건교육 교과서를 꺼내 식탁에 올려놓았다.

"열 번도 넘게 읽었어요. 그래도 안심이 안 되면 열 번 더 읽을게요.

그리고 또 이해 안 되는 한 사람. 난 정말이지 태어나서 이렇게 불결한 선생님은 살다 처음이다. 선생님의 인격이나 내면을 말하는 것이 아니다. 어디까지나 외관상의 문제이다. 아주 그냥 머리부터 발끝까지, 노숙자들 앞에서도 할 말 없을 위생 관념과 생활습관이 엿보인다. 이 선생님을 볼 때마다 어느 물 부족 국가나 사막 지역에 살면 딱 맞겠다 싶은 생각이 절로 들었다.

그 사람은 바로 우리 담임선생님이다. 성은 쑨, 이름은 하오하오.

담임선생님이 처음 교실에 들어올 때가 기억난다. 고개를 푹 수그리고 성큼성큼 들어와 교단에 서던 모습. 길게 자란 앞머리 때문에 얼굴조차 제대로 보이지 않았다. 한눈에 봐도 한 치수 커 보이는 헐렁한 옷 속에서 수업지도안을 꺼내 교탁 위에 올려놓자 안에서 철하지 않은 종이들이 펄럭이며 떨어졌다. 그것을 주우려고 황급히 몸을 숙이니 소매와 바짓단이 교실 바닥에 쓸렸다. 다듬지 않아 제멋대로 자란 그 흐트러진 머리칼도 무언가 예술가 같은 느낌이 아니라 그냥 지저분해 보였다. 가까이 가 보면 머리카락 사이로 하얀 비듬이 보였고 어깨 위에도 적잖이 떨어져 있었다. 턱과 볼을 덥수룩하게 덮고 있는 수염은 이틀에 한 번 깎는지 사흘에 한 번 깎는지, 한 번 깎고 나면 그제야 40대가 아니라 서른대여섯 살로 보였다. 신고 있는 구두는 먼지 외에도 기름 방울이 여기저기 튀어 있었다. 아니, 기름이라기보다 붉은 페인트 같은 것이었다. 왜 구두에 페인트 자국이 묻어 있는지 우리 모두 궁금해 했다. 설마 쓰레기통에서 주워오기라도 했단 말인가?

2학기가 시작된 후 어느 날, 나는 선생님에게 물었다. 그때는 한 학기가 지나 다들 어느 정도 서로 익숙해진 때이기도 했다.

"선생님, 결혼하셨어요?"

선생님은 잠시 어리둥절하더니 눈을 들어 나를 빤히 바라보았다. 그 눈은 이렇게 말하고 있었다. 그게 선생님한테 할 질문이냐?

하지만 나에게 그런 기색을 알아챌 만한 눈치 따위는 없었다.

"선생님 옷 빨아주는 사람 없어요? 여자라면 이렇게 빨래를 안 할 리가 없잖아요."

그 말을 듣고 선생님은 실소를 터뜨렸다.

"안 했다."

"네? 뭘 안 해요?"

나는 선생님의 대답을 이해하지 못하고 물었다.

"안 했다고."

여전히 멍청한 내 표정을 보고서야 선생님은 다시 알아듣게 말했다.

"선생님은 아직 결혼 안 했다. 아직도 못 알아들었냐?"

그러고는 다시 고개를 수그리며 중얼거렸다. "눈치 없는 녀석."

그렇다. 나는 눈치 없는 녀석이다. 자기 담임선생님이 결혼했는지 안 했는지도 모르는 무딘 놈이다. 왠지 모르게 이때부터 난 우리 담임선생님이 좀 대단해 보였다. 남자가 결혼을 안 하고 산다는 것도 대단해 보였고, 결혼하지 않은 것을 남들이 알아차리지 못한다는 것도 그랬다.

용모나 옷차림에 무신경한 것도 나름 선생님만의 스타일이라고 느껴졌다. 하지만 어느샌가 내 마음에 나도 모르게 그런 선생님에 대한 안쓰러움이 싹트고 있었나 보다. 그 싹은 계절이 바뀌면서 땅속을 뚫고 나와 하늘 아래 확연히 징체를 드러냈다.

그리고 어떤 계기로 인해 그것은 폭발했다. 사람의 동정심이 폭발할 수도 있다는 것을 난 그때 처음 알았다. 한 달쯤 후의 일이었다. 아! 어쩔 것인가, 이놈의 동정심이여!

한 달 후, 하늘에서는 벌써 눈이 떨어졌다. 우리는 담임선생님의 결혼 소식을 듣게 되었다. 상대는 한 번 결혼했다가 이혼한 사람이라고 했다. 그리고 다음 날, 선생님이 교실로 들어섰다. 어찌 된 일인지 선생님은 여전히 몸에 안 맞는 큰 옷을 입고 있었다. 처음 보는 가죽 외투였지만 새것이 아니라 어딘가 낡아 보였다. 낡았다는 것, 그것이 눈에 딱 거슬렸다. 이미 희끗희끗하게 해진 옷에 새 신부가 두껍게 기름을 발라 그 옷이 스칠 때마다 여자애들의 흰 오리털 패딩이 검은색으로 얼룩졌다. 우리 선생님에게 이런 낡은 옷을 입히다니!

다음날, 아이들이 하는 말을 들으니 선생님이 걸친 그 낡은 외투는 신부의 전남편이 입던 것이라고 했다. 어쩐지 선생님에게 그렇게 크고 안 어울리더라니. 그 전남편이란 사람은 분명 키가 크고 덩치도 커다란 사람일 것이다.

나는 반 아이들을 대표해 선생님에게 단도직입적으로 물었다.

"선생님, 다른 사람이 입던 옷을 어떻게 그렇게 입을 수 있어요?"

선생님은 내게 되물었다.

"이거 못 입는 옷인가?"

"입을 수는…… 있지요." 나는 엉겁결에 대답했다.

"그럼, 옷이니 당연히 입을 수 있지."

선생님은 어깨를 한 번 으쓱 추어올렸다. 옷깃 부분의 기름이 귀밑에 묻어 검은 줄이 한 줄 생겼다. 말할 수 없는 안타까움을 뒤로 하고 그만 자리로 들어가려는데 선생님이 내 어깨를 툭 치며 말했다.

"쓸데없는 데 관심 꺼라. 이런 건 네가 신경 쓸 일이 아니야."

선생님의 말씀은 나를 더 욱하게 만들었다. 그러나 나는 충동을 가까스로 꾹꾹 눌러 참았다.

겨울이 다가왔다. 선생님과 우리는 집에서 싸 온 도시락을 먹었다. 점심시간이 되어 일제히 도시락 뚜껑을 열면 그 집 형편이나 엄마의 요리 솜씨를 엿볼 수 있었다. 다만 교단에서 식사하는 선생님의 도시락은 높아서 잘 보이지 않았다. 선생님은 교단에 앉아 줄곧 도시락에 얼굴을 파묻다시피 하고 식사를 했다. 나는 늘 도시락을 들고 여기저기 돌아다니면서 이 아이 저 아이의 도시락을 훔쳐보는 것이 취미였다. 어떤 여자애들은 내가 가까이 다가오면 얼른 자기 도시락을 손으로 가렸다. 내가 뺏어 먹을까 그러는 게 아니라 자기 도시락에 대한 나의 솔직한 평가가 두려워서였다. 이 때문에 여학생들은 점심시간이 되면 한결같이 나를 멀리했다.

"저리 가, 저리 가."

내가 말할 때 도시락에 침이 튀는 것이 걱정되어 그러는 것도 있긴 했다.

그렇게 교실을 돌아다니다 담임선생님이 식사하는 교단까지 이르렀다. 선생님은 식사할 때면 늘 입이 귀에 걸려 있었다.

"사람은 먹을 때가 가장 행복한 거야."

선생님이 종종 하는 말이다. 들여다보니 돼지고기 배추 졸임 반찬이었다.

그런데 다음 날도, 그 다음 날도 선생님의 도시락은 돼지고기 배추 졸임이었다. 이 요리는 고기를 간장에 졸여 검은빛을 띤다. 배추를 익힐 때는 국자로 고기를 건져내고 한 번 휘저은 다음 냄비에서 꺼내면 된다. 선생님은 거의 보름 연속으로 이 거무죽죽한 돼지고기 배추 졸임을 먹고 있었다.

"선생님 소예요?"

그날도 입가에 웃음을 띤 채 한창 그것을 먹고 있던 선생님이 내 물음에 고개를 들었다.

"그게 무슨 말이냐? 말 속에 뼈가 있는 것 같다."

"풀밭의 소나 그렇게 매일 똑같은 것을 먹죠."

선생님은 내 말뜻을 알아차리고 손에 든 숟가락을 휘두르며 나를 쫓았다.

"쓸데없는 데 관심 끄라고 전에도 얘기한 것 같은데. 이건 내가 좋아하는 음식이야. 자리로 들어가서 네 밥이나 먹어!"

가슴속에서 또 참견하고 싶은 알 수 없는 충동이 일었다. 하지만 이번에도 나는 자제하고 솟구치는 충동을 억눌렀다.

얼마 후 선생님은 위궤양에 걸렸다. 안색이 희지도 않고 검지도 않은 것이 몹시 안 좋아 보였다. 발병 당일에도 선생님은 내내 수업을 했다. 그러다 수업 도중 그만 교단에서 쓰러지고 말았다. 쓰러진 선생님의 이마에는 땀이 흐르고 손은 배를 꽉 움켜쥐고 있었다. 입술도 몹시 창백했다. 아픔을 참다 참다 더는 견디지 못하고 교실 바닥에 쓰러진 것이다. 우리는 서둘러 선생님을 병원으로 보내고 선생님 댁에 전화를 걸었다. 한 시간 뒤, 선생님의 부인이 도착했다. 몸집이 크고 뚱뚱했다.

"이게 무슨 일이에요? 어디가 아픈 거예요?"

선생님은 놀란 아내를 안심시키며 말했다.

"아무 일도 없어. 당신 어떻게 온 거야? 여기 학생들도 있잖아. 별일 없을 거야."

"학생들이 전화해서 온 거예요. 혹시나 당신이 잘못된 줄 알고 얼마나 놀랐는지 알아요?"

선생님의 흙빛 얼굴을 만져 보는 그 붉고 통통한 손은 선생님의 파리한 모습과 너무도 크게 대조되었다. 잘 먹어 터질 것 같은 그 손을 보니 나는 더는 참지 못하고 그동안 꾹꾹 눌러왔던 말을 쏟아냈다.

"그러게 우리 담임선생님이 소도 아니고 어떻게 한 달 가까이 시커먼 고기 배추 졸임만 먹여요? 세상에 먹을 음식이 그것밖에 없나요? 그리고 선생님이 걸치는 가죽 외투도 그래요. 그거 누구 옷이에요? 결혼한 지 얼마 되지도 않은 우리 선생님을 어떻게 이 꼴로 만들어요?"
아직 할 말이 더 남았는데 내 말이 다 끝나기도 전에 그분은 병원 바닥에 털썩 주저앉아 울부짖었다.
"이 양반이 대체 학교에서 애들한테 나에 대해 뭐라고 하고 다닌 거야! 내가 시집와서 당신을 허구한 날 구박만 한 줄 알잖아!"
그리고 다음 순간, 갑자기 벌떡 일어나더니 내 어깨를 꽉 붙잡았다.
"자세히 좀 보자. 너 누구니? 너 혹시 이 사람 아들 아니니? 이 양반 숨겨둔 아들 맞지?"
정말이지 그 순간 진심으로 그 통통한 손가락을 콱 깨물어 버리고 싶었다.

보다 못해 누워 있던 선생님이 떨리는 손으로 다른 아이들을 시켜 나를 내보내게 했다.
"재 좀 얼른 데리고 나가."
선생님의 말에 아이들이 나를 잡아당겼지만 나는 그 자리에 서서 버텼다.
"왜 이래? 내 말 아직 안 끝났어!"
한 아이가 불안한 얼굴로 속삭였다.
"그만해. 너 때문에 저 여자 금방이라도 미쳐 버릴 것 같아. 계속했다간 숨넘어가겠어."
그로부터 며칠 후, 위궤양이 다 나은 뒤 선생님이 처음으로 학교에서 점심을 먹는 날이었다. 나는 여지없이 올라가 선생님의 도시락을 살펴보았다. 돼지고기 배추 졸임이 아니었다. 놀랍게도 새로운 반찬이 두 가지나 도시락을 채우고 있었다.

나는 혼잣말처럼 중얼거렸다.

"가만히 있을 때는 무시하더니 뭐라고 하니까 달라지네!"

실은 선생님 들으라고 한 말이었다. 선생님은 그저 입가에 미소를 띠고 흐뭇하게 나를 바라보기만 했다. 그날 선생님은 점심을 아주 맛있게 먹었고, 식사를 마친 뒤에는 휘파람까지 불었다. '집으로 가는 길'이란 노래였다. 반 아이 한 명이 듣고는 외국 노래라고 했다. 퍽 아름다운 노래였다. 담임선생님이 음악과 관련된 무언가를 하는 것은 우리 모두 처음 보는 일이었다. 한 아이가 말했다.

"선생님, 한 곡 더 불러 주세요."

선생님은 대답 대신 이렇게 말했다.

"이 곡은 너희들 중 한 명에게 보내는 노래란다."

선생님의 시선이 나를 향해 있는 것을 보고 나는 그 한 명이 나라는 것을 알 수 있었다.

이튿날, 또 다른 변화가 일어났다. 선생님의 겉옷이 바뀌었다. 예전의 그 낡은 가죽옷 대신 밝고 화사한 붉은색 오리털 패딩이었다. 그렇게 입으니 실제 나이와 별 차이 안 날 만큼 젊어 보였다.

주말이 다가오자 선생님이 나에게 살짝 말했다.

"오늘 저녁에 선생님 집에 가서 밥 먹자. 집사람이 밥 한 끼 대접하고 싶다고 널 부르라고 하더라."

나는 고개를 흔들었다.

"저 그분 무서워요."

병원 바닥에 주저앉아 대성통곡을 하며 고래고래 소리를 지르던 광경이 아직도 눈에 선했다. 다시 떠올리기조차 싫었다.

"정말 안 갈 거냐?"

"안 가요."

선생님이 아쉬운 얼굴로 말했다.

"가기 싫으면 어쩔 수 없지. 아무튼 선생님은 네가 고맙다."

그해 겨울, 또 한 가지 사건이 일어났다. 나에게 크나큰 불명예를 안겨 주었던 자인이라는 여자애가 정말 길을 가다 봉변을 당할 뻔한 것이다. 공교롭게도 그것을 본 사람 역시 나였다. 처음에는 그 애가 그 애인 줄도 알아보지 못했다. 길을 가다 우연히 웬 낯선 남자가 여자애를 괴롭히는 장면을 보고 순간 욱해서 이것저것 생각할 겨를도 없이 그 남자에게 달려들었다. 맹렬한 기세로 겁 없이 돌진하는 나를 보고 그도 황급히 발을 들어 내 가슴을 한 대 세게 걷어찼다. 엄청 아팠다. 하지만 나는 포기하지 않고 그의 다리를 붙잡았다. 마치 경찰견이 범인을 물고 늘어질 때처럼 죽어도 놓지 않을 기세로 꽉 끌어안았다.

그가 험악한 얼굴로 외쳤다.

"놔! 안 놔?"

"내 손을 자른대도 안 놔 줄 거야!"

"아! 재수 옴 붙었네!"

일이 꼬였다 싶었는지 그는 있는 힘껏 악을 써댔다. 누군가가 그 소리를 듣고 이쪽으로 달려왔다. 발걸음 소리가 들리자 그는 당황하기 시작했다. 서둘러 달아나기 위해 들고 있던 쇠 펜치로 내 머리를 한 대 쳤다. 정신이 아득해지는 가운데, 달려온 사람이 그의 머리를 붙잡고 땅에 쓰러뜨리는 모습이 어렴풋이 보였다.

몇 분 후, 벽에 기댄 채로 나는 정신이 들었다. 여러 사람이 나를 에워싸고 있었다. 어떤 사람은 내가 숨을 쉬나 안 쉬나 손을 대 보기도 했다. 나는 입을 열어 괜찮다고 대답하고 일어나 비틀비틀 집으로 돌아갔다. 집 현관문 앞에 이르러서야 나는 내 손이 아직 붙어 있는지 살펴보았다. 다행이었다. 그 망할 녀석에게 잘리지 않았다. 안도의 한숨을 쉬며 나는 손을 들어 문을 두드렸다.

얼마 안 있어 자인의 아버지가 우리 집을 찾았다. 자인도 함께였다. 그 애는 문 앞에 서 있다가 쭈뼛쭈뼛 안으로 들어섰다. 아빠는 두 사람을 보자마자 미간을 찌푸리며 나를 돌아보았다.

"너 또 무슨 짓 했어?"

"이번엔 아드님이 고마운 일을 했습니다."

자인의 아버지는 일어났던 일을 몇 시간에 걸쳐 엄마, 아빠에게 이야기했다. 엄마는 듣다가 거의 기절할 뻔했다. 하지만 사실 나에게는 그리 대수롭지 않은 일이었다. 나란 녀석은 원래 이런 녀석이다. 충동

적이고, 욱하면 욱하는 대로 일을 저지르는……. 아, 머리가 너무 아프다. 한잠 푹 자고 일어나야지. 내일 아침에 일어나면 아픈 것도 좀 가라앉겠지.

그런데 참 이상한 일이다. 머리가 베개에 닿자 극심하게 통증이 느껴지면서 또 심장이 흥분되기 시작했다. 정말 나 자신도 못 말릴 노릇이다. 밤에는 심장이 이끄는 대로 또 이상한 꿈을 꾸었다. 여기에서 말할 수 없는 꿈이다. 절대로.

잠 못 들던 긴긴밤

그날 라이커는 자전거 뒷자리에 앉아, 땀에 젖은 엄마의 등에 머리를 기대고 '외계인' 아이스크림을 먹고 있었다. 앞에서 자전거를 몰던 엄마가 말했다.

"라이커, 흘리지 말고 먹어. 아이스크림 물, 엄마 등에 떨어뜨렸어."

"어? 어떻게 알았어요?"

"그 부분이 차가우니까 알지."

라이커는 엄마에게 미안한 생각이 들어 손으로 엄마 등에 묻은 아이스크림을 쓱쓱 닦고 또 떨어지지 않도록 고개를 멀찍이 떨어뜨렸다. 그때 또다시 엄마의 목소리가 들려왔다.

"엄마한테서 그렇게 멀리 떨어지지 마. 그러다 떨어질라."

그날은 일요일이었다. 엄마는 자전거로 라이커를 수학 학원에 데려다주는 길이었다.

행여나 아들이 자전거에서 떨어질까 봐 자신의 등에 꼭 붙어서 아이스크림을 먹으라고 당부하던 엄마는, 잠시 후 그만 자신이 떨어지는 변을 당하고 말았다.

당시 상황은 기억하려 해도 기억할 수가 없다. 사고가 일어나던 때에 라이커는 다시 엄마 등에 기대어 지그시 눈을 감고 아이스크림을 먹고 있었다. 평소에도 자전거를 탈 때면 라이커는 늘 이렇게 엄마 등에 꼭 붙어서 갔다. 엄마의 등은 비바람을 막아 주었고, 비스듬히 내리쬐는 햇볕도 가려 주었다. 아마도 어느 사거리에서 갑자기 빨간불로 불이 바뀌면서 왼쪽에서 나란히 가던 트럭이 급히 브레이크를 밟은 듯했다. 자전거는 비틀비틀 흔들리다가 그만 트럭 옆에 쿵 부딪히고 말았다. 순간 라이커는 강한 힘에 의해 오른쪽으로 몸이 쏠리는 것을 느꼈다. 위험을 느낀 엄마가 다급히 자전거와 아들을 트럭 반대편으로 세게 밀친 것이다. 그러나 엄마 자신은 자전거에서 떨어져 트럭 뒷바퀴 쪽으로 굴렀고, 오른발이 트럭 바퀴에 깔리고 말았다. 엄마는 아픔으로 그 자리에서 정신을 잃었다. 그러나 라이커는 그때까지도 무슨 일이 벌어졌는지 미처 파악하지 못한 채 무의식적으로 아이스크림만 핥고 있었다.

엄마의 오른발은 상태가 심각했다. 뼈가 조각조각 잘게 으스러져 수술도 불가능했다. 의사는 당장 오른발을 절단해야 한다고 말했다.

라이커의 생활에도 변화가 일어났다. 엄마가 다시는 자전거를 탈 수 없게 된 것이다. 매일 밤 엄마는 오른쪽 의족을 벗어 침대 옆 의자에 올려놓고 잠자리에 들었다. 엄마의 의족을 볼 때마다 라이커는 한동안 멍해졌다. 그리고 한참 동안 그것을 노려보며 서 있었다.

사고 이후 라이커는 아빠에게 부서지고 찌그러져 못 쓰게 된 자전거를 폐품 처리장에 갖다 버리라고 했지만 어쩐 일인지 아빠는 그 자전거를 분해해서 베란다에 놓아두었다.

"아빠, 이렇게 찌그러진 걸 왜 안 버리세요?"

라이커가 물어도 아빠는 단호한 어조로 이렇게만 대답했다.

"안 버린다."

엄마는 본래 건물 청소 일을 해 왔다. 14층 높이의 어느 기관 건물에서 복도 청소를 담당하고 있었다. 엄마 말로는 널따란 복도 바닥이 모두 고급 대리석으로 깔렸다고 했다. 매일같이 엄마는 대걸레로 복도 바닥을 반짝반짝 윤이 나도록 말끔히 닦았다. 도도하게 고개를 세우고 복도를 지나던 젊은 여사원들도 걸음을 멈추고 빛나는 대리석 바닥에 비친 자신의 모습을 들여다볼 정도였다. 엄마는 자기 일을 좋아했다. 그리고 엄마가 이곳에서 일하는 데는 또 한 가지 중요한 이유가 있었다. 바로 아빠도 같은 건물에서 근무했기 때문이다. 라이커의 아빠는 이 기관 물품 관리과의 부과장이었다. 엄마는 아빠가 곧 과장으로 승진할 거라고 했다. 지금 과장 자리에 있는 사람이 곧 다른 부서 부처장이 될 예정이었기 때문이다. 그래서 엄마는 집에 있을 때면 늘 "우리 과장님 술 따라드려야지.", "우리 과장님 담뱃불 붙여드려야지." 하며 연신 '과장님'을 입에 달고 살았다. 엄마가 그럴 때마다 아빠는 과장이 아니라 부과장이라고 바로잡았지만 달라지는 것은 없었다. 싫증도 안 나는지 엄마는 늘 입버릇처럼 '과장님'이라 부르고 아빠는 이를 바로잡는 일을 반복했다.

이제 엄마는 건물 청소 일도 할 수 없게 되었다. 대신 여러 친구의 도움으로 한산하고 집에서도 그리 멀지 않은 곳에 자그마한 담배 가게를 하나 차렸다. 안에는 공중전화도 한 대 설치했다. 종일 엄마는 좁은 가게 안에 앉아 담배도 팔고 전화도 지켜보았다.

라이커가 해 질 녘에 집에 돌아오면 주방에서는 아빠가 저녁을 짓고 있었다. 엄마는 가게를 지키다 저녁 늦게야 돌아왔다. 오른발이 의족이라 걸음마저 느려 집에 도착하면 거의 저녁 8시가 다 되어 있었다. 그래서 보통 아빠는 라이커에게 먼저 저녁을 먹이고 방에 들어가 숙제를 하게 한 다음 자신은 엄마가 돌아오기를 기다려 함께 저녁을 먹었다. 간혹 아파트 복도를 올라오는 느린 발걸음, 한 발은 무겁고 한 발은 가벼운 엄마의 발걸음 소리가 들려오면 아빠는 라이커의 방문을 향해 외쳤다.

"라이커, 아빠 밥 데울 동안 가서 네 엄마랑 같이 좀 올라와라."

라이커는 무심히 대답했다.

"저 지금 숙제하는데요."

그러면 아빠는 하던 일을 멈추고 직접 나가서 현관문을 열고 복도 불을 켠 뒤 내려가서 엄마를 부축해 함께 올라왔다.

엄마가 손을 씻고 저녁을 들기 시작하면 아빠는 아들이 무얼 하고 있나 살며시 방문을 열어 보았다. 방문을 살며시 여는 것은 혹시나 아들의 공부에 방해될까 염려해서지 결코 무슨 사복 경찰처럼 아들을 몰래 감시하려는 것이 아니었다. 하지만 때때로 방문을 열어 보면 아들은 책상 앞에 앉아 공부를 하는 것이 아니라 귀에 이어폰을 꽂고 두 발을 책상 위에 올린 채 의자에 기대고 앉아 찢어지는 새소리 비슷한 소리를 내고 있었다.

"음악 듣니?"

아빠가 물으면 라이커는 이렇게 대답했다.

"영어 듣기 공부해요."

그러기를 몇 차례, 한 번은 라이커의 귀에 꽂힌 이어폰을 빼 무엇을 듣는지 직접 들어 보았다. 이어폰에서 들려오는 것은 영어가 아니라 젊은 여가수의 노랫소리였다.

"이게 어느 나라 영어니?"

그러면 라이커는 또 이렇게 대답했다.

"잠시 머리 좀 식히려고 듣는 거예요. 그것도 안 돼요?"

그러면 아빠는 죄라도 지은 사람처럼 조용히 문을 닫고 방을 나왔다.

어느 날 밤, 대략 자정쯤 되었을까, 잠이 든 지 얼마 안 되었을 무렵이었다. 갑자기 '우당탕!' 하는 소리가 온 집 안에 울려퍼졌다. 라이커는 깜짝 놀라 벌떡 일어났다. 서둘러 불을 켜고 밖을 향해 큰 소리로 물었다.

"아빠, 무슨 일이에요? 시끄러워서 잠을 못 자겠어요."

아빠가 라이커의 방문 앞으로 와서 말했다.

"엄마가 화장실에 가려고 일어났는데 의족 차는 것을 깜빡 잊어버려서 바닥에 넘어졌어. 이제는 괜찮다. 그만 자라."

"어떻게 자기 의족 차는 걸 잊어버려요? 바보같이……."

라이커의 대꾸에 아빠는 할 말을 잃고 잠시 그 자리에 멍하니 서 있었다. 문득 뒤를 돌아보니 엄마가 화장실에서 천천히 나오고 있었다.

"라이커가 뭐라고 해요?"

"아니야, 아무 말도 안 했어."

대답은 이렇게 했지만, 여전히 가슴 한가운데 무언가 돌덩이 같은 것이 걸려 내려가지 않는 것 같았다.

라이커는 친구들과 처음으로 '상하이탄'이라고 하는 사우나탕에 가보게 되었다. 친구 더성이 먼저 이야기를 꺼냈다. 그날 라이커의 반인 1반 몇몇 남학생들은 2반 학생들과 학교 농구장에서 농구 시합을 했다. 땀을 뻘뻘 흘리며 이리 뛰고 저리 뛰었지만 아쉽게도 지고 말았다. 더성을 비롯해 반 아이들은 모두 고개를 떨어뜨리고 말없이 웃통을 벗어 비 오듯 땀이 흐르는 등을 닦았다. 키가 장대 같은 2반 아이들이 의기양양하게 외쳤다.

"아쉽냐? 아쉬우면 언제든 날 잡아서 붙어. 얼마든지 상대해 줄게."

집으로 가기 전, 더성이 라이커와 뤄디를 돌아보며 말했다.

"우리 상하이탄 가자. 가서 좀 씻고 기분 좀 풀어야지. 안 그러면 나

오늘 진짜 열 받아서 가만히 못 있을 것 같아."

라이커가 말했다.

"거기 되게 비싸다던데."

"걱정 마. 네 몫까지 내가 내 줄게."

"아냐, 됐어. 내 것은 내가 낼게. 근데 우선은 좀 빌려 줘. 오늘은 돈을 안 가져왔어."

더성네 집이 잘사는 것은 아이들이 다 알고 있었다. 더성의 아빠는 일고여덟 개의 구두 가맹점을 냈고, 이번에도 남방 지역으로 가서 항공 운송으로 제품을 대량 사들여 왔다.

사우나탕에 도착한 아이들은 벌거벗은 몸으로 무엇부터 해야 좋을지 몰라 휴게실 내부를 한 바퀴 빙 둘러보았다. 더성이 먼저 제안했다.

"우리 먼저 사우나 칸에 가서 땀부터 좀 빼자. 그다음에 따뜻한 물로 씻고 소파에서 한숨 자는 거야. 어때?"

으스름한 조명의 사우나 칸에서 세 아이는 뜨거운 것을 꾹 참으며 땀을 뺐다. 체온보다 훨씬 높은 사우나 칸 온도에 숨이 턱턱 막혔다. 그래도 더성은 아빠와 자주 이곳에 와 보아서 누워 있는 자세가 한결 여유로웠다. 라이커는 당장에라도 뛰쳐나가서 신선한 공기를 마시고 싶었다.

"라이커, 촌스럽게 굴지 말고 즐겨. 이 정도도 못 즐기면 앞으로 어떡하려고."

더성의 말에 라이커는 꾹 참고 버텼다. 온몸의 땀구멍이 다 열리고 땀들이 앞다투어 땀구멍을 비집고 나오는 것 같았다.

사우나 칸에서 나와 따뜻한 물로 목욕을 한 셋은 각자 마음껏 편한 자세로 소파에 누웠다. 라이커도 확실히 온몸이 편안해지는 것을 느꼈다. 더성이 뤄디를 돌아보며 자기가 살 테니 가서 콜라 좀 사 오라고 했다.

“내 건 내가 살게.” 라이커가 급히 말했다.

“됐어. 콜라 몇 캔 가지고 뭘 그렇게 따져.”

차가운 콜라를 마시면서 라이커는 곁눈질로 더성을 흘끔 쳐다보았다. 더성은 발을 까딱거리면서 주위를 두리번두리번하더니 뤄디를 툭 쳤다.

“야, 가서 마사지사 좀 찾아봐. 몸 좀 풀어 줘야 할 것 같아.”

‘녀석, 복에 겨웠네.’ 라이커는 속으로 중얼거렸다.

이튿날, 담임선생님인 샤오 선생님이 수업 중에 학생들에게 물었다.

“21세기 말 우리 중국에는 어떤 중요한 사건이 있었지? 대답할 수 있는 사람은 손들고 발표해 보자.”

더성이 번쩍 손을 들었다.

“권투 챔피언 타이슨이 홀리필드의 귀를 물어뜯은 사건이 있었어요.”

선생님은 희끗희끗한 머리칼을 쓸어 넘기며 말했다.

“음, 더성의 답은 질문에서 좀 벗어난 것 같구나.”

라이커가 대답했다.

“타이완 가수 장후이메이(타이완 원주민 출신의 여가수, ‘아메이’라는 애칭으로도 잘 알려져 있다. 1990년대 말에서 2000년대에 걸쳐 각종 가수상 수상과 함께 대대적인 순회 콘서트를 열었다. ─옮긴이)가 대륙에서 단독 순회 콘서트를 열었어요.”

“장후이메이는 확실히 대단한 가수지.”

선생님이 선뜻 답했다. 이어서 여러 학생이 각자 생각한 답을 내놓았다. 하지만 모두 의도했던 답이 아닌 듯 선생님은 직접 입을 열어 설명하기 시작했다.

“너희는 다음 두 가지 일을 기억하기 바란다. 21세기 말에 중국은 양쯔 강과 황하를 연결하는 공사를 했고, 홍콩과 마카오가 조국으로 반환되었다.”

더성이 물었다.

“그건 정부와 관련된 일이잖아요. 우리랑 무슨 관련이 있어요?”

다른 몇몇 아이들도 고개를 끄덕였다.

“맞아요. 우리랑 무슨 상관이에요?”

라이커도 한마디 했다.

“선생님, 나라에서 일어나는 일들에 그렇게 신경을 쓰셔서 머리가 빨리 세시는 것 같아요. 그럴 필요 있나요?”

선생님은 아이들의 말을 듣고 무슨 말을 어떻게 해 주어야 할지 몰라 잠시 심각한 얼굴로 서 있었다.

"오늘 수업은 이만 마치도록 하자."

얼마 후, 담임선생님은 학교를 떠났다.

반 아이들은 마지막 수업 때 선생님이 무슨 말인가를 하려다 하지 못한 듯한 느낌을 지울 수 없었다.

가을이 되어 길가의 나뭇잎은 하루가 다르게 알록달록 물들었다. 그리고 하룻밤 사이에 우수수 져 버렸다. 엄마의 담배 가게 앞을 지나던 라이커는 가게 지붕 위에도 누런 빛깔의 나뭇잎들이 잔뜩 쌓여 있는 것을 보았다. 마치 창창한 세월을 보내고 하얗게 세어 버린 머리칼 같았다.

점점 쌀쌀해지는 가을날, 라이커의 집도 중국의 다른 일반 가정들처럼 주택 개혁(나라의 공유재산이었던 주택을 개인이 소유하고 매매할 수 있는 사유재산으로 제도가 변경된 일 —옮긴이) 때 은행에 저축한 돈을 찾아 집을 샀다. 라이커는 이런 일들에는 전혀 무관심했다. 하지만 엄마, 아빠는 걱정이 태산이었다. 지금 사는 집을 사고 난 후 1만여 위안(중국의 화폐 단위)의 빚을 안게 되었기 때문이다.

일요일 점심, 엄마는 라이커에게 공원에 있는 아빠를 불러오라고 거듭 재촉했다.

"강변 공원에 가서 아빠 얼른 들어와서 식사하시라고 해."

강변으로 가 보니 아빠는 공원에서 경극을 하는 할아버지 할머니 무리 밖에서 혼자 우두커니 앉아 노랫가락을 듣고 있었다.

“아빠, 여기서 뭐 하세요? 아빠 때문에 여기까지 뛰어왔잖아요.”

아빠는 그런 아들의 얼굴을 물끄러미 바라보기만 했다.

라이커는 아무것도 몰랐다. 갚아야 할 빚 때문에 천근만근인 아빠의 마음을. 한참 후에야 아빠가 입을 열었다.

“경극을 몇 마디 듣고 나니 마음이 좀 가벼워지는 것 같구나. 중국인들은 역시 이 노랫가락 속에 모든 고뇌와 근심을 토해내는 게야.”

해가 바뀌고, 라이커의 중학교 입학이 코앞에 닥쳤다. 라이커는 1점 차로 가고자 했던 시 명문 중학교에 떨어졌다. 아빠는 인맥을 찾아서라도 아들을 좀 더 나은 중학교에 보내고자 며칠을 이리 뛰고 저리 뛰었지만 아무 소용이 없었다. 남은 방법은 하나뿐이었다. 돈을 쓰는 것이었다. 그렇게 되면 집은 또다시 빚을 져야만 했다. 아빠는 고심 끝에 직접 학교장을 찾아가 사정을 이야기해 보기로 했다. 학교장의 대답은 단호했다.

“1점이 아니라 0.5점이 모자라 떨어진 학생이 얼마인 줄 아십니까? 수두룩합니다. 1점 모자란 학생들은 사방에 널렸어요. 점수는 거짓말을 못하지요. 가장 공정한 것이 점수입니다. 그래도 꼭 아드님을 우리 학교에 보내셔야겠다면 저희도 학교 기부금을 얼마간 받는 수밖에 없습니다(중국은 일정액의 기부금을 납부하면 입학을 허용하는 기부금 입학(기여 입학)이 제한적 범위 내에서 가능하다 —옮긴이).”

결국 아빠는 다시 돈을 빌리기로 작정했다. 이왕 1만여 위안의 빚을

진 것, 좀 더 빌려서 이 두 어깨로 한번 감당해 보자. 하나는 우리 식구가 살 집을 위해서, 하나는 자식의 미래를 위해서. 그래, 이 둘을 위해서라면 질 만하지, 질 만하고말고.

라이커는 원하는 중학교에 입학했다. 더성과 뤄디도 함께였다. 셋의 공통점은 모두 돈을 치르고 이 학교에 들어온 것이었다. 이렇게 두 친구와 함께 같은 학교에 들어오니 중학생이 되어도 별다른 느낌이 없었다. 어제나 오늘이나 거의 다를 것이 없었다.

어느 날 저녁 식사 때였다. 아빠가 마지막 술 한 잔을 꿀꺽 삼키고는 무겁게 입을 열었다.

"나 회사 그만둘 생각이야. 대출받아서 택시 운전을 해보려고."

엄마가 깜짝 놀라 물었다.

"과장 일 잘하고 있는데 뜬금없이 무슨 택시를 몬다고 그래요?"

"자꾸 과장, 과장 하지 마. 부과장이라니까. 나도 나름 계산해 봤어. 앞으로 처장이 된다 해도 여기 있으면 8년이 넘도록 몇만 위안의 빚을 다 못 갚아. 하지만 지금 대출받아 택시 운전을 하면 새벽부터 밤까지 열심히만 하면 3년 안에 빚을 다 청산할 수 있어."

"이미 생각 다 해 놓으셨구려."

"다 해 놓았지."

엄마가 아빠 좀 말려 보라는 듯 라이커를 돌아보았다.

"라이커, 네 아빠가 회사 관두고 택시 운전을 하겠단다."

라이커가 대답했다. "상관없어요."

"뭐? 상관없다고?"

"아빠가 택시를 몰고 싶다는데, 그게 저랑 무슨 상관이에요?"

라이커의 말에 아빠는 그저 묵묵히 고개를 떨구었다.

3개월 후, 아빠는 정말 자동차를 사 택시 운전을 시작했다. 차 번호는 00407이었다. 아빠의 생활은 전보다 더욱 고되고 힘들어졌다. 새벽 이른 시간에 나가 밤늦게야 집으로 돌아왔다. 반면, 아빠가 밖에 있는 시간이 길어지자 라이커는 고삐 풀린 망아지처럼 자유를 만끽했다.

더성, 뤄디와 함께 시내 곳곳을 돌아다니며 유명한 포트만 레스토랑에 가서 독일 흑맥주도 마시고, 라오두이추 만두 전문점(하얼빈의 유명 교자 전문점 —옮긴이)에도 두 번이나 가 보았다. 한 번 갈 때마다 10여 가지 만두를 맛볼 수 있었다. 또 일본 음식점에 들어가 일본 요리를 먹고 카페에서 정통 브라질산 커피를 즐기기도 했다.

첫 학기 시험에서 라이커는 반 56명 가운데 48등을 했다. 도저히 엄마, 아빠에게 성적표를 보여 줄 엄두가 안 났지만, 성적표에는 부모님의 서명란이 있었다. 한동안 고심하던 라이커는 결국 더성에게 아빠 글씨를 흉내 내서 대신 사인을 해 달라고 부탁했다. 더성은 평소에도 다른 사람의 글씨를 곧잘 따라 쓰곤 했다. 더성이 사인한 것을 보고 라이커는 감탄을 금치 못했다. 이렇게 보고 저렇게 봐도 아빠의 글씨체 그대로였다.

"와, 진짜 똑같네!"

더성은 만족스러운 듯 킥킥거렸다.

"한두 번 해 본 솜씨가 아니거든. 매번 운이 좋았지."

며칠 후, 저녁 늦은 시간에 아빠가 일을 마치고 집으로 돌아왔다. 표정이 몹시 안 좋았다. 저녁을 들면서 아빠는 조금 전 밖에서 겪은 일을 들려주었다.

"좀 전에 중학생으로 보이는 두 녀석이 세기 영화관에서 택시를 탔는데, 왼쪽으로 돌아라, 오른쪽으로 꺾어라 하면서 18위안 정도 거리를 가더니 아, 글쎄 여기예요 하고는 차를 세우자마자 냅다 도망가지 뭐야. 나 원 참."

"화 그만 내고 밥 먹어요. 그러니까 앞으로는 좀 일찍 일찍 마치고 들어와요. 그러다 무슨 일이라도 생기면 어쩌려고…."

이튿날, 등굣길에 라이커는 더성, 뤄디 두 친구를 만났다. 뭔가 재미있는 일이라도 있었는지 더성이 웃음기 가득한 얼굴로 입을 열었다.

"우리 어제 영화 보러 갔다가 택시 타고 집에 왔는데 내릴 때 어떻게 한 줄 알아? 도착해서는 차 멈출 때 재빨리 내려서 골목으로 튀었다. 그 택시 기사 길거리에서 막 욕까지 하더라."

라이커는 어안이 벙벙했다.

"재밌냐? 너희들이 그러고도 사람이냐!"

갑작스러운 라이커의 태도에 더성이 웃음을 멈추고 물었다.

"뭐야? 너 왜 그래? 네가 언제부터 그렇게 바른 생활 청소년이었다고?"

"너희들이 그러고도 사람이냐고!"

뤼디도 놀라 어리둥절한 얼굴로 라이커를 바라보았다.
“라이커, 너 왜 그래?”
“그러고도 사람이냐고!”

다시 며칠이 지난 어느 날, 집 건물 아래 택시를 세운 아빠가 차 문을 쾅 닫고 나와 몹시 흥분한 얼굴로 한걸음에 계단을 올라왔다. 집으로 들어온 아빠는 먼저 소파에 앉아 담배를 몇 모금 피운 뒤 라이커의 방문을 향해 외쳤다.
“라이커, 너 좀 나와 봐라.”
방문을 열고 나온 라이커의 눈에 아빠 앞에 놓인 시험 성적표가 들어왔다. 물론 더성이 해 준 가짜 사인도 고스란히 보였다.
“너 이게 어떻게 된 거냐? 설명 좀 해 봐라.”
라이커는 거짓말까지 하고 싶지는 않았다.
“반 친구가 대신해 준 거예요.”
“너 내 아들 맞니? 정말 간도 크구나. 난 네가 내 아들인지 몰라볼 것 같다.”
“저도 이런 짓을 한 저 자신이 싫어요.”
“아빠, 엄마가 널 위해서 무슨 고생을 하고 있는지 아니? 네가 조금이라도 네 부모를 생각한다면 어떻게 이런 짓을 할 수 있어? 넌 지금 당장 나가 죽어도 싸, 이 녀석아!”
말이 끝나자마자 아빠의 손바닥이 뺨을 향해 날아왔다.

리이기는 피하지 않았다. 그저 눈을 감고 자신의 잘못을 인정했다.

"네, 전 맞아도 싸요."

아빠는 끓어오르는 화를 참지 못하고 몇 차례 더 아들의 뺨을 쳤다. 철썩, 철썩……. 라이커의 뺨은 금세 불그스름하게 달아올랐다.

"아빠, 진작 저 좀 이렇게 혼내지 그러셨어요."

아빠는 손을 멈추었다. 그리고 한동안 부들부들 떨리는 몸을 어찌지 못한 채 그대로 서 있었다.

어느 날 저녁이었다. 세 명의 남자가 아빠의 택시를 잡았다. 그들은 택시에 올라타고도 아무 말이 없었다.

"어디까지 가십니까?"

아빠가 묻자 그들 중 한 명이 대답했다.

"그냥 직진해요."

택시는 번화가를 지나 목적지도 없이 앞으로 달렸다. 차가 나들목에 이르자 아빠가 다시 물었다.

"어디로 모실까요?"

앞서 대답했던 남자가 다시 되풀이했다.

"계속 직진해요!"

하는 수 없이 아빠는 다시 무작정 앞을 향해 차를 몰았다. 차는 나들목을 지나 시 외곽에 이르렀다. 아빠는 불안해지기 시작했다. 그때, 아빠 바로 뒤에 앉은 남자가 100위안짜리 지폐를 꺼내 아빠에게 건네면서 말했다.

“걱정하지 마쇼. 우선 이거 먼저 받으시고 모자라면 나머지는 도착해서 내리다.”

그때였다. 아빠가 지폐를 건네받으려는 순간, 그 남자는 팔을 뻗어 아빠의 목을 꽉 졸라맸다.

“안 돼! 이러지 마! 나에겐 중학생, 중학생…… 아들이 있다고!”

하지만 남자의 팔은 점점 더 목을 압박했다. 숨이 가빠왔다. 아빠는 돌연 눈앞의 현실을 직시하고 점점 희미해지는 정신을 끌어모아 있는 힘껏 액셀러레이터를 밟았다. 그리고 흐릿한 시야 속에서 온 힘을 다해 길가의 전봇대를 들이받았다. 다음 순간, 격렬한 진동과 함께 눈앞의 모든 것들이 어둠 속으로 사라졌다.

아빠가 다시 깨어난 것은 26일 만이었다. 택시에 탔던 강도 셋은 한 명은 현장에서 즉사했고 나머지 두 명은 중상을 입었다. 아빠는 눈을 뜬 지 한 달이 지나서야 겨우 벽을 잡고 걸을 수 있게 되었다. 그러나 아직도 말은 제대로 하지 못했다. 무언가를 입에 물고 있는 것처럼 웅얼거리기만 했다. 의사가 말했다.

“아버님의 언어 능력은 시간이 좀 지나야 회복될 것 같습니다. 어쩌면 끝까지 회복되지 않을 수도 있습니다.”

아빠가 퇴원하던 날, 라이커는 침대에 앉은 채 한 손을 들어 문 입구에 선 자신을 가리키는 아빠의 모습을 보았다. 아빠는 어눌한 목소리로 말했다.

"나에겐 중학생, 중학생…… 아들이 있다고……."

말을 마친 아빠의 입가에서 침이 흘렀다.

라이커는 견딜 수 없는 심정으로 아빠의 그 손을 꼭 붙잡았다.

그날 밤, 라이커는 처음으로 뜬눈으로 밤을 새웠다. 날이 밝아오자 라이커는 베란다에 있던 부서진 자전거를 꺼내 하나하나 조립하기 시작했다. 얼마 지나지 않아 손과 얼굴은 온통 얼룩덜룩해졌다.

"잘 안 되면 자전거 수리점에 맡겨."

엄마가 말했다.

그때 아빠가 다가와서 라이커에게 수건 한 장을 건넸다.

"나에겐 중학생, 중학생…… 아들이 있다고……."

아빠의 어눌한 웅얼거림 중 유일하게 알아들을 수 있는 말이었다.

해가 뉘엿뉘엿 질 무렵, 수업을 마친 라이커는 자전거 수리점에 가서 수리가 다 된 자전거를 찾아왔다. 그리고 엄마의 담배 가게로 향했다.

가게 문을 닫고 나온 엄마의 눈앞에 아들과 함께 달라진 자전거가 보였다. 자전거 뒷자리는 전보다 더욱 크고 튼튼하게 수리되어 있었고 위에는 두텁고 푹신한 방석까지 깔려 있었다.

엄마는 아무 말 없이 자전거 뒷자리에 올랐다. 그리고 머리를 아들의 등에 기댔다. 아들의 등은 아직 작아도 제법 단단했다.

한창 자전거 페달을 밟던 라이커가 물었다.

"엄마, 왜 우세요?"

"엄마가 우는지 어떻게 아니? 엄마 안 울었어."

"울었으면서……. 제 등이 다 젖었으니까 알죠."

라이커는 나는 듯이 자전거를 달렸다. 엄마가 등 뒤에서 말했다.

"천천히 가. 사고라도 나면 어쩌려고. 항상 조심해야지."

"집에 도착한 다음에 다시 이 '벤츠 600'으로 아빠랑 강변 공원에 가야 돼요. 아빠가 거기 가서 경극 가락을 듣고 싶다고 하셨거든요."

"뭐? 방금 뭐라고 했니? 아빠가 강변 공원에 가서 경극을 듣고 싶다고 했다고?"

"네, 똑똑히 들었어요. 틀림없어요. 아빠가 분명 그렇게 말씀하셨어요."

엄마는 다시 아들의 등에 기대며 혼잣말하듯 중얼거렸다.

"우리 집에 정말 희망이 있구나. 네 아빠가 다시 말을 제대로 할 수 있게 되었으니……."

라이커의 눈에 눈물이 고였다. 하지만 라이커는 일부러 고개를 하늘로 쳐들고 활짝 웃어 보았다. 시끌벅적한 밤거리를 지나며 라이커가 속삭이듯 엄마에게 말했다.

"엄마, 눈 감고 좀 쉬세요."

"그래, 아들. 그럼 엄마 눈 감는다."

집에 거의 다 도착했을 무렵, 라이커는 베란다에 나와 있는 아빠의 모습을 보았다. 아빠는 베란다에 서서 느릿느릿 아내와 아들을 향해 손을 흔들고 있었다. 라이커를 붙잡고 있던 엄마의 손이 감격과 기쁨으로 떨리며 아들을 더욱 꼭 끌어안았다.

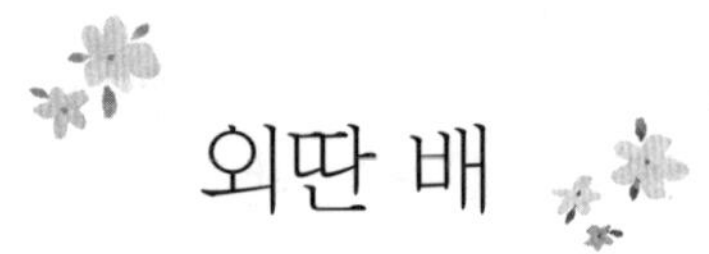

외딴 배

중국의 북쪽 지역에는 지도상에도 나와 있지 않은 하천들이 셀 수 없이 많다. 소흑하도 그중 하나였다.

몇 년 전, 이곳에는 보기 드문 폭우가 몇 날 며칠 연이어 쏟아졌다. 하천은 금세 물이 불어났다. 점심때가 되어 하천 기슭에 한 여자가 서 있었다. 여자는 빨랫감이 담긴 대야를 들고 물가를 몇 번이나 왔다 갔다 하며 무언가를 찾고 있었다. 그녀가 찾는 것은 물가에 있던 평평한 푸른 바위였다. 빨래하는 아낙들이나 고기를 잡는 사람들이 곧잘 이용하는 바위였다.

그녀는 사람들이 자주 지나다녀 단단해진 익숙한 흙길을 따라 마침내 그 푸른 바위를 찾아냈다. 바위는 거의 물에 잠기고 한쪽 귀퉁이만 드러나 있었다. 여인은 검은 헝겊신을 벗고 맨발로 바위 위를 딛고 올라갔다. 그런 다음 몸을 돌려 대야 속 아들의 옷을 집어 들었다. 빨래를 시작하려고 막 쪼그려 앉았는데 발밑의 바위가 흔들리는 듯한 느낌을 받았다. 다음 순간, 그녀는 비명을 지를 새도 없이 풍덩 물속에 빠져 급류에 휘말렸다. 불어난 물로 바위는 이미 땅속에서 상당히 헐거워져 있었다.

기슭에서 누군가가 이 광경을 보고 급히 여자를 부르며 물속에서 보일 듯 말 듯한 여자의 모습을 쫓아 하류로 뛰어 내려갔다. 그러나 물살은 원망스럽게도 거셌다. 누구 하나 여자를 구하러 선뜻 물속에 뛰어들 엄두를 내지 못했다. 결국 하류 어느 굽이진 곳에서 여자를 건져냈을 때는 이미 싸늘한 시신이 되어 있었다. 여자의 창백한 손은 끝까지 물에 젖은 아들의 옷을 붙잡고 있었다.

"내가 너무 늦었어! 내가 너무 늦었어!"

여자의 남편인 장무터우가 소식을 듣고 한달음에 달려왔다. 그는 여자가 기슭에 남긴 신발 한 짝을 움켜쥐고 가슴을 내리치며 하염없이 되풀이했다.

"내가 그 자리에 있었더라면 당신이 이렇게 가지는 않았을 텐데…."

누군가 다가와서 그런 그의 어깨를 부축해 일으켰다.

"장 형, 그만해요. 다들 구하지 않으려고 한 게 아니에요. 배가 있었더라면 아마 형수님은 목숨을 건졌을 겁니다. 사람이 뛰어들어가 구하려고 보니 섣불리 들어갔다가는 그 거센 물살에 살아서 올라올 것 같지가 않아서 그랬어요."

"아니야, 아니야. 내가 너무 늦었어. 내가 그 자리에 있었더라면 당신은 죽지 않았을 거야!"

그의 울부짖는 소리가 온 가슴에 메아리쳤다.

얼마 지나지 않아 마을 사람들은 하천에 떠 있는 작은 배 한 척을 발견했다. 소흑하에서 처음으로 생긴 배였다. 뱃전에 걸린 노는 배 주인이 꼼꼼히 붉은 칠을 해 놓았다. 사람 중 누군가가 장무터우와 그의 아들 장스야가 이 배를 타고 종종 하류로 내려가 밤 그물을 내리는 모습을 보았다. 그물을 내린 뒤 아버지와 아들은 밧줄로 배를 끌고 물을 거슬러 올라왔다. 그리고 다음 날 아침 다시 배를 타고 내려가 그물에 걸린 고기를 가지고 돌아왔다.

마을에서 생산 책임제를 시행하여 가정별로 땅을 분배할 때(가구별로 농토를 나누고 할당 생산량을 완수하는 제도 —옮긴이) 무터우는 하천가의 논을 요청했다. 그런 다음 마을 사람들이 권하는 말도 듣지 않고 마을에서 멀리 떨어진 하천가로 집을 옮겼다.

이후 무터우는 사람들과의 왕래를 일절 끊고 자신의 외딴집, 외딴 배 그리고 외아들 장스야를 지키는 데만 마음을 쏟았다.

어느 날, 아들 스야가 불만 어린 목소리로 말했다.

"아버지! 우리 집은 학교에서 너무 멀어요. 우리도 마을로 이사 가요!"

스야는 이제 곧 중학교에 들어갈 나이였다.

"먼 게 좋아!" 무터우는 눈도 깜짝하지 않고 무심하게 대답했다.

"학교까지 한참을 걸어가야 한다고요!"

"두 다리가 멀쩡한데 왜 못 걸어가!"

"난 친구도 없어요!"

"종일 사람 그림자 하나 안 보이니 얼마나 조용하고 좋으냐!"

무터우는 아들의 원망 가득한 눈빛을 미처 알아차리지 못했다.

"물가에 가서 배나 지켜! 누가 제멋대로 쓰지 못하게! 아버지 말 안 들려? 어서 가!"

무터우는 예전보다 훨씬 열심히 살았지만, 마을 사람들과는 점점 멀어졌다.

하루는 무터우가 논에서 일을 마치고 흙발로 걸어 나오는 중이었다. 문득 손을 이마를 대고 하천 쪽을 건너다 보니 배가 보이지 않았다. 말뚝에 배를 묶는 밧줄만 물 위에 둥둥 떠 있고 배는 사라지고 없었다. 가슴이 철렁 내려앉은 그는 미친 듯이 하류를 향해 뛰어 내려갔다.

하류 굽이진 곳에서 그는 자신의 배를 발견했다. 배 위에는 이제 막 중학생쯤 될까 말까 한 사내아이들이 속옷만 입고 벌렁 드러누워 콧노래를 흥얼거리며 햇볕을 쬐고 있었다. 배는 바람이 부는 대로 계속 하류 쪽으로 흘러가고 있었다.

화가 머리끝까지 난 무터우의 쩌렁쩌렁한 목소리가 뱃전을 울렸다. 아이들은 소스라치게 놀라 몸을 일으켰다. 검은 피부에 단단한 체구를 한 사내가 무서운 기세로 배를 향해 달려오고 있었다. 아이 중 한 명이 무터우를 알아보았다.

"왕멍, 왕멍! 빨리 배 기슭에 대! 빨리!"

심장이 오그라든 아이들은 황급히 노를 잡은 왕밍을 불러댔다.

"왜?"

왕멍도 뒤를 돌아보니 배 쪽으로 달려오던 무터우가 옷을 벗고 막 물속으로 뛰어들 준비를 하고 있었다.

"왜들 그래? 저 아저씨가 잡아먹기라도 하냐? 무서울 것 없어!"

"이 배 저 아저씨 거야. 저 아저씨 자기 것 건드리는 사람은 누구든 가만 안 둔다고. 으악! 이러다 따라잡히겠어."

아이들은 옷을 목에 둘러매고 끓는 물에 들어가는 만두처럼 물속으로 풍덩풍덩 뛰어들어 기슭으로 헤엄쳐 갔다. 기슭에 이르러서는 뒤도 안 돌아보고 줄행랑을 쳤다.

아무것도 모르는 왕멍만 그대로 배 안에 남아 있었다. 뭐든 다른 사람 말에 고분고분 따르지 않을 나이이기도 했다. 하지만 뱃머리에 앉아, 거무스름한 가물치 빛깔의 팔을 휘저어 물살을 가르며 무서운 속도로 배를 향해 다가오는 무터우를 보고 있자니 왕멍도 점점 무서워지기 시작했다. 서슬 퍼런 무터우의 얼굴이 똑똑히 보이자 왕멍은 자신도 모르게 노를 저으려 했지만 이미 때는 늦었다. 무터우가 벌써 배 앞까지 와서 배의 몸체를 붙들고 있었다.

무터우의 힘으로 배가 흔들흔들하자 왕멍은 그제야 정신없이 물로 뛰어들었다. 뛰어든 뒤에도 한참을 물속에서 버둥거린 뒤에야 기슭 쪽 방향을 파악할 수 있었다. 다행히 그곳은 물살이 크게 거세지 않고 잔

잔했다. 왕멍은 물을 몇 모금이나 들이키고 젖 먹던 힘까지 다해 간신히 기슭에 당도했다. 물가 여울에 발끝이 닿을 때쯤에는 발에서 쥐가 날 지경이었다. 부들부들 떨며 기슭을 기어 올라간 왕멍은 털썩 주저앉아 숨을 몰아쉬며 물을 토했다. 얼마 뒤 정신이 좀 들자 얼굴의 물기를 닦고 배 쪽을 바라보니, 배는 멀지 않은 곳에 그물을 내리고 있었고 무터우는 만족스러운 얼굴로 유유히 큰 창꼬치를 건져 올리고 있었다. 배에서 뛰어내린 사내아이 따위가 죽었는지 살았는지는 안중에도 없다는 얼굴이었다. 뭐 저런 사람이 다 있지! 인정머리라고는 눈곱만큼도 없는 인간 같으니라고!

왕멍은 욱하는 마음에 배 위의 무터우를 향해 고래고래 소리를 질러댔다.

"두고 봐! 내가 이다음에 어른이 되면 도끼로 그 배를 산산조각 내서 땔감으로 써 버릴 거야!"

왕멍의 말을 가만히 듣고 있을 무터우가 아니었다. 무터우는 펄펄 뛰며 아들을 불렀다.

"스야! 너 가서 저 녀석 좀 잡아와라!"

왕멍이 고개를 돌려 바라보니 기슭 저쪽에서 자기만 한 남자아이 하나가 자신을 향해 달려오고 있었다. 왕멍은 다시 숨 돌릴 틈도 없이 일어나 지칠 대로 지친 다리를 이끌고 뛰었다. 험악한 눈으로 뒤에서 쫓아오는 아이를 한 번 노려보고는 걸음아 나 살려라 달아났다.

스야는 멈춰 섰다. 자신을 돌아보는 왕멍의 원망 어린 눈초리가 마음에 걸렸다. 조금 전 아버지가 배를 쫓아가 왕밍이 물속으로 뛰어내리는 광경을 스야는 모두 지켜보고 있었다. 아버지가 가엾었다. 동시에 매사에 이런 식인 아버지가 미웠다.

짐 꾸러미를 둘러매고 처음 학생 기숙사로 들어선 스야는 왠지 모르게 냉랭한 분위기를 느꼈다. 이제 막 중학생이 된 호기심과 흥분도 한풀 꺾였다. 같은 방 아이들은 차가운 태도로 비가 새는 구석의 위층 침대를 스야에게 내주었다. 아래층 침대에서 아이들이 수군거리는 소리가 들려왔다.

"저 애 아빠가 장무터우야."

"맞아! 쟤 엄마가 없어."

"하천가에 있는 외딴집이 쟤네 집이야."

"그 빨간 노가 달린 외딴 배도 쟤네 거야."

그때였다. "야." 한 아이가 스야의 침대를 툭툭 쳤다. "세수해." 그 아이의 손에는 스야가 씻을 물이 한 대야 들려 있었다. 스야는 고마운 마음에 서둘러 침대에서 내려왔다. 그런데 이럴 수가! 그 아이와 눈이 마주치는 순간 스야는 얼음처럼 굳어 버렸다. 스야의 세숫물을 들고 온 아이는 다름 아닌 아버지에게 쫓겨 배에서 뛰어내린 왕멍이었나! 솔처럼 빳빳한 그의 머리가 눈에 들어왔다. 왕멍도 스야를 알아보고는 떠 온 물을 죄다 문밖으로 확 부어 버렸다.

이후 스야는 아이들 사이에서 왕멍이 어떤 위치에 있는지 조금씩 알게 되었다. 그리고 자신은 그들 사이에서 점점 더 고립되어 가는 것을 느꼈다. 아침 체조 시간이 되어도 스야를 부르는 아이는 아무도 없었다. 스야의 옷이 빨랫줄에서 떨어져도 누구 하나 주워 주지 않았다.

축구를 할 때 운동장에 인원수가 모자라도 왕멍은 절대 스야를 끼워 주지 않았다.

한번은 기숙사 문을 막 들어서는데 갑자기 얼굴에 물방울 같은 것이 튀었다. 내려다보니 흰옷에 파란 잉크가 한 줄 흘러내리고 있었다.

"이게 무슨 짓이야?"

눈앞에서 왕멍이 펜을 만지작거리고 있었다.

"미안, 펜에 잉크가 안 나와서 흔들어 보는데 하필 네가 그때 들어온 거야."

스야는 꾹 참았다.

오후에 아이들이 축구 시합을 하려는데 인원이 너무 적었다. 왕멍은 그제야 마지못해 스야를 끼워 주었다. 스야는 아이들에게 잘하는 모습을 보여 주려고 젖 먹던 힘까지 다해 공을 찼다. 그런데 아뿔싸, 크게 한 발 찬 공이 그만 운동장 가장자리에 있는 작은 연못에 빠지고 말았다.

"어휴, 저것밖에 안 돼. 진짜 못한다!"

"졌네, 졌어. 아, 김빠져!"

아이들은 손을 허리에 얹고 삐딱하게 서서 노려보기도 하고, 침을 뱉기도 하면서 저마다 불만을 토해 냈다. 스야는 빨개진 얼굴로 옷도 벗지 않고 연못 속으로 뛰어 들어가 공을 꺼내 왔다. 젖은 옷을 짜내고 다시 시합이 시작되었다. 그러나 운동장을 이리 뛰고 저리 뛰던 중 스야는 아무도 자기에게 공을 패스하지 않는다는 사실을 알아차렸다. 스야는 서서히 발걸음을 멈췄다. 그리고 굳은 얼굴로 운동장을 벗어나, 즐겁게 웃으며 공을 차는 아이들의 모습을 우두커니 바라보았다.

그날 저녁, 막 기숙사 문을 열고 들어가려는데 기숙사 안에서 웃음 소리와 함께 아이들이 속닥이는 소리가 새어 나왔다. 굵고 낮은 목소리는 틀림없는 왕멍이었다.

"너희들 이거 비밀이야."

스야가 문을 열고 들어서자 아이들은 동시에 말을 멈췄다. 그들은 축구를 마치고 들어와 수건 한 장으로 돌아가며 발을 닦는 중이었다. 붉은색과 흰색의 체크무늬 수건, 그 수건은 스야가 얼굴을 닦는 수건이었다.

스야는 그동안 가슴속에 꾹꾹 눌러왔던 설움이 한꺼번에 복받쳐 뒤돌아 문을 뛰쳐나갔다. 더는 견딜 수 없었다. 이 모멸감과 멸시……. 이 모든 것은 다 아버지와 왕멍 사이에 있었던 일 때문 아닌가! 그런데 왜 그 모든 원망을 나에게 쏟아붓는 걸까? 내가 아버지 아들이라서?

그때, 누군가가 스야의 옷자락을 살며시 잡아당겼다. 돌아보니 샤오싼이었다. 반에서 가장 어린 샤오싼은 왕멍을 그림자처럼 졸졸 따라다녔다.

“스야! 울지 마. 나도 네 수건으로 발을 닦았어. 모두 합쳐서 두 번……. 방금 내가 비누로 네 수건 깨끗이 빨아놨어. 그래도 네가 싫으면 내가 새것으로 하나 사다 줄게, 응?”

스야는 더욱 서럽게 울었다.

“아직도 내가 밉니?”

샤오싼이 안절부절못하며 작은 목소리로 물었다.

“아니! 우리 아버지가 미워!”

고민이라고는 해 본 적 없는 왕멍이 요 며칠 얼굴에 수심이 가득했다. 스야는 최근 몇 차례나 왕멍이 자신에게 말을 걸려다가 주저하고 도로 삼키는 것을 느낄 수 있었다.

샤오싼에게 물어보았다.

“왕멍 요즘 왜 그래? 무슨 일 있어?”

샤오싼이 대답해 주었다.

“걔 엄마가 얼마 전부터 몸이 아프신데 생선을 몹시 드시고 싶어 하신대. 근데 너희 집에 배가 있잖아. 너희 아빠는 고기를 잡으시고. 그래서 너한테 부탁하고 싶은데 말을 꺼내기가 민망한가 봐.”

“왕멍에게 전해 줘. 내일 애들이랑 같이 배 타고 가서 그물에 잡힌 물고기를 좀 가져오자. 우리 아버지는 매일 밤 미리 그물을 걸어놔서 늘 고기가 걸려 있어.”

"스야, 넌 진짜 착한 애야!"

이튿날은 일요일이었다. 아이들은 살그머니 배에 올라 하류를 향해 조심조심 노를 저어 갔다. 왕멍은 입을 꾹 다물고 묵묵히 앉아 있었다. 스야의 얼굴을 마주할 면목이 없었다. 샤오싼에게서 스야의 말을 전해 듣고 왕멍은 한참 동안 마음이 편치 않았다. 언젠가 기회를 봐서 꼭 스야에게 사과해야겠다고 마음먹었다. 축구를 할 때도 정중한 태도로 같이 하자고 말해야지. 비록 지금껏 누구에게도 그런 태도를 보인 적 없는 왕멍이었지만 이번만큼은 꼭 그러겠다고 다짐했다.

아이들은 물 위로 반쯤 드러난 그물을 발견했다. 과연 그새 물고기가 잡혔는지 그물이 요동치고 있었다. 스야는 윗옷을 벗고 물속으로 뛰어들었다. 그런 다음 물속에 서서 그물에 걸린 큰 붕어 한 마리를 잡아 배 위로 던졌다.

"큰일이다! 아버지가 그물을 걷으러 오고 계셔!"

스야는 서둘러 배 위로 기어 올라가 노를 잡았다. 왕멍과 샤오싼도 놀라 어쩔 줄 몰랐다.

"당황하지 마. 우선 내가 배를 기슭에 댈게. 왕멍 넌 이 붕어 가지고 얼른 집으로 가!"

무터우가 배 가까이 왔을 때 아이들은 이미 기슭에 닿아 있었다. 무터우는 왕멍의 손에 큰 물고기가 들려 있는 것을 보고 서둘러 신발을 벗어 들고 불같이 화를 내며 왕멍을 뒤쫓아 갔다. 한참을 쫓아간 그는 결국 왕멍을 붙잡지 못하고 씩씩거리며 돌아왔다. 그리고 화가 날 대로 나 배 위의 아들을 노려보았다.

"집안을 말아먹을 자식!"

거칠게 내뱉는 노기 어린 목소리가 스야의 귀에 꽂혔다. 스야는 아무런 말도 하지 않았다.

배 위로 뛰어 올라간 무터우는 분을 못 이겨 아들의 손에서 노를 빼앗아 아들을 향해 힘껏 내리쳤다. 스야가 재빨리 고개를 옆으로 돌려, 노는 스야의 오른쪽 어깨에 내리꽂혔다. 어깨가 찢어지면서 피가 흘러나왔다. 스야는 다친 어깨를 움켜쥐고 아버지를 바라보았다. 눈에서 눈물이 흘렀다.

"아버지! 이렇게 사는 거 이제 제발 그만해요!"

"너 이 자식, 어디서 말대답이야? 어서 밧줄 잡고 배나 끌어!"

무터우는 여전히 서슬 퍼런 얼굴로 노를 휘두르며 발을 탕탕 굴렀다.

스야는 한 손으로 밧줄을 등에 지고 한 손으로 어깨를 움켜쥔 채 기슭을 따라 걸었다. 뱃머리에 앉아 그런 아들의 뒷모습을 바라보던 무터우가 굳은 얼굴로 입을 열었다.

"오늘 너한테 단단히 한소리 해야겠다. 아버지 말 잘 들어! 이 아버지가 흘린 땀방울이 네가 먹은 밥알보다 많고, 아버지가 지금껏 지나온 다리가 네가 걸어온 길보다 훨씬 더 길어. 듣고 있냐?"

대답이 없었다.

"이 자식, 학교에 보내 놨더니 더 안 좋아지는구나. 너 내일 당장 짐 싸 들고 집으로 들어와. 학교 갈 필요 없다. 집에서 아버지 일이나 거들어!"

아들은 멈춰 섰다. 배도 따라 멈췄다.

"왜 안 끌어?" 무터우가 다시 눈을 부릅떴다.

"아버지! 무슨 말씀을 하셔도 다 들을 테니 학교 그만두라는 말은 하지 마세요!"

"그럼 잘 들어. 네 엄마가 그렇게 됐을 때 단 한 사람도 물에 뛰어들어 구해 준 사람이 없었어. 내가 너무 늦었지. 가족 외에는 누구도 제 목숨 버려 나서는 이가 없는 거야. 아버지 말 알아들어?"

"알아들어요!"

"너 등이 왜 그러니?"

스야는 자신의 어깨를 내려다보았다. 상처에서 피가 흘러 옷을 붉게 적시고 있었다. 무터우는 배에서 뛰어내려 기슭으로 건너왔다.

"왜 아버지한테 말 안 했어?"

그는 서둘러 옷을 찢어 아들의 상처를 싸매 주었다. 그러나 여전히 눈에 눈물을 가득 머금고 있는 아들을 보니 견딜 수가 없었다.

"아버지한테 하고 싶은 말 있으면 해! 아버지가 때린 게 그렇게 원망스러우냐? 이게 다 우리 집을 위한 거고, 널 위한 거야!"

"아버지! 그럼 저, 배 한 번만 쓰게 해 주세요."

"뭐하려고?"

"우리 반 왕멍이……."

"입 다물어! 이 배는 내 배지, 네 배가 아니야!"

스야는 눈물을 닦고 돌아섰다. 그리고 이를 악물고 다시 밧줄을 끌었다. 무터우는 그런 아들의 뒷모습을 석연찮게 응시했다.

마을에 또다시 폭우가 찾아왔다. 굵은 빗줄기가 며칠 동안 계속해서 쏟아졌다. 하천은 물이 붇고 소혹하는 소용돌이쳤다. 스야가 다친 어깨 때문에 집에서 쉰 지 사흘째 되던 날이었다.

무터우는 두려움이 앞섰다. 눈앞의 광경은 몇 년 전에 있었던 쓰라린 일을 떠올리게 했다. 그는 아들에게 집에서 한 발짝도 나오지 말고 꼭 틀어박혀 있으라고 단단히 당부한 뒤 삽을 들고 논으로 달려갔다. 강물 소리가 천둥처럼 귓전을 때렸다. 무터우는 서둘러 논두렁에 고랑을 내 고인 물이 빠지도록 했다.

하천은 금방이라도 넘쳐흐를 지경이었다. 걸어놓은 그물은 밤사이 하천의 물살에 흔적도 없이 사라져 버렸다. 물풀들은 꼭지만 남아 애처롭게 이리저리 흔들렸다. 기슭에 매어 놓은 외딴 배도 뱃고물이 불안하게 요동치고 있었다. 마치 채찍을 맞고 온 힘을 다해 고삐를 벗어나려는 사나운 말 같았다. 물가의 그 푸른 바위는 끝내 물살에 휩쓸려 떠내려갔다. 바위가 떠내려간 자리에는 소용돌이만 남아 있었다. 가물치 한 마리가 낚싯대에 이끌려 상류에서 떠내려왔다. 다가가 보니 죽은 고기였다……. 하천 기슭의 은은했던 수초 향기는 간 곳 없고 상류에서부터 흘러내려온 탁한 흙탕물의 물비린내만 코를 찔렀다.

이 빗속에 누군가 찾아오리라고는 꿈에도 생각지 못한 일이었다. 뜻밖에도 샤오싼이 외딴집 문을 벌컥 열고 들어섰다. 샤오싼은 울먹이는 얼굴이었다.

"스야! 어떡해. 왕멍이 물에 빠졌어. 빨리 배 좀……."

"뭐? 이렇게 물이 불었는데 수영을 하러 간 거야?"

"아니야, 그물을 짜고 있었어. 자기 엄마에게 물고기를 잡아드린다고."

두 아이는 급히 배가 있는 곳으로 달려갔다. 그러나 배를 묶은 밧줄을 풀려고 보니 밧줄은 아버지가 말뚝에 꽁꽁 옭매듭을 지어 뿌리라도 내린 것처럼 꼼짝도 하지 않았다. 스야는 다시 집으로 들어가 부엌칼을 가지고 나왔다. 부엌칼로 밧줄을 끊어 내고 배에 올라타니 배는 물살을 따라 빠른 속도로 미끄러져 내려갔다. 샤오싼은 물가에서 앞서 달려가며 왕멍이 물에 빠진 곳으로 배를 안내했다.

기슭에 모여 있던 아이 가운데 누군가가 스야를 발견하고 큰 소리로 외쳤다.

"스야다! 스야가 배를 가지고 왔어!"

'내가 왔어.'

스야도 마음속으로 대답했다. 아이들의 이런 시선은 처음이었다. 아이들 사이에서 처음으로 느껴 보는 감정이었다. 모두에게 꼭 필요한 소중한 존재, 가족 같은 친밀감, 스야가 그동안 애타게 갈망하던 것이었다.

그때, 물 위로 사람의 머리가 떠올랐다. 솔처럼 빳빳한 머리, 스야는 보자마자 왕멍임을 알아보았다. 왕멍은 흡사 물속에서 잠수하듯 어른어른 나타났다 사라지기를 반복했다.

스야는 손에 든 노를 왕멍 쪽으로 내밀었지만, 왕멍의 손은 힘없이 물 위로 들렸다가 다시 가라앉아 버렸다. 왕멍의 손이 가라앉은 곳에 소용돌이가 일었다.

스야는 이내 무어라고 큰 소리로 외치며 "풍덩!" 물속으로 뛰어들었다. 스야가 뭐라고 외쳤는지는 아무도 듣지 못했다. 기슭의 아이들은 그저 스야가 뛰어드는 모습과 배 위에 덩그러니 남은 붉은 노, 그리고 스야가 뛰어들기 전에 벗은 흰 윗옷만 멍하니 바라보았다. 배는 아무도 제어하는 사람 없이 물살이 이끄는 대로 한 바퀴 빙 돌아 거꾸로 하류를 향해 내려갔다. 마치 어린 주인을 돌아보며 마지막 시선을 보내는 것 같았다.

물에 뛰어든 스야는 물속에서 팔을 휘저어 보았지만, 손에 닿는 것은 아무것도 없었다. 그런데 잠시 숨을 쉬기 위해 막 물 위로 떠오르려는 찰나, 왕멍이 흐릿한 의식 속에서 스야의 다리를 붙잡았다. 두 사람은 함께 물속으로 가라앉았다. 그 순간 스야는 코로 밀려들어 온 물이 가슴 한가운데로 확 파고드는 것을 느꼈다. 물은 그렇게 무정하게 스야를 삼켰다.

스야의 몸 부력으로 왕멍의 몸이 물 위로 떠올랐다. 왕멍은 무의식 중에 근처에서 떠돌고 있던 외딴 배를 붙잡았다…….

"스야! 배에서 시신을 끌어내려! 우리 배에 죽은 사람을 태울 수 없다!"

누군가가 물에 빠져 죽었다는 소식을 듣고 무터우가 달려오며 쉰 목소리로 외쳤다. 배 위로 뛰어오른 그는 자신도 모르게 한 발 뒤로 물러서며 넋이 나간 얼굴로 그 자리에 우뚝 멈춰 섰다.

몇 명의 아이들이 맨몸으로 무릎을 꿇고 앉아 마치 깨어나길 기다리듯 누워 있는 한 아이를 둘러싸고 있었다. 누운 채 미동조차 없는 그 아이의 어깨에는 불그스름한 상처가 길게 한 줄 나 있었다. 아! 아들이었다. 무터우는 온몸이 굳어 버렸다.

그 사이 왕멍이 기운을 되찾고 배 위로 기어 올라왔다. 왕멍 역시 배 위에 누워 있는 스야를 발견했다. 놀라 황급히 스야의 얼굴을 만져 보려던 떨리는 손은 두려운 예감에 움츠러들었다.

"스야! 스야! 어떻게 된 거야? 너 어떻게 된 거야? 스야……."

소리 높여 스야를 부르던 왕멍의 눈에 파란 잉크가 묻은 스야의 흰 윗옷이 들어왔다. 왕멍은 그 옷에 얼굴을 파묻고 그만 목 놓아 울고 말았다

"나 너한테 할 말이 있는데……. 스야!"

물은 돌연 굳어 버리기라도 한 것처럼 잔잔해졌다. 거세기만 했던 물살이 끈끈한 액체처럼 천천히 흐르기 시작했다. 기슭에 있던 아이들은 모두 침묵 속에서, 물을 거슬러 되돌아가는 외딴 배의 뒤를 따랐다.

무터우는 누구에게도 맡기지 않고 직접 밧줄을 지고 배를 끌었다. 한 걸음 걷고 한 번 뒤돌아보고, 또 한 걸음 걷고 한 번 뒤돌아보고……. 아들의 몸은 배 위에 반듯이 누워 물결이 흔들리는 대로 따라 흔들렸다. 마치 물 위에서 배영을 하는 듯한 모습이었다. 문득 며칠 전 어깨를 움켜쥐고 배를 끌던 아들의 뒷모습이 떠올랐다. 왜, 왜 난 그렇게 아이를 아프게 했을까? 무터우의 무릎이 힘없이 꺾였다. 등에 지고 있던 밧줄이 털썩 땅에 떨어졌다. 기슭에 엎드린 무터우는 얼굴을 감싸 쥐었다. 손가락 사이로 신음 같은 울음소리가 새어 나왔다.

"스야! 너……."

무너지는 듯한 가슴으로 통곡을 쏟아 놓으며 그는 하염없이 되풀이했다.

"이 무정한 놈아! 내 아들, 이 무정한 녀석아! 아버지 혼자만 남겨 놓고, 아버지 혼자만 남겨 놓고!"

"아버지!"

뜻밖의 부르짖음에 무터우가 눈물로 얼룩진 눈을 번쩍 떴다. 고개를 들어 보니 왕멍이 눈앞에 무릎을 꿇고 있었다.

"아버지!"

샤오싼도 함께 무릎을 꿇었다.

넋 나간 얼굴로 한동안 말을 잃은 무터우는 한참 후에야 물에 젖은 축축한 진흙 바닥을 치며 말했다.

"스야! 이 배는 네 것이다. 아버지가 허락하마. 이 배는 이제 네 것이다. 듣고 있니? 이 녀석아, 왜 여태 그러고 일어나질 않는 거냐!"

아이들은 모두 참았던 울음을 터뜨렸다.

며칠 후, 마을 사람들이 하천가로 몰려와 다 같이 무터우의 집을 마을 안으로 옮겼다. 모두 존경 어린 마음과 예의 바른 태도로 무터우를 대했다.

왕멍은 스야가 입었던 그 흰 윗옷을 고이 간직했다. 그리고 틈나는 대로 무터우를 찾아가 스야가 살아 있을 때 했던 일들을 도맡아 했다.

마을 사람들은 종종 무터우가 하천가에 쪼그리고 앉아 홀로 외딴 배를 지키는 모습을 볼 수 있었다. 멍하니 앉아 배를 지키다 사람을 보면 그는 고개를 번쩍 들고 말했다.

"배 쓰시려오? 배 타고 물에 나가 놀지 않으시겠소? 이 배, 우리 아들 스야의 배라오!"

누구도 그 배를 선뜻 타려 하지 않았다. 소흑하의 유일한 그 배를…….

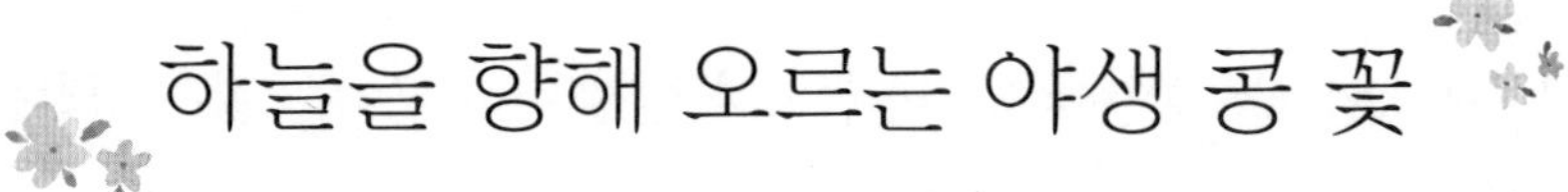

하늘을 향해 오르는 야생 콩 꽃

언웨이는 이 연기 자욱한 도시에서 자라는 동안 세 번이나 길을 잃고 미아가 되었었다.

첫 번째는 아빠가 그를 잃어버렸을 때였다. 일요일 아침, 아빠는 아들 언웨이를 데리고 산책을 하러 나갔다. 조간신문을 들고 앞서 걸으며 아들이 잘 따라오고 있는지 한 번씩 뒤를 돌아보았다. 언웨이는 솜사탕을 들고 아빠를 뒤따랐다. 눈처럼 새하얀 솜사탕은 언웨이의 머리보다 두 배는 컸다. 그 커다란 솜사탕은 종종 언웨이의 시야를 가렸다. 어느 순간 신문에 빠진 아빠는 언웨이를 돌아보는 것을 깜빡 잊어버렸고, 결국 잠깐 사이에 그만 아이를 놓치고 말았다. 언웨이가 세 살 때 일이었다. 엄마는 아빠를 어린애처럼 몰아세우며 역정을 냈다.

"마음씨 좋은 아주머니가 애를 경찰서에 데려다 줬기에 망정이지 나쁜 사람 만나서 납치라도 당했으면 어쩔 뻔했어!"

두 번째는 아빠, 엄마 둘 다 언웨이를 잃어버렸다. 황급히 경찰에 신고한 후, 날이 밝아서야 아이의 소식이 왔다. 아이를 찾으러 경찰서에

간 아빠, 엄마는 한눈에도 자신들보다 한참 어려 보이는 젊은 경찰관에게 한바탕 톡톡히 꾸지람을 들었다.

"부모라는 사람들이 어쩌면 이렇게 조심성이 없습니까? 시내 유동 인구가 얼마나 많고 얼마나 복잡한데. 이런 곳에서는 애가 열 번 스무 번 유괴를 당하고도 남는다고요. 정말 그런 일이 발생하면 그땐 울어도 소용없어요!"

언웨이가 일곱 살 때 일이었다.

세 번째는 언웨이 스스로 길을 잃었다. 이때도 역시 사람들로 북적이는 시내에서 이리저리 떠밀리며 만원 버스에 올라탔는데 그 차는 반대 방향 차였다. 버스는 집과 완전히 반대편 종점에 이르러 언웨이를 내려 주었다. 시 외곽 지역이었다. 버스에서 내려 그제야 차를 잘못 탄 것을 안 언웨이는 다시 차를 잡으려 했지만, 그곳은 차도, 정류장 표지판도 보이지 않았다. 이곳 정류장 표지판은 벌써 2년 전에 사라지고 없었다. 사방을 둘러보았지만 사람도 거의 지나다니지 않고 건물도 드물었다. 이따금 삼륜 자전거만 한두 대 눈에 띌 뿐이었다. 언웨이는 삼륜 자전거라도 타고 집으로 돌아가려 했다. 하지만 자전거를 모는 사람은 언웨이가 사는 곳을 듣더니 고개를 절레절레 흔들며 가 버렸다. 결국, 언웨이는 그곳에 멀뚱히 서서 멀리 비치는 어슴푸레한 불빛만 바라보고 있어야 했다. 이날 언웨이는 동틀 때가 되어서야 겨우 집으로 가는 버스를 잡아탈 수 있었다. 이 일은 언웨이가 열세 살, 바로 올해 겪은 일이었다.

아빠가 언웨이의 등을 탁 치며 말했다.

"우리 아들, 아직 열세 살밖에 안 됐는데 벌써 세 번이나 잃어버렸어. 또 잃어버리려나?"

"안 돼, 안 돼. 혼이 나가지 않는 이상……."

엄마가 진저리를 치며 말했다.

"혼이 뭐예요?"

엄마가 얼른 대답을 못하자 아빠가 나서서 대강 설명해 주었다.

"혼? 혼은 사람 눈에 보이지 않는 거야. 지나가도 알지 못하지."

그해, 언웨이의 가족은 새집으로 이사를 했다. 새집은 3층이었다. 가장 크게 달라진 것은 베란다였다. 예전 집 베란다는 다리 한쪽만 집어넣어도 운신하기가 벅찰 만큼 작았는데 새 베란다는 너무 커서 적응이 안 될 정도였다. 엄마, 아빠는 고민에 빠졌다. 아직 베란다에 놓을 만한 것이 아무것도 없는 터라 텅 비어 있어 몹시 허전하게 느껴졌기 때문이다. 그래서 생각한 것이 화분이었다. 두 사람은 화분을 대량 사들여 여러 가지 꽃들을 심었다. 베란다 전체가 꽃으로 가득한 아름다운 화원이 되기를 기대했다.

그런데 이상한 일이었다. 꽃이 피지 않았다. 피기는커녕 이 화분, 저 화분 차례차례 죽어 갔다. 마치 다 함께 약속이라도 한 듯 화분에 심은 것들은 줄지어 시들어 버렸다. 더구나 지금은 꽃과 풀들이 한창 자라는 여름이었다! 이렇게 처량한 광경은 언웨이도 태어나서 처음이었다.

엄마, 아빠도 이렇게 답답하고 허탈한 일은 처음 겪어 보는 것이었다. 세 식구가 베란다에 들어서면 다 같이 애도라도 표해야 할 것 같은 분위기였다.

어느 주말이었다. 언웨이는 베란다에서 공중제비를 돌다가 창문을 열고 바깥바람이 들어오도록 환기를 시켰다. 문득 맞은편 건물의 3층 베란다가 눈에 들어왔다. 놀랍게도 그 베란다에는 식물들이 무성하게 자라서 베란다 가득 푸른빛이 감돌고 있었다.

언웨이는 한참 동안 입을 다물지 못한 채 멍하니 맞은편 베란다를 바라보다가 큰 소리로 엄마, 아빠를 불렀다. 세 사람은 그곳을 좀 더 자세히 보기 위해 흙밖에 안 남은 화분을 딛고 올라서서 고개를 쭉 빼고 맞은편을 건너다보았다. 정말 기가 막힐 노릇이었다. 그 맞은편 3층의 식물은 정말 무성하게 자라 베란다뿐 아니라 베란다 창문까지 타고 올라가 있었다. 그 끄트머리에는 작고 눈부신 보라색 꽃까지 두 송이 피어 있었다.

"저게 무슨 식물이야? 당신 보여?"

엄마가 아빠에게 물었다. 아빠는 밖으로 목을 한껏 내밀고 있었다.

"음……. 잘 안 보여."

엄마는 다시 언웨이를 돌아보았다.

"넌 보이니?"

"저한테 묻지 마세요. 식물에 대해서는 아무 관심도 없고 아는 것도 없어요. 저한테는 좀 더 수준 높은 질문을 해 주세요."

아빠가 그런 언웨이를 흘끔 바라보며 한마디 했다.

"저 맞은편 베란다에 있는 식물이 뭔지 안다면 그거야말로 수준 높은 답이 될 것 같은데."

언웨이는 관심 없다는 듯 자기 방으로 들어가 버렸다.

집에 망원경이 없어 아빠는 대신 카메라를 들었다. 카메라 앵글을 맞추며 열심히 사진을 찍는 아빠에게 엄마가 말했다.

"그럴 거 뭐 있어? 저 집에 가서 직접 물어보면 될걸."

아빠는 가망 없다는 투로 대답했다.

"요즘 누가 이런 도시에서 생판 알지도 못하는 사람한테 문을 열어 줘?"

아빠는 찍은 사진들을 인화해서 몇 년 동안 꽃집을 해 온 직장 동료에게 가져가 무슨 식물인지 물었다. 하지만 그들도 이런 식물은 본 적이 없다고 했다. 별수 없이 아빠는 매일 베란다에 서서, 생선 가게를 바라보며 입맛을 다시는 고양이처럼 맞은편 식물을 건너다보기만 했다. 그 사이 그 식물은 3층에서 4층으로, 4층에서 다시 5층으로 뻗어 나가고 있었다.

도저히 궁금증을 참지 못한 아빠는 결국 그 집에 가서 문을 두드렸다. 그런데 아무리 두드려도 안에서는 기척이 없었다. '주인이 안에 없나 보다.' 아빠는 이렇게 생각하고 저녁이 되기를 기다려 다시 그 집 문을 두드렸다. 여전히 나오는 사람이 없었다.

그런데 집으로 돌아와 베란다에서 맞은편 3층을 바라보니 불이 켜져 있었다. 자신이 잘못 보지 않았나, 다시 한 번 확인하기 위해 아빠는 언웨이를 불렀다.

"불 켜진 맞은편 저 집, 분명히 3층 맞지?"

아빠의 물음에 언웨이도 맞은편을 자세히 들여다보았다.

"네, 맞아요."

"이상하네! 낮에도 가 보고 조금 전에도 저 집에 가서 문을 두드렸는데……. 불은 켜져 있는데 왜 사람이 안 나오지? 언웨이, 다시 한 번 자세히 봐 봐. 불 켜진 집 3층 맞아?"

"네, 3층이에요."

언웨이가 또 한 번 보고 대답했다.

그즈음 언웨이는 학교에서 두 가지 일을 겪게 되었다. 하나는 러우룽이라는 남학생과 복도에서 부딪힌 일로 다투다가 한바탕 치고받고 싸운 일이었다. 선생님이 와서 뜯어말리긴 했지만 언웨이는 여전히 분이 풀리지 않았다. 자기는 세 대를 때렸는데 러우룽은 자신을 네 대나 때렸기 때문이다. 몸은 크게 다치지 않았지만, 마음은 상할 대로 상해

부글부글 끓고 있었다. 참다못해 언웨이는 반 친구 관신을 불러 러우룽을 학교 창고 뒤로 몰아세웠다. 그리고 둘이 함께 흠씬 두들겨 주었다. 그렇게 분풀이를 하고 나니 속이 좀 시원해지는 것 같았다. 그러나 이튿날, 러우룽은 자기 반 아이 세 명을 불러왔다. 러우룽까지 합쳐 모두 네 명이 언웨이와 관신을 가로막고 각각 두 사람이 한 명씩 맡아 때리기 시작했다. 언웨이와 관신 모두 얼굴이 멍투성이가 되었다.

언웨이의 담임선생님은 남자 선생님이었다. 언웨이와 관신은 둘 다 교무실로 불려가 담임선생님 앞에 섰다. 선생님은 처음에 어떻게 싸움이 일어나게 되었는지 물었다. 언웨이는 얼른 입을 열지 못했다. 러우룽과 복도에서 부딪혔던 일이 어렴풋이 떠올랐다.

"말해 봐! 무슨 일로 시작된 거냐? 세계대전도 발발 원인이라는 게 있는데 말이다."

언웨이는 더듬거리며 자초지종을 설명했다. 선생님은 이야기를 다 듣고 믿기지 않는다는 듯 다시 물었다.

"아니, 복도에서 한 번 부딪힌 걸 가지고 이 패싸움까지 갔단 말이냐?"

"네……."

화가 머리끝까지 치밀어 오른 선생님은 별안간 일어서더니 언웨이의 윗옷 단추를 풀어 젖히기 시작했다. 놀란 언웨이가 물었다.

"선생님, 왜 그러세요?"

"대체 네놈 안에 소갈딱지란 게 있는지 없는지 확인해 보려고 그런

다! 사람 소갈딱지인지 밴댕이 소갈딱지인지, 내 살다 살다 너희같이 속 좁은 놈들은 처음이구나! 네놈들이 그러고도 커서 사내가 되겠냐? 크면 여자로 변하는 거 아니냐, 응?"

언웨이는 진땀을 뻘뻘 흘리며 선생님의 호된 꾸지람을 들었다. 교무실을 나오며 언웨이는 잿빛이 다 된 얼굴로 관신에게 말했다.

"야, 좀 전에 선생님이 내 소갈딱지 본다고 일어섰을 때 나 하마터면 심장 멎는 줄 알았어. 나 진짜 심장이 좀 작긴 한가 봐."

관신이 말했다.

"야, 내가 싸운 건 다 너 때문이다. 일단 KFC부터 쏘고 나서 얘기해."

러우룽과의 일 외에 또 한 가지 일은 아직 아무에게도 말하지 못한 것이었다. 평소 문학작품을 좋아하는 언웨이는 그동안 남몰래 글을 써서 신문, 잡지사에 투고를 해 왔다. 처음 원고를 보낼 때는 "원고가 마음에 안 드시면 돌려주지 않으셔도 됩니다."라고 조심스럽게 써서 보냈다. 그러다 차츰 원고를 보내는 횟수가 늘어나고 후에 이메일로 원고를 보내기 시작하면서부터는 "원고가 마음에 드신다면 회신 부탁드립니다."라고 보냈다.

그렇게 수없이 글을 써서 보내고 초조한 마음으로 기다렸지만 돌아오는 답변은 없었다.

그러던 어느 날, 같은 반 남학생 원샤오창이 쓴 글이 신문에 실리게 되어 담임선생님이 반 아이들 앞에서 낭랑한 목소리로 그 글을 낭독해 주었다. 언웨이의 마음은 더욱 우울해졌다. 이 일이 있고부터 언웨이는 집과 학교에서 눈에 띄게 말수가 줄었다.

그러나 아무도 언웨이의 우울증을 알아차리지 못했다. 언웨이 자신조차도 알지 못했다. 언웨이는 차츰 입맛도 없어지고 밤에 잠도 잘 자지 못했다. 한 주가 채 못 되어 언웨이는 안색이 창백해지고 볼과 눈언저리가 움푹 들어갔다. 기억력도 떨어져 학교 수업은 물론 오늘 날짜가 며칠인지도 깜빡깜빡했다.

어느 날 밤, 그날도 언웨이는 잠이 오지 않았다. 자고 싶은데 잠이 오지 않으니 화가 났다. 언웨이는 일부러 침대에서 굴러떨어져 자신의 몸을 아프게 했다. 문득 이런 생각이 들었다. 절벽 위에 누워 있다 해도 가볍게 아래로 굴러 내려온다면 그리 무서울 것 없겠다……. 다람쥐 쳇바퀴 돌 듯 매일같이 밥을 먹고 학교에 가는 것도 우습게 여겨졌다. 점심시간이면 아이들이 아등바등 밥을 먹는 모습도 우습고 허무하게 느껴졌다. 그렇게 날마다 꾸역꾸역 먹고 배를 채우는 것은 다 무얼 위해서일까? 교단에 서서 수업을 하는 선생님과 그 아래에서 수많은 아이가 일제히 선생님 한 명을 뚫어져라 쳐다보고 있는 모습도 생각해 보니 몹시 우스꽝스러웠다.

다음 날, 담임선생님의 수업 시간에 언웨이는 그만 깔깔거리며 웃음을 터뜨리고 말았다. 선생님은 벌로 언웨이를 교실 밖 복도에 나가 서 있게 했다. 언웨이는 홀가분한 마음으로 교실을 벗어나 복도를 지나 학교 교문 밖 거리로 나갔다.

또 하루는 방에서 작은 칼을 자신의 코앞에 들어 보았다. 그리고 생각했다. 사람의 머리를 가운데에서 잘라 자신의 뇌를 볼 수 있으면 좋겠다…….

언웨이는 자신이 지금 우울증이라는 사실을 짐작조차 하지 못했다. 상당수의 사람이 우울증에 걸려도 자신이 우울증이라는 사실을 미처 깨닫지 못한다.

새벽 1시, 언웨이는 홀로 베란다에 나왔다. 처음에는 뭘 보려고 나온 것이 아니라 아무 생각 없이 그저 방 안이 답답하게 느껴져 바람이나 쐬려고 나온 것이었다. 베란다 창문이 활짝 열려 있어 간간이 시원한 바람이 불어왔다. 바람은 집 안으로 불어 들어와 거실을 한 바퀴 휭 돌고는 언웨이의 방까지 이르렀다. 시원한 바람이 얼굴에 닿을 때마다 마음이 편안해졌다. 어쩌면 바람이 그를 이 밤에 베란다로 이끈 것인지도 몰랐다.

언웨이는 베란다에 서서 한밤의 고요한 어둠 속에 깊이 잠겼다. 집집이 창문에 불이 꺼져 있고 도시는 눈을 감고 곤히 잠들어 있었다. 그러나 한 집, 그 알 수 없는 푸른 식물이 무성하게 자란 맞은편 3층 집 베란다만 환하게 불이 켜져 있었다. 단지 사람 그림자만 보이지 않을 뿐이었다. 그런데 그때 왁자지껄 떠드는 듯한 소리가 그곳에서 들려오는 것 같았다. 언웨이는 그 소리를 확인하기 위해 고개를 내밀었다. 가만히 귀 기울여 보니 확실히 무슨 소리가 들리고 있었다. 놀랍게도 그 신비스런 식물이 자라고 있는 소리였다.

언웨이는 맞은편 베란다를 향해 큰 소리로 외쳤다.

"너 나한테 말하고 있는 거니? 나한테 말을 걸고 있는 거야?"

그러자 맞은편 식물이 앞다투어 머리를 내미는 것이 보였다. 이 깊은 밤 자신을 부르는 남자아이가 누구인지 보려는 듯…….

며칠 후, 언웨이는 할아버지가 계신 시골로 향했다. 아무도 동행하는 사람 없이 혼자 갔다. 할아버지가 계신 시골 마을은 강에 인접한 곳이었다. 그 마을에는 세 가구밖에 살지 않았다. 할아버지는 매우 정정한 몸으로 그곳에서 혼자 지내고 있었다. 몇 년 전 아빠가 할아버지를 도시로 모셔온 적이 있는데, 할아버지는 사흘을 버티지 못하고 짐을 꾸렸다.

"그만 돌아가야겠다!"

아빠가 그런 할아버지를 붙들었다.

"아버지 혼자 그곳에 계신 게 마음이 안 놓여서 그래요."

그러자 할아버지가 말했다.

"할멈 홀로 그곳에 묻혀 있는데 내 마음은 놓이겠니? 내가 같이 있어야지.”

할아버지가 계신 곳은 기차에서 버스로 갈아탄 뒤 버스에서 내려 다시 30분 정도 더 걸어가야 했다. 얼마 후 언웨이는 마침내 세 가구밖에 없는 할아버지의 시골 마을에 도착했다.

언웨이는 할아버지의 집 문밖에 서서 큰 소리로 할아버지를 불렀다. 손자의 목소리에 할아버지가 반가운 얼굴로 대문을 열고 나왔다. 할아버지의 머리는 하얀 눈이 내려앉은 듯 백발이 성성했다. 울안의 닭과 오리, 거위, 개들도 풀밭에 소담스럽게 피어 있는 꽃들처럼 시끌벅적 요란한 소리를 내며 언웨이를 맞아 주었다.

할아버지의 집 대문 앞에는 난간이나 울타리가 없는 큰 공터가 있었다. 그리고 사람이나 동물이 늘 다니는 대로 난 흙길이 강가까지 이어져 있었다. 언웨이는 홀로 강가에 섰다. 고즈넉이 한쪽에 자리한 할머니의 무덤이 보였다. 아빠와 언웨이가 기억하는 할머니의 모습은 늘 조용히 일을 하는 모습이었다. 할 일이 모두 끝나면 할머니는 할아버지를 바라보며 가만히 웃고, 또 문 앞의 닭, 오리, 거위, 개들을 바라보며 조용히 미소 지었다. 그래, 할머니는 이곳에서 할아버지와 함께 수십 년간 살아오신 이 오래된 집을 항상 바라보실 수 있겠구나. 매일같이 할아버지가 대문을 열고 나와 문 앞에서 크게 한 번 기침 소리를 내 아직 꿈나라에 빠져 있는 동물들을 깨우는 모습을 가장 먼저 보실 수 있겠구나. 언젠가 아빠는 할머니가 세상을 떠나시던 날을 떠올리며 언웨이에게 그때 이야기를 들려주었다. 할머니는 자신이 이제는 가망이 없다는 것을 알고 지금 할머니의 무덤이 있는 바로 이 자리로 오셨다고 한다. 스스로 자신이 쉴 곳을 정한 것이다. 할머니를 따라온 개 한 마리가 집으로 달려가 할아버지를 할머니 곁으로 불렀다. 할머니를 안고 집 쪽을 돌아본 할아버지는 할머니의 마지막 바람이 무엇인지 알아차렸다. 할아버지는 어린아이처럼 울음을 터뜨렸다. 옆에 있던 개도 할아버지의 울음소리를 듣고 덩달아 하늘을 바라보며 구슬프게 울기 시작했다. 울안에서 개의 긴 울부짖음을 들은 닭과 오리, 거위들은 모두 목을 길게 내밀고 숨을 죽인 채 강가 쪽을 바라보았다. 애절한 울음소리는 바람을 타고 먼 곳까지 메아리쳤다.

울타리가 없는 대문 앞 공터는 동물들이 마음대로 오갈 수 있는 낙원이었다.

한여름 푸른 풀밭에 땅거미가 질 무렵, 언웨이는 공터에서 낯선 짐승 한 마리를 발견했다. 그 짐승은 언웨이를 보고도 달아나지 않고 초조하게 서성이며 무언가를 기다리고 있었다. 할아버지가 오기를 기다리는 것이었다. 그때 마침 할아버지가 양푼을 하나 들고 와 문 앞에 놓고는 그 짐승을 불렀다. 양푼 안에는 소금이 들어 있었다. 그 짐승은 금세 쪼르르 달려와 양푼에 담긴 소금을 먹기 시작했다. 평상시에도 할아버지가 이렇게 소금을 담아 와 동물들이 먹도록 한 것이다. 언웨이가 할아버지에게 물었다.

"저게 무슨 동물이에요?"

"노루다."

"왜 산에서 내려온 동물들에게 소금을 주시는 거예요?"

할아버지가 대답했다.

"사람 몸에 염분이 부족하면 안 되잖니. 동물들도 마찬가지란다. 겨울이 되면 이 할아비는 멧돼지, 노루, 꿩, 들오리, 늑대에게도 소금을 준비했다가 내 준단다."

할아버지는 말을 이었다.

"겨울이 되면 이곳도 꽤 소란스러워지지. 도시보다 더 시끌벅적해. 문 앞에 찾아오는 동물들로 발 디딜 틈이 없지. 멧돼지란 놈은 입이 커서 땅 위에 얼어 있는 소금도 닥치는 대로 갉아먹곤 한단다. 바닥의 언 흙까지 같이 입속에 들어가 우두둑우두둑 소리를 내가면서 말이야. 그 소리를 듣고 노루랑 개들도 몰려들지."

언웨이는 동경의 눈길로 할아버지를 바라보며 또 물었다.

"오늘 또 다른 동물들도 오나요?"

"글쎄, 모르겠구나. 문 앞에 놓고 들어가면 먹고 싶은 녀석은 알아서 오겠지. 네가 겨울까지 이곳에서 지낸다면 산짐승들을 적잖이 볼 수 있을 게다."

언웨이가 아쉬운 얼굴로 말했다.

"학교 가야 하는걸요."

할아버지와 이야기를 나누던 도중 언웨이는 문득 자기 집 맞은편 3층 베란다의 그 신비스런 식물이 떠올라 할아버지에게 물어보았다.

"그게 무슨 식물이에요? 어쩌면 그렇게 생명력이 강하죠?"

할아버지는 말없이 앞서 걷기 시작했다. 언웨이는 할아버지 뒤를 졸졸 따라갔다. 두 사람은 어느 넓은 들판에 이르렀다. 어찌나 드넓은지 그 끝도, 가장자리도 보이지 않았다.

이윽고 할아버지가 입을 열었다.

"네가 말한 그 식물은 야생 콩이란다. 예쁜 보라색 꽃이 피지. 자세히 보렴. 이곳 전부가 바로 그 식물들이야."

"와! 저, 이 야생 콩 씨 집에 좀 가져가도 돼요?"

"그거야 어렵지 않지. 그때 이 할아비가 너희 집에 이 야생 콩 씨앗을 한 병 가져다 주었을 텐데."

"어? 왜 전 기억이 안 나죠?"

"아마 네 아빠와 엄마도 잊어버렸을 거다."

집으로 돌아갈 때가 되어 할아버지 집을 나설 무렵, 돌연 할아버지가 물었다.

"언웨이, 무슨 기분 안 좋은 일이 있었니?"

언웨이는 깜짝 놀라 멍하니 할아버지를 바라보았다. 줄곧 시골에 계시던 할아버지가 도시에서 있었던 일을 이렇게 알고 자신의 속을 이렇게 꿰뚫어보신 걸까!

언웨이는 고개를 끄덕였다. 그러나 곧 이렇게 대답했다.

"지금은 많이 좋아졌어요."

할아버지는 언웨이의 머리를 쓰다듬으며 말했다.

"아가, 너도 이제 열세 살이잖니. 저 드넓은 들판, 저 한없이 길게 흐르는 강물 같은 마음을 가져야 한다."

언웨이의 눈에서 눈물이 흘렀다.

"할아버지, 왜 절 이곳으로 오게 하셨는지 알 것 같아요."

사실, 언웨이의 할아버지는 몇 년 전에 세상을 떠나셨다. 할아버지가 떠난 지 몇 년이 지난 이 여름, 열세 살 언웨이는 몇 년 전 할아버지가 도시에 오셨을 때 가져다준 야생 콩 씨앗을 찾아냈다. 이것이 할아버지의 혼이었을까?

언웨이는 그 씨앗들을, 아무것도 자라지 않고 죽어 버린 화분 속에 심었다. 아빠, 엄마에게는 말하지 않았다. 그날도 아빠는 베란다에 서서 맞은편 3층 베란다를 바라보고 있었다. 한참을 바라보다 지쳐 그만 시선을 거두고 무심코 발 앞에 놓인 화분을 내려다보는데, 놀랍게도 화분 안에서 파릇파릇한 무언가가 삐죽 고개를 내밀고 있었다.

아빠는 큰 소리로 엄마를 불렀다.

"여보! 당신 화분에 뭘 심은 거야?"

엄마가 베란다로 나오며 말했다.

"아무것도 안 심었는데…. 뭘 심어도 자라야 심지요. 지금 막 이 화분들을 어떻게 처리할까 생각하고 있었는데……."

그때 엄마의 눈에도 화분 안에 돋아난 연하고 부드러운 새싹이 보였다.

"어머! 이게 뭐야? 누가 심은 거지?"

놀란 엄마는 언웨이를 소리쳐 불렀다.

"그렇게 궁금해 하실 것 없어요. 제가 심은 거예요."

언웨이가 방에서 나오며 대답했다.

"대체 뭘 심은 거니?"

"야생 콩이요."

"어디서 구한 거야?"

"할아버지가 몇 년 전에 시골에서 가져오신 거예요. 우리 모두 잊어버리고 있었어요."

"그러게……."

"까맣게 잊고 있었네!"

그날부터 화분 속 야생 콩은 쑥쑥 자라 자그마한 보라색 꽃잎까지 피워냈다. 바로 그날, 창밖을 내다본 언웨이는 맞은편 3층 베란다에 무성하게 자라 있던 식물들이 모두 사라진 것을 발견했다. 저녁때 보니 늘 환하게 켜져 있던 불도 꺼져 있었다. 언웨이는 달려가 아빠, 엄마에게 이 사실을 알렸다. 에이, 설마 하던 아빠도 언웨이의 말을 듣고는 얼굴이 하얗게 질렸다.

"아빠가 직접 보세요. 이런 일을 어떻게 속여요?"

말은 이렇게 했지만 언웨이는 이게 어떻게 된 일인지 알 것 같았다.

아빠는 곧바로 베란다로 달려나갔다. 엄마도 그 뒤를 따랐다. 베란다로 간 아빠, 엄마에게서 한참 동안 아무 소리도 들리지 않자 궁금해진 언웨이는 다시 베란다로 가 보았다. 아빠, 엄마는 혼이 빠진 듯한 얼굴로 베란다 바닥에 털썩 주저앉아 있었다.

"정말 알 수 없는 일이네……."

이 괴이한 일이 대체 어떻게 된 일인지 확실히 알고 싶어진 아빠는 용기를 내 다시 맞은편 3층 집으로 가 보았다. 문을 두드려 보았지만, 여전히 아무런 기척이 없었다. 아빠는 포기하지 않고 부동산 사무실을 찾아갔다. 사무실의 젊은 여직원은 컴퓨터로 그 집을 조회해 보더니 분명한 어조로 이렇게 말했다.

"그 집은 아직 안 팔렸어요. 아무도 안 살아요"

아빠는 펄쩍 뛰며 말했다.

"그 집 베란다에 야생 콩이 무성하게 자라 있었는데요. 밤에는 불도 켜져 있었고요. 계속 불이 켜져 있는 것을 제 눈으로 똑똑히 봤어요.

저뿐만 아니라 우리 집사람도 아들도 봤다고요. 못 믿겠으면 그 둘에게 한번 물어보세요."

아빠의 말에 부동산 여직원은 안색이 창백해졌다. 아빠는 벌써 다리를 바들바들 떨고 있는 여직원을 안심시키려고 말을 이었다.

"정말입니다. 제가 속이려고 그러는 게 아니라……."

"그만하세요." 여직원이 아빠의 말을 막았다.

한참이 지난 후에야 마음이 좀 진정된 여직원은 아빠와 함께 그 집에 가서 직접 확인해 보기로 했다.

"가 봐요, 가 봐. 이분 정말 사람 성가시게 하시네. 우리 둘 다 가서 직접 눈으로 확인해 봐요. 확실히 해 둬야지, 아저씨 어디 가서 계속 그렇게 떠들고 다니시면 이 집 사려는 사람 아무도 없어요. 이제껏 집을 한두 채 중개한 것도 아니고 들어오는 사람, 나가는 사람 수없이 만나 봤지만, 아저씨가 말한 그런 일은 듣도 보도 못했어요."

여직원은 열쇠 꾸러미를 챙겨 들고 일어섰다. 아빠도 그 뒤를 따랐다.

"보시면 아시게 될 거예요. 보고 놀라지나 마세요. 정말이지……."

여직원이 걸음을 뚝 멈췄다.

"그만 좀 하세요! 언제까지 그러실 거예요?"

"그만할게요, 그만해요."

아빠가 미안한 듯 대꾸했다.

아빠와 여직원이 그 집에 도착해 보니 집 안에는 아무것도 없었다.

아빠는 베란다로 뛰어가 보았다. 베란다 역시 텅 비어 있있다. 그곳에 서서 자기 집 베란다를 건너다보니 언웨이가 화분에 심은 야생 콩이 한창 자라고 있었다.

맞은편 3층 집에 아무도 살지 않고 아무것도 없는 것을 확인하고 온 아빠는 며칠 동안 제대로 먹지도, 자지도 못했다. 언웨이가 우울증을 앓던 때와 비슷했다.

어느 날 저녁, 여전히 침대에 누워 잠들지 못하는 아빠에게 언웨이가 다가와 말했다.

"아빠, 제 생각엔 할아버지가 우리를 찾아오신 것 같아요. 절 위해서이기도 하고요."

그 말에 아빠는 멍하니 생각에 잠겼다. 잠시 후, 아빠는 머리를 문지르며 언웨이를 돌아보았다.

"그래, 어쩌면 정말 네 할아버지가 우리를 보러 오셨는지도 모르겠다."

얼마 지나지 않아 아빠는 다시 예전처럼 먹고, 잠도 잘 자게 되었다. 언웨이 역시 이제는 절벽에 누워 있다 굴러떨어지는 망상에 빠지지 않게 되었다.

겨울이 왔다. 베란다의 야생 콩은 추운 날씨에도 아랑곳없이 무성하게 자라 온 베란다를 뒤덮었다. 아빠가 베란다에 난로를 설치해 베란다 온도는 봄처럼 따뜻했다. 야생 콩이 폭풍처럼 자라 무성해진 뒤로 집 베란다는 다시 예전처럼 작게 느껴졌다.

어느 날 저녁이었다. 언웨이는 맞은편 3층 베란다에 불이 켜져 있는 것을 발견했다. 아마도 새 주인이 입주한 모양이었다. 그 집 베란다에서 여자아이 한 명이 나왔다. 여자아이는 손에 대포같이 긴 망원경을 들고 언웨이의 집 베란다를 관찰했다. 시골 들판에서는 흔히 볼 수 있는 야생 콩이 이곳 사람들에게는 간절한 소망이 될 수 있구나. 아마도 그것들을 잊고 살다보니 소망이 되어버린 거겠지. 저 망원경을 든 여자아이는 이 겨울에 또 어떤 기이한 일을 경험하게 될까?

언웨이는 그 여자아이가 이쪽을 좀 더 잘 볼 수 있도록 베란다 불을 켰다. 온 도시가 잠든 깊은 밤, 그 아이가 야생 콩 꽃을 발견하고 야생 콩이 쑥쑥 자라는 소리를 들을 수 있도록. 그 소리를 들으며 기나긴 강물, 드넓은 들판을 머릿속에 떠올릴 수 있도록…….

달려라, 쑤단

쑤단이 핸드폰을 받는 일은 좀처럼 없었다. 그 훤한 이마 속으로 대체 무슨 생각을 하고 있는지, 무슨 마음을 먹고 있는지도 도통 알 수 없었다. 1학기가 채 끝나기도 전에 쑤단은 큰일을 하나 해냈다. 바로 엄마와 아빠를 이혼시키는 데 성공한 것이다. 부모님의 이혼은 중학교 2학년 때부터 생각해 오던 것이었다. 3학년이 된 첫날, 학교 교문 안으로 들어서면서 쑤단은 마음을 정했다. 두 사람을 이혼시켜야겠다고.

쑤단의 유일한 학교 친구는 쉬만이었다. 사실 친구가 생긴 것도 어찌 보면 기적이었다. 어릴 때부터 남과 잘 어울리지 않고 아이들 사이에서 겉돌기만 했던 쑤단의 성격은 유치원 때부터 초등학교 6학년 때까지 이어졌다. 누군가 쑤단에게 친한 친구가 누구냐고 물으면 딱히 떠오르는 아이가 없어 무심하게 대꾸했다.

"친구요? 고양이 새끼 한 마리 없어요."

그랬던 쑤단에게 중학교에 들어간 뒤로 쉬만이라는 친구가 생겼다.

두 아이가 나란히 서서 함께 이야기를 나눌 수 있을 정도로 친해지게 된 데는 다음과 같은 일이 있었다. 한동안 쉬만은 침울하고 저조한 기분으로 남몰래 가출까지 생각하고 있었다. 선생님, 반 친구들 누구도 빛이 보이지 않는 어둡고 그늘진 쉬만의 마음을 알아차리지 못했다. 이렇듯 홀로 우울함과 외로움을 감당하고 있던 쉬만의 모습이 언젠가부터 쑤단의 눈에 들어왔다.

어느 날, 아직 배우지 않은 새 책을 찢고 있는 쉬만을 보고 쑤단이 다가가 물었다.

"너 집에 무슨 일 있어?"

쑤단의 물음에 쉬만의 눈에서 눈물이 한 방울 뚝 떨어졌다. 쑤단은 더는 묻지 않고 그저 이렇게만 말해 주었다.

"그렇게 힘들어할 것 없어. 남들이라고 다 화목하게 사는 건 아니야."

틀린 말은 아니었다. 중학생인 쑤단은 엄마, 아빠가 이혼할 수 있도록 하는 데는 성공했지만, 아직 이를 조숙하게 받아들이고 판단할 줄은 몰랐다. 자신이 겪은 일은 혼자만 알고 있었다.

엄마, 아빠의 이혼 역시 누구에게도 말하지 않았다. 이 일은 쑤단의 가슴속에서 분열하고 또 분열해 생화학 무기처럼 자신을 파괴하고 집을 파괴하고 모든 것을 파괴했다. 하지만 쑤단은 이런 일을 누군가에게 이야기하거나 감정을 토로할 줄 몰랐다. 그래서 다른 사람들 눈에는 늘 평범한 아이와는 좀 다른 아이로 비쳤다.

쑤단을 요리조리 뜯어보던 쉬만이 입을 열었다.

"쑤단, 너 살쪘어."

"살찔 거야."

사춘기 여자아이들이 으레 그렇듯 쑤단도 얼마 전까지 살에 신경 쓰고 음식도 조절해서 먹었다. 그러다 어느 날부터인가 그 모든 것을 포기하고 먹고 싶은 대로 먹기 시작했다. 이 우울함 속에서 위까지 학대하면 도저히 숨을 쉴 수 없을 것 같아서였다.

어쨌든 처음으로 무언가를 계획하고 그 계획을 실현한 데 대해 쑤단은 쾌감을 느꼈다. 엄마와 아빠는 일찌감치 헤어졌어야 했다. 단지 커가는 딸의 얼굴에 행복감이 사라지고 우울함과 냉담함만이 번져가는 것을 보고, 헤어지는 시기를 늦추었을 뿐이다. 쑤단의 우울은 자동차의 녹슨 자국처럼 빠른 속도로 번지고 그 위험성도 커졌다.

엄마, 아빠와의 꽤 화목하고 다정한 듯한 저녁 식사 자리에서 쑤단은 큰 컵으로 콜라 한 잔을 마신 후 아빠를 향해 말했다.

"두 분 이혼하세요."

이어서 모든 것이 들통난 표정으로 굳어 있는 엄마에게도 똑같이 말했다.

"헤어지세요."

결국, 가족은 법정에서 마지막을 함께했다. 나이 지긋한 여판사의 모자에서 흰 머리카락 한 올이 떨어졌다. 그녀가 다룬 이혼 건은 그 급격히 늘어가는 흰머리보다도 많았다. 판사가 쑤단에게 물었다.

"넌 아빠와 함께 살고 싶니, 아니면 엄마와 함께 살고 싶니?"

쑤단은 고개를 삐딱하게 기울인 채 엄마 쪽을 바라보았다.

"제가 아빠랑 살면 엄마는 매월 양육비로 저한테 얼마 주실 거예요?"

엄마가 창백해진 얼굴로 대답했다.

"400."

같은 태도로 이번에는 아빠를 돌아보았다.

"아빠는 제가 엄마랑 살면 얼마 주실 거예요?"

"600."

아빠도 핏기없는 얼굴로 대답했다.

쑤단은 판사에게로 고개를 돌리고 말했다.

"엄마랑 살래요."

고개를 기울인 채 말하는 버릇은 이미 오래된 것이었다. 쑤단은 누구도, 어떤 일도 얼굴을 똑바로 들고 마주하고 싶은 생각이 없었다. 예전에는 그랬다. 상대가 나이가 많건 적건 얼굴을 들고 진지하게 눈을 마주쳤다. 그러나 눈앞에 있는 상대는 사람이건 무엇이건 모두 자신을 삐딱한 시선으로 대했다. 어느 순간부터 그것을 알아차린 쑤단은 다시는 바보같이 그들을 똑바로 바라보며 진지하게 대하고 싶지 않았다.

아빠가 집을 떠난 첫날 밤, 엄마가 살며시 딸의 방문을 열었다. 쑤단은 이미 침대에 누워 책 한 권을 머리에 얹고 잘 준비를 하고 있었다. 엄마는 침대로 다가와 조심스럽게 한 발을 이불 속에 집어넣었다.

"엄마 들어가도 돼?"

쑤단은 대답 대신 침대 안쪽으로 더 들어갔다. 엄마는 두 발을 이불 속에 모두 집어넣었다. 딸의 이불 속은 그 냉담한 표정만큼이나 차가웠다.

"엄마가 지금까지 궁금한 게 하나 있는데……."

이불 속에 발을 뻗고 엄마가 이야기를 꺼냈다. 눈은 줄곧 딸을 바라보고 있었다. 쑤단은 눈을 감고 있었지만, 눈꺼풀 안에서 두 눈동자는 미세하게 움직이고 있었다.

"줄곧 생각해 보았는데……. 아빠 직장 동료라고 하면서 익명으로 나한테 온 인쇄한 편지들…… 모두 열세 통 되는 거 말이야. 그거 네가 쓴 거지?"

이 말을 하자 엄마는 마치 어깨에 지고 있던 큰 돌덩이를 내려놓은 것만 같았다. 쑤단은 눈을 뜨지 않았다. 엄마가 좀 더 이야기할 것이라 여겼기 때문이다. 그러나 엄마는 이 말을 꺼내는 데만도 이미 온 힘을 다 소진했다.

"맞지? 그 열세 통 편지 전부 네가 쓴 거지?"

"두 분 결혼 생활은 이제 끝났어요. 제가 엄마, 아빠를 도와드렸고요. 내일 밖에 나가서 저한테 크게 한턱 쏘세요. 한밤중에 와서 이렇게 저 심문하지 마시고요."

엄마는 대답이 없었다. 굳이 눈을 떠 보지 않아도 딸의 말에 말문이 막힌 것을 알 수 있었다.

"주무세요. 저 졸려요."

쑤단은 이렇게 말하고는 엄마를 등지고 돌아누웠다. 하지만 엄마는 잘 생각이 없었다. 다시 딸의 어깨를 두드렸다.

"엄마 봐 봐. 너한테 물어볼 게 있어……."

"방금 물어보셨잖아요."

"방금 물은 거 말고 몇 가지 더 물어보고 싶은 게 있다고."

엄마의 말이 끝나자마자 쑤단은 이불 속에서 엄마의 발을 하나하나 밀어냈다. 그리고 이불을 바싹 잡아당기며 말했다.

"저 자요."

딸의 그런 태도에 엄마는 별수 없이 방 밖으로 나왔다. 그러나 아직도 무언가 미련이 남는 듯 방문 앞에 서서 말했다.

"엄마는 네가 엄마를 선택해 줘서 고마워."

그 말에 쑤단은 침대에서 벌떡 일어났다.

"제가 택한 건 돈이에요. 엄마랑 살면 아빠는 저한테 600위안을 준다고 했고, 아빠랑 살면 엄마는 400위안을 주겠다고 했잖아요!"

엄마는 다시 딸의 방문을 벌컥 열었다. 딸의 말에 억누르고 있던 감정이 폭발한 것이다. 내친김에 그동안 가슴속에 꾹 눌러 참아온 것들, 참고 참아 곰팡이가 슬 지경인 속내를 전부 쏟아놓기로 했다.

"너 몇 살이나 먹었다고 어린애가 그렇게 개념 없이 돈을 밝히니? 아무리 돈, 돈 하는 시대라지만."

"때가 어느 땐데 그런 말씀을 하세요? 200위안이나 차이가 나는데, 제 핸드폰 요금은 어떡하라고요? '개념'이 내 주나요?"

엄마는 부르르 떨리는 손으로 딸의 얼굴을 가리키며 말했다.

"오늘 밤엔 너랑 아무 말도 못 하겠다!"

"이왕이면 내일도 아무 말 안 해 주셨으면 좋겠네요."

쑤단은 이렇게 대꾸하고 다시 침대에 누웠다. 그리고 방문 앞에서 부들부들 떨고 있는 엄마에게 한마디 덧붙였다.

"문 좀 닫아 주세요."

아빠에게는 다른 여자가 있었다. 쑤단도, 엄마도 그것을 알고 있었다. 집 안에서 엄마는 도둑을 경계하듯 아빠를 경계했다. 밖에서 마주칠 때는 철천지원수 보듯 했다. 엄마가 아빠 회사에 쫓아가 한바탕 난리를 쳤던 날, 엄마는 〈서유기〉의 손오공처럼 복도에 세워져 있던 대걸레까지 집어 창밖으로 내던졌다. 대걸레는 정확히 아빠 회사 대표의 자가용 위에 내리꽂혔다.

집에서 밥을 먹을 때 쑤단은 식탁 위에 밥과 반찬이 제대로 올라온 걸 본 적이 없었다. 엄마가 할 줄 아는 요리라고는 그저 이것저것 다 한데 집어넣고 끓이는 것뿐이었다. 섞으면 안 되는 것들까지 한 냄비 안에 넣고 푹 끓여 버렸다. 엄마는 이러는 것이 시간도 절약되고 일도 줄고 영양가도 한꺼번에 섭취할 수 있다고 말하곤 했다.

하루는 쑤단이 엄마를 향해 불쑥 입을 열었다.

"들은 얘긴데, 여자가 남자 마음을 잡으려면 우선 남자 입맛부터 사로잡아야 한대요."

그때도 냄비 안에 온갖 잡다한 것들을 쓸어넣고 끓이던 엄마는 딸의 갑작스러운 말에 냄비에서 뱀이라도 튀어나온 듯 놀라 들고 있던 국자까지 바닥에 떨어뜨리고 딸을 돌아보았다.

"뭐? 어디서 그런 소릴 들었어?"

"요즘 뜨고 있는 멜로드라마에서요. 여자 독자들을 대상으로 쓴 어느 베스트셀러에서도 봤고요. 결혼 생활이 불행한 남자들은 다 그렇게 말하던데요."

십수 년간 냄비 안에 온갖 음식을 집어넣고 끓이기만 하던 엄마는 결국 아빠를 잃고 말았다. 다른 여자의 밥상으로 보내 버리고 만 것이다.

핸드폰이 울렸다. 교실 밖 복도를 걸어가던 중이었다. 번호를 보니 아빠였다. 쑤단은 아빠 번호를 확인하자마자 핸드폰 덮개를 닫고 받지 않았다. 2분쯤 후에 다른 번호로 전화가 왔다. 모르는 번호였다. 받아

보니 이번에도 아빠였다. 다른 전화로 다시 전화를 건 것이었다. 아빠가 물었다.

"엄마랑 잘 지내고 있어? 별일 없지?"

"미국 대통령보다는 잘 지내고 있어요."

"왜 아빠 전화 안 받았어?"

"사실…… 저 이제 아빠 없잖아요."

"……."

아빠는 말을 잇지 못했다. 딸의 이런 말에 어떻게 반응해야 할지 아무 말도 떠오르지 않았다.

"더 하실 말씀 없으면 끊을게요. 곧 수업 시작해요. 그리고 학교에서는 학생들 핸드폰 못 갖고 다니게 해요. 수업할 때는 전화 못 받으니까 또 왜 안 받나 이상하게 생각하지 마세요."

말을 마치자마자 쑤단은 전화를 끊었다. 그리고 하늘을 향해 핸드폰을 높이 집어 던졌다가 공을 받듯이 받아 쥐었다. 그때, 담임선생님인 샤오핑 선생님이 쑤단의 뒤에 서 있다가 그 모습을 보았다.

"학생은 핸드폰을 소지할 수 없도록 되어 있는데 넌 아주 공개적으로 들고 다니는구나. 학교와 선생님에게 시위라도 하는 거냐?"

"이거 장난감이에요."

"장난감? 이렇게 실물과 똑같이 생긴 장난감도 다 있나?"

담임선생님은 믿지 않았다. 쑤단은 입에서 나오는 대로 대꾸했다.

"사람 마음도 위장하는 시대인데 핸드폰이라고 다 진짜만 있나요?"

쑤단의 말에 담임선생님은 기가 차서 멀뚱하게 서 있었다. 보다 못해 쉬만이 나섰다.

"쑤단의 핸드폰은 장난감이에요."

그제야 담임선생님의 표정이 좀 풀렸다. 그러나 교실로 돌아온 쑤단은 쉬만에게 벌컥 화를 냈다.

"네가 왜 나서? 누가 너더러 대신 말해 달랬어?"

"네가 선생님께 혼날까 봐 그랬지. 도와주려고."

"도와주긴 뭘 도와줘! 오늘 담임이란 제대로 한판 붙으려고 했는데!"

창백하게 굳은 쑤단의 얼굴을 보고 놀란 쉬만은 더는 말을 하지 못했다. 쑤단은 화가 나면 얼굴에 핏기가 사라지고 하얗게 변했다. 보는 사람이 무섭게 느껴질 정도였다.

한번은 쑤단이 쉬만을 향해 말했다.

"너한테 한 가지 물어보고 싶은 게 있는데, 솔직하게 대답해 줘."

쉬만은 불안한 눈빛으로 쑤단을 바라보았다.

"우리는 친구인가?"

쉬만은 생각에 잠겼다가 한참 만에야 입을 열었다.

"그렇다고 봐야지."

"솔직하게 대답해 줘서 고마워."

쑤단은 다시 물었다.

"나랑 친구 관계를 끊고 싶다고 생각한 적 없어?"

쑤단은 쉬만이 한순간 시선을 피하는 것을 보았다. 쉬만은 쑤단이 이미 자신의 속을 꿰뚫어 본 것 같아 이렇게 대답했다.

"있어."

"이번에도 솔직하게 말해 줘서 고마워."

이번에는 쉬만이 쑤단에게 물었다.

"그런데도 왜 내가 계속 네…… 친구로 있는지, 그건 안 물어?"

"방금 너한테 물은 두 가지 질문에 네가 솔직하게 답해 준 것만으로도 나는 충분히 만족해."

쑤단의 말에 쉬만은 마음이 가벼워졌다. 그리고 봄비처럼 가슴속이 따스하고 촉촉해졌다.

"지금 네 모습은 꼭 나 같아. 한동안은 내가 너 같았는데."

"나 같이 어땠는데?"

쑤단은 쉬만도 혼자만의 생각이 참 많다는 것을 느꼈다.

"다 지나간 일이야. 우리 집은 크게 달라진 것 없어. 그냥 작은 지진, 3급 정도 되는 지진이었을 뿐이야. 너희 집은 7급 지진이고."

"그만하자. 말해 봤자 마음만 복잡하지."

"그래, 이 얘긴 그만하자. 마음만 복잡하지."

그날 집으로 돌아가면서 쉬만이 전에 한 말을 또 한 번 되풀이했다.

"쑤단, 너 살쪘어."

쑤단도 예전처럼 대답했다.

"살찔 거야."

쉬만의 눈빛에서 왜인지 묻는 기색이 역력한 것을 보고 쑤단은 다시 입을 열었다.

"위장이라도 좀 구속하지 않고 편하게 해 주려고. 사는 낙도 없는데 나를 좀 자유롭게 해 주려고."

쑤단이 다니는 중학교는 운동장이 매우 컸다. 사람과 건물로 발 디딜 틈 없이 빽빽한 도시에서 일개 중학교에 이처럼 큰 운동장이 있다는 것은 신기하다 못해 사치스럽게 느껴질 정도였다. 조명을 설치한 농구장만도 세 곳이나 있었다. 그 때문인지 쑤단의 중학교는 학생들의 농구 실력이 상당히 높아 시 전체 중학교 농구 시합에서 종종 우승을 차지하곤 했다. 특히 남학생들은 인터넷보다 농구를 더 좋아하는 아이들이 많았다. 그들은 자기 농구공을 하나씩 가지고 있었고, 수업을 마치면 곧바로 농구장으로 뛰어나갔다. 수업 때도 발아래 농구공을 두고 수업을 받을 정도였다.

쑤단의 반 남학생 스창은 그중에서도 누구보다 월등히 농구를 잘했다. 스창은 다른 학교에서 전학 온 아이였는데 큰 키에 걸맞게 농구 실력이 뛰어났다. 그가 농구장에 들어서면 어느새 여학생들이 몰려와 빙

둘러서서 경기를 구경하곤 했나. 스창이 농구를 하는 모습은 정말 감탄을 자아냈다. 기술만 화려한 것이 아니라 기술을 쓰는 솜씨까지 탁월했고 경기 전체를 장악하는 능력까지 갖추고 있었다. 수세에 몰리고 있는 경기라도 그가 들어가면 금세 경기의 흐름이 바뀌면서 관중들의 마음을 확 사로잡았다.

스창이 전학 온 지 두 달 정도 되었을 무렵, 다른 반 남학생들 몇 명이 길에서 두어 번 그를 가로막았다. 스창은 그들이 농구 경기 때의 상대 팀 아이들이란 것을 알았다. 길을 지나다니는 사람들이 많아 그때는 그에게 별다른 해코지를 하지 않았다. 다만 한 번, 수업을 마치고 집에 돌아가는데 누군가가 등 뒤에서 돌을 던져 머리를 맞았다. 머리는 금세 붓고 큰 혹이 생겼다. 머리 위에 달걀을 하나 세워 놓은 듯 심하게 부어오른 혹 때문에 스창은 한동안 모자를 쓰고 다녀야 했다.

어느 날, 스창이 농구대 앞에서 슛 연습을 하고 있는데 바로 그 다른 반 남학생들 몇몇이 걸어와 골대에 공을 던져 넣었다. 그 애들은 8반 아이들이었다. 스창은 그들이 자신을 괴롭히려고 일부러 찾아온 것임을 단번에 눈치챘다. 머리의 혹도 그들 중 한 명이 한 짓이 틀림없었다. 상대는 모두 여섯 명이었다. 스창은 싸움을 피하려고 공을 가지고 교실 쪽으로 돌아섰다. 그런데 그들 중 한 명이 달려오더니 스창의 품에서 공을 쳐 떨어뜨렸다. 다른 아이들도 합세해 자기들끼리 스창의 공을 주고받으며 스창을 약 올리기 시작했다.

이번만큼은 스창도 참을 수가 없었다. 그러나 공을 빼앗으러 달려가 보니 공은 이미 바람이 빠져 푹 꺼지고 있었다. 그들 중 한 명이 무언가 날카로운 물건으로 공을 찢어 놓은 것이다. 그들은 쭈그러든 공을 스창의 발 앞에 던지고는 그대로 가 버렸다.

교실로 돌아온 스창의 기분은 말이 아니었다. 자신이 너무 나약하고 비참하게 느껴졌다. 교실의 아이들도 남학생, 여학생 할 것 없이 모두 바람 빠진 스창의 공을 둘러싸고 분통을 터뜨렸다.

쑤단이 그 모습을 보고 한마디 했다.

"두 손이 멀쩡하면 공만 잡을 게 아니라 자기 자신도 지킬 줄 알아야지."

스창은 고개를 들어 쑤단을 쳐다보았다. 순간, 발아래 고여 있던 피가 머리끝까지 솟구치는 것을 느꼈다. 스창은 벌떡 일어나 복도로 나갔다. 그리고 곧장 8반 교실로 가 자신을 괴롭혔던 그 남학생들을 향해 말했다.

"학교 끝나고 교문 앞으로 와."

선전포고를 마친 스창은 그대로 자기 반 교실로 돌아왔다. 스창이 오기 전 그를 뒤따라가 본 아이가 먼저 돌아와 모두에게 이 사실을 알렸다. 교실로 돌아와 자리에 앉은 스창은 비로소 밑바닥까지 내려갔던 자존감이 좀 회복되는 기분이었다. 그때, 쑤단이 또 한마디 했다.

"싸울 거면 죽기 살기로 싸워. 신사적으로 사릴 거 다 사렸다가는 못 이겨."

스창은 쑤단을 바라보았다. 어쩐지 비범함마저 느껴졌다.

수업이 끝나고 드디어 대결의 순간이 왔다. 스창은 혼자서 강호를 평정하듯, 한 마리 매처럼 허공으로 몸을 날리며 죽을힘을 다해 싸웠다. 그 아이들은 자기들 외에 다른 아이들까지 불러와 스창을 에워쌌다. 마치 늑대 무리가 개 한 마리를 에워싸고 갈기갈기 찢어 나누어 먹을 듯한 태세였다. 스창은 젖 먹던 힘까지 다해 싸우느라 입고 있던 옷마저 거의 찢긴 상태였다. 그 처절한 싸움은 누군가가 교장 선생님에게 알리면서 겨우 끝이 났다. 교장 선생님은 남자 선생님 몇 명을 이끌고 소방관이 불을 끄러 달려오듯 급히 현장으로 달려왔다.

담임선생님은 스창을 붙들고 어떻게 된 일인지 물었다. 반 아이들도 스창 주위로 몰려들었다. 그때, 쑤단이 그 곁을 지나가면서 스창에게 초콜릿을 하나 던졌다.

스창이 손을 뻗어 쑤단의 선물을 받자 담임선생님과 아이들의 눈길이 한꺼번에 쑤단에게로 쏠렸다. 쑤단은 걸음을 멈추지 않고 그대로 지나치다 문득 뒤를 돌아보며 말했다.

"선생님, 한두 명도 아니고 혼자서 여러 명을 상대한 우리 반 영웅에게 밥 한 끼 사 주세요."

그 사이 스창은 초콜릿 포장지를 뜯고 크게 한입 베어 물었다. 그 모습을 보고 담임선생님이 혀를 끌끌 찼다.

"그걸 또 먹고 있냐? 정말 네가 무슨 영웅이라도 된 줄 아냐?"

선생님의 말에 스창은 먹고 싶은 것을 참고 초콜릿을 내려놓았다. 스창이 찢긴 옷 사이로 초콜릿을 어디에 넣어 두어야 할지 몰라 허둥대는 사이 선생님은 아이들을 돌아보며 다시 입을 열었다.

"쑤단은 심리가 불건전하고 불안정한 학생이다. 모두 그런 불량한 태도를 닮지 않도록 주의해라. 정상적인 학생, 특히 여학생들은 더더욱 쑤단 같이 저러고 다녀선 안 돼."

아이들은 잠잠해졌다. 쑤단을 뒤따라온 쉬만이 물었다.

"그렇게 많은 애들 앞에서 어떻게 스창에게 초콜릿을 줄 생각을 했어?"

"그냥 그렇게 혼자 잘 헤쳐나간 게 대견해서."

쉬만은 무슨 기분인지 알 것 같았다.

"그럼 너 자신도 꽤 대견하지 않아? 걔가 그 큰일을 할 수 있도록 도왔으니까."

"역시 내 마음 이해해 주는 애는 너밖에 없네."

그날, 쑤단은 왠지 모르게 기분이 좋았다. 구름 위를 둥둥 떠다니는 기분이었다. KFC에 가서 혼자 햄버거를 두 개나 먹고 콜라도 큰 컵으로 한 컵을 다 마셨다. 마지막 한 모금을 마시면서 쑤단은 이렇게 자신

을 축복했다. '날마다 오늘처럼 기분 좋기를…….'

집에 돌아오니 엄마는 또 이것저것 한데 모아 끓인 음식으로 저녁을 차리고 있었다.

"엄마 혼자 드세요. 전 먹었어요."

"또 혼자 밖에서 먹은 거니?"

"네, 혼자 먹고 싶어서요."

쑤단은 이렇게 대답하고 자기 방으로 들어갔다.

식탁에 혼자 앉아 그 음식을 먹으려니 엄마 역시 식욕이 나질 않았다. 다음 날 아침, 잠자리에서 일어난 쑤단은 머리를 손으로 빗어 넘기며 화장실로 가던 중 어제 그 음식이 식탁 위에 그대로 놓여 있는 것을 보았다. 쑤단은 엄마의 방문을 향해 불쑥 내뱉었다.

"엄마, 이혼은 도와드릴 수 있었지만, 엄마를 요리하게 하는 건 제 능력 밖이네요."

잠시 후, 엄마는 아무 말 없이 방에서 나와 그 음식을 들고 주방으로 들어갔다.

그날 저녁, 학교를 파하고 집에 들어선 쑤단의 눈앞에 놀라운 광경이 펼쳐졌다. 식탁 위에 무려 네 가지 반찬이 그림같이 놓여 있었다. 빨주노초파남보 무지개색을 두루 갖춘 요리들이 식탁을 화려하게 수놓고 있었다. 쑤단은 잠시 할 말을 잃고 멍하니 식탁 위를 바라보기만 했다. 엄마가 어느 5성급 호텔에서 수석 요리사라도 불러왔나 하는 생각이 들었다. 엄마는 딸의 놀란 표정을 보고 마음이 흐뭇해졌다.

"오늘은 출근 안 하는 날이라 한번 해 봤어. 서점에 가서 〈요리는 어떻게 하는가〉라는 책을 산 다음 시장에 가서 재료를 사고 책에 나온 대로 만들었지. 오늘 이게 엄마의 첫 작품이야."

"아빠가 이걸 못 봐서 정말 아쉽네요."

식탁에 코를 가까이 대고 냄새를 맡아 본 쑤단은 절로 감탄이 흘러나왔다.

"네가 오늘 아침에 한 말, 종일 생각해 봤어. 오늘 저녁부터 엄마도 열심히 연습해서 매일 멋진 밥상을 차릴 거야."

"아빠에게 복수하게 집에 오라고 해서 같이 먹어요. 엄마가 만든 거 맛보시게요."

"아니야, 엄만 널 위해서만 요리할 거야."

"와, 엄마 첫 작품 놀라운데요. 정말 맛있어요."

"네가 오늘 아침에 한 말이 엄마는 더 놀라웠어."

엄마의 표정은 딸이 아닌 친구와 마음을 터놓고 이야기하는 듯했다. 쑤단도 엄마의 진지한 말에서 진심 어린 마음이 느껴졌다.

그리고 또 한 사람, 스창이 쑤단에게 말을 걸어왔다. 지난번 8반 아이들과의 일이 있고 난 뒤 며칠 동안 스창은 쑤단과 이야기할 기회를 엿보고 있었다. 어느 날, 쉬는 시간이 되었는데도 자리에 그대로 앉아 있는 쑤단을 보고 스창이 걸어가서 말을 붙였다.

"나 누구랑 싸워 본 거 그때가 처음이었어."

마치 달나라를 여행하고 지금 막 돌아와 누군가에게 이야기하는 듯한 모습이었다. 쑤단이 고개를 들었다. 그리고 자신보다 한참 큰 스창을 마치 초등학생 대하듯 바라보며 대꾸했다.

"안타깝네. 난 유치원 때가 처음이었는데. 내가 오전 내내 땋은 머리를 어떤 여자애가 잡아당겨 다 흐트러뜨렸거든. 두 번째로 싸운 것도 유치원 때였어. 어떤 남자애가 여자애의 땋은 머리를 잡고 안 놓아주는 거야. 달려가서 나도 그 녀석의 머리카락을 꽉 쥐고 안 놓아줬지. 그 애가 놓으라고 하길래 네가 먼저 그 여자애 머리를 놓아주면 나도 놓겠다고 했어. 결국엔 그 애가 먼저 울음을 터뜨렸지. 초등학교 들어가서는 몇 번을 싸웠는지 기억도 안 나네. 지금은 싸우는 것도 귀찮아졌어. 이젠 손보다 머리를 쓰려고."

스창은 고개를 끄덕였다.

"너랑 비교하니 난 꼭 어린 시절이라는 게 없었던 것 같다. 지난번에 처음으로 그 애들이랑 한바탕 싸웠던 거 생각하면 밤에 잠도 잘 안 올 만큼 흥분되고 짜릿한 거 있지. 이게 다 네 덕분이야."

"어디 가서 그렇게 얘기하지 마. 누가 들으면 내가 부추겨서 싸움 붙인 줄 알겠다."

그때, 담임선생님이 들어와 이야기를 나누고 있는 둘의 모습을 보았다. 스창이 쑤단과 그렇게 마주 앉아 있는 것을 보고 마음이 불편해진 선생님은 자기도 모르게 말을 툭 던졌다.

"스창, 쉬는 시간이면 운동장이든 어디든 나가서 몸을 좀 움직이고 올 것이지 사내가 앉아서 무슨 수다냐?"

그제야 스창은 번뜩 화장실 생각이 나서 나는 듯이 화장실로 달려갔다. 그런 스창의 뒷모습을 바라보며 선생님이 중얼거렸다.

"무슨 중요한 이야기라고 화장실 가는 것도 잊어버려?"

그 말에 기분이 상한 쑤단은 선생님을 향해 되받아쳤다.

"이 세상에 화장실 가는 것보다 중요한 일이 어디 있겠어요?"

쑤단의 반감 어린 말투에 선생님은 더욱 기분이 언짢아졌다.

"선생님은 네가 무슨 일을 벌였는지 다 알고 있어!"

선생님의 말에 발끈해진 쑤단이 물었다.

"제가 무슨 일을 벌였는데요?"

"네가 한 짓은 너 자신이 더 잘 알겠지!"

"제가 한 일이야 많죠. 그중에 선생님이 뭘 말씀하시는지 잘 모르겠는데요."

"하는 짓이라고는 그저 나쁜 일, 잘못된 일, 하면 안 되는 일!"

"전 제가 한 일이 잘못이라고 생각 안 하는데요. 제가 한 일은 좋은 일, 마땅히 해야 했던 일이에요!"

그사이 쉬는 시간이 끝나고 아이들이 속속 교실로 들어왔다. 선생님은 화를 자제하고 쑤단을 흘끔 쳐다보았다. 표정이 좋지 않았다.

화장실에 다녀온 스창도 교실로 돌아와 자리에 앉았다. 밖에서 무슨 일이 있었는지 스창의 표정도 썩 좋지 않았다. 수업이 시작되고 쑤단은 스창 쪽을 쓱 돌아보았다. 웬일인지 스창도 자신을 보고 있었다. 수업을 마치자마자 쑤단은 스창의 자리로 가 물었다.

"무슨 일 있었어?"

스창이 침울한 목소리로 대답했다.

"8반 녀석들이 또 날 부르더니, 시간 정해서 한 번 더 보재."

그러자 쑤단은 별일 아니라는 듯 픽 웃으며 말했다.

"스창, 좀 있다가 수업 시작종 울리고 8반 애들이 교실에 다 들어오면 다시 가서 걔네들한테 말해. 오늘 저녁 KFC 앞에서 기다리겠다고."

쑤단의 웃는 얼굴을 본 스창은 주저하지 않고 종이 울리자마자 8반 교실 앞으로 달려갔다. 그리고 그 남학생들에게 두 번째 선전포고를 했다. 교실로 돌아오는 스창의 발걸음은 가벼웠다. 어쩐지 마음이 편안해지고 자신감마저 솟았다. 교실로 돌아오니 쑤단이 그를 보며 밝은 미소를 보내고 있었다. 그 모습에 스창은 안심이 될 뿐 아니라 날아갈 듯 기분이 좋아졌다.

수업을 마치고 쑤단은 KFC로 가보았다. 스창이 정말 혼자 그곳으로 갔는지 알고 싶어서였다. 가 보니 과연 KFC 입구에 홀로 서 있는 스창의 모습이 보였다. 양손을 허리에 대고 위풍당당하게 서 있는 그의 모습을 보고 쑤단은 남몰래 미소를 지었다. 쑤단의 예상대로라면 8반 남학생들은 십중팔구 어느 길모퉁이에 숨어서, 홀로 당당히 약속 장소에 나온 스창을 엿보고 있을 것이다. 이번에 그들은 그저 위협적인 말로 상대를 떠본 것뿐이었다. 만약 스창이 겁을 먹고 나오지 않는다면 싸우지 않고도 상대를 제압한 셈이었다. 하지만 그들은 스창이 조금도 겁먹지 않고 오히려 자신만만하게 또 한 번 강호를 평정하러 나온 모습을 똑똑히 보았다.

약속 시각이 한 시간이나 지나자 쑤단은 지켜보던 것을 멈추고 KFC 앞으로 가서 계단에 서 있는 스창을 불렀다.

"걔네는 안 올 거야."

스창은 한참 후에야 상황을 파악했다.

"넌 걔들이 안 올 줄 알고 있었어?"

"나도 추측일 뿐이었어."

어느새 어둑어둑해진 길을 함께 걸으며 스창이 쑤단에게 말했다.

"네가 남자애였다면 우리는 분명 아주 친한 친구가 되었을 거야."

"여자애는 친구 못해?"

"못하긴. 할 수 있지."

스창의 대답에 쑤단은 어쩐지 마음이 따스해지는 것 같았다.

문득 스창이 이렇게 말했다.

“쑤단, 너 최근에 좀 살찐 것 같아.”

쑤단은 자신도 모르게 뺨이 화끈 달아올랐다.

“그래? 네가 보기에도 내가 살찐 것 같아?”

“중거리 달리기를 연습하면 살을 빼는 데 효과가 있대.”

“난 내가 살쪘다고 생각 안 해.”

쑤단이 고집스럽게 대꾸했다. 스창은 웃으며 얼른 말을 고쳤다.

“그래, 안 쪘어, 안 쪘어. 내가 잠시 눈이 삐었나 봐.”

다음 날 이른 아침, 쑤단의 방에서 자명종 소리가 울렸다. 그 소리에 잠에서 깬 엄마가 물었다.

“아직 한 시간은 더 자도 되는데, 이렇게 일찍 일어나서 뭐하려고?”

쑤단은 대답 대신 방을 나와 운동화를 신고 계단을 내려갔다. 엄마는 졸린 눈을 비비며 베란다로 나가 건물 아래를 내려다보았다. 운동화를 신고 큰길을 따라 달리는 딸의 모습이 보였다.

“해가 서쪽에서 떴나, 생전 안 하던 짓을 다 하고.”

6개월 후, 쑤단이 사는 지역에서 일곱 개 중학교 연합 체육대회가 열렸다. 장소는 넓은 운동장을 갖춘 쑤단의 학교였다. 쑤단도 경기 참가자 명단에 이름을 올렸다. 종목은 1500미터 달리기였다. 담임선생님은 그때까지도 쑤단을 좋게 보지 않았다. 경기를 잘할 거라고 여기지도 않았다. 그동안 겪어온 자신의 교육 경험에 의하면 여학생들은 보통 성격이 밝고 태도가 좋은 아이들이 장래성이 있고 발전 가능성이 컸다. 선생님의 시각에서 쑤단은 결코 그런 아이가 아니었다.

그러나 경기가 시작되고 믿을 수 없는 일이 벌어졌다. 출발선의 신호총이 울리자 쑤단이 가장 앞서서 선두를 달리는 것이었다. 출발 지점에서부터 트랙이 끝날 때까지 쑤단은 줄곧 선두를 지켜 일곱 개 학교 대표 선수들 사이에서 당당히 1등을 했다. 선생님에게는 충격이었다. 더욱 놀라운 것은 반 아이들이 남학생, 여학생 할 것 없이 모두 큰 소리로 쑤단을 응원하는 것이었다.

"쑤단, 달려! 더 빨리, 더 빨리!"

체육대회를 마치고 비가 내리는 어느 날 저녁, 쑤단은 펜을 들고 노트를 펼쳤다.

"난 엄마, 아빠를 이혼하게 했다. 엄마의 생활 방식도 바꾸었다. 엄마는 지금 훌륭한 요리사가 되었다. 난 스창이 싸우는 일을 나서서 조언해 주었다. 그 애로서는 태어나서 첫 싸움이었다. 또 일곱 개 중학교 연합 체육대회에서 반 아이들이 모두 내 이름을 외쳤다. '쑤단, 달려!' 그때 내 얼굴에 흐르던 것은 땀만이 아니었다. 눈물도 함께 흐르고 있었다……."

어느덧 밤이 깊어 쑤단은 침대 옆의 등을 끄는 것도 잊고 곤히 잠들었다.

비는 새벽 1시가 되어서야 그쳤다. 담임선생님도 지친 몸을 소파에 기대며 노트를 펼쳐 들고 무언가를 끄적였다. 그중에는 쑤단의 이름도 있었다. 선생님은 쑤단의 이름 뒤에 이렇게 썼다. '문제 학생' 그리고 그 뒤에 커다란 물음표를 그렸다. 그 물음표는 꼭 어느 민속박물관에 전시된 옛 채찍 모양 같았다.

같은 시각, 한창 꿈을 꾸고 있던 쑤단이 갑자기 웃기 시작했다. 다른 방에서 자고 있던 엄마가 놀라 잠에서 깰 정도였다. 놀랍게도 쑤단의 꿈속에서 채찍이 나타났다. 채찍은 쑤단을 향해 이렇게 말했다. "난 오래전부터 널 주시해 왔어." 쑤단은 고개를 삐딱하게 기울이고 그것을 노려보다가 벽에서 그것을 내려 변기 속에 휙 던져 버렸다. 변기의 물을 내리자 채찍은 금세 물에 휩쓸렸다. 그런데 변기 안에서 채찍의 머리가 불쑥 튀어나오는 것이 보였다. 끈질기게 버티고 내려가지 않으려는 듯……. 쑤단은 꿈속에서 크게 욕을 퍼부었다. 분노에 찬 욕이었다. 그 바람에 엄마는 또다시 화들짝 놀라 침대에서 벌떡 일어나 앉았다.

우리가 할아버지, 할머니가 되었을 때

누군가가 말했다.

"우리는 노년에 어떤 어른이 되어 있을까?"

수박을 심고 풀 한 포기 나기를 기대하다

리커는 뚱보였다.

어느 날, 리커는 세 통의 전화를 받았다. 첫 번째 전화는 같은 반 친구 장 아무개에게서 온 것이었다. 롤러스케이트를 타러 가자는 그의 말에 리커는 늘어지게 하품을 하면서 대답했다.

"나 아직 잠이 덜 깼는데."

"그럼 잠 깨면 가자."

리커가 말했다.

"나 아침도 아직 안 먹었는데."

"그럼 아침 먹고 가자."

그래도 리커는 이리저리 핑계를 대다가 결국 이렇게 말했다.

"음…… 그림…… 그럼 내일 타러 가자."

두 번째 전화는 역시 같은 반 친구 마오였다.

"리커, 우리 같이 강섬 가자! 거기 다람쥐 공원이 있는데 공원 안에 다람쥐가 수백 마리나 산대. 팝콘만 가지고 가도 다람쥐가 금세 몰려온대."

리커가 대답했다.

"팝콘이 있으면 내가 먹지."

"넌 먹는 것 말고는 관심이 없냐? 너 다람쥐 본 적은 있어?"

"왜 본 적이 없어? 텔레비전에서 봤지."

마오는 짜증을 내며 물었다.

"갈 거야, 말 거야? 나 전화 끊는다!"

마오가 전화를 끊기도 전에 리커는 먼저 수화기를 내려놓았다.

"다람쥐를 보려고 그 먼 곳까지 가? 바보……."

세 번째 전화는 엄마였다.

"점심 먹었어?"

"점심이요? 아침도 아직 안 먹었는데요."

엄마가 기가 막히다는 듯 말했다.

"아무리 일요일이라 늦잠을 자도 그렇지, 점심때까지 자고 있으면 어떡해? 아점 먹어야겠네."

"그럼 나 오늘 한 끼를 덜 먹는 거네."

"넌 한 끼라도 덜 먹는 게 나아."

리커는 어쩐지 좀 억울한 기분이 들었다.

"왜 한 끼를 덜 먹어야 돼?"

그날 온종일 리커는 자신의 먹는 욕구가 무시당한 것만 같아 줄곧 보상할 기회를 엿보았다. 한밤중에 리커는 냉장고 문을 열고 소시지 한 개와 요구르트를 꺼냈다. 그렇게나마 배를 채우고 나니 그제야 뭔가 든든해지는 것 같았다.

다음 날, 학교 체조 시간에 몇몇 남자아이들이 왁자지껄 장난을 치기 시작했다. 그중 세 아이가 반에서 가장 '극악무도한' 한 아이를 바닥에 눌러 앉히고 벌을 주려고 했다. 그런데 그 벌이라는 게 한쪽에서 아이들을 구경하고 있던 리커를 데려다 그 애를 깔아뭉개는 것이었다. 리커에게 깔리면 거의 숨이 막힐 지경이 되었다. 한창 그렇게 놀던 아이들은 문득 리커가 뚱뚱하다는 이유로 그런 놀이를 한 것이 어쩐지 좀 미안하게 느껴졌다. 하지만 리커는 조금도 그런 것으로 상처받지 않았다. 오히려 자신의 뚱뚱한 몸이 쓸모 있다는 것이 즐거워 깔고 앉은 아이에게서 일어나며 유쾌하게 웃었다.

중학교 3학년이 되자 리커의 식욕은 더 왕성해졌다. 당연히 살도 더 붙었다. 여름이면 리커는 다른 사람들보다 더 더위를 못 견뎌 에어컨을 틀고도 웃통을 벗고 있어야 했다. 소파에조차 앉지 못하고 바닥에 칠퍼덕 드러누워 얼음물을 끊임없이 들이켰다. 할 수만 있다면 냉장고 안에 들어가고 싶은 심정이었다.

삼복 더위가 기승을 부릴 때는 조금만 움직여도 온몸이 땀으로 범벅이 되어 운동은커녕 손가락 하나 까딱하지 못했다. 그 결과 고등학교 입학시험을 앞둔 마지막 학기에 리커의 몸무게는 정점에 이르렀다. 원래 뚱뚱하긴 했지만, 이 정도로 뚱뚱한 건 태어나서 처음이었다. 신발을 신고 현관문을 나설 때면 엄마가 대신 신발 끈을 묶어 주어야 했다. 리커가 거리에 나서면 지나가던 사람들은 하나같이 신기한 눈빛으로 쳐다봤다. 그건 리커가 뚱뚱하기도 하지만 특이한 걸음걸이 때문이었다. 구름과 안개 위를 둥둥 떠다니는 듯한, 마치 슬로모션 영상 속에 있는 듯한 그 모습은 사람들의 이목을 끌기에 충분했다.

잠잘 때 리커는 늘 얼굴을 하늘로 향하고 입을 벌린 채 잤다. 무거운 몸 때문에 옆으로 돌아누워 자면 숨이 찼기 때문이다. 엎드려서 자는 것은 더욱 불가능했다. 한번은 자려고 침대에 누웠는데 입에 가래가 고였다. 뱉고 싶었지만 일어나기 귀찮았다. 눈을 감은 채 손으로 더듬더듬 화장지를 찾아보았지만 잡히지 않았다. 어쩔 수 없이 계속 가래를 입에 물고 있어야 했다. 그러다 입안에 점점 더 침이 고여 뱉지 않으면 안 되게 되자 리커는 여전히 눈을 감은 채 머리를 한 번 쳐들고 그대로 가래를 뱉어냈다. 가래는 위로 솟구쳤다가 다시 리커의 얼굴로 떨어졌다. 그 상태로 리커는 마음 편히 잠이 들었다.

그런데 그 학기, 리커는 자신의 몸에 일생일대의 변화를 가져다 준 아주 특별한 일을 겪게 되었다. 같은 반의 한 여학생을 남몰래 좋아하게 된 것이다. 온종일 그 여자애의 이름이 리커의 머릿속을 맴돌았다. 그 아이의 이름은 커리로, 리커의 이름을 거꾸로 읽은 것과 같았다.

날씨가 제법 선선해질 무렵까지 리커는 커리의 뒤를 졸졸 쫓아다녔다. 무엇보다 커리가 걷는 모습이 좋았다. 길고 가느다란 다리로 사뿐사뿐 가볍게 걷는 그 모습……. 바람이 불어와 커리의 긴 머리를 날릴 때면 정말 한 폭의 그림 같았다. 비록 커리의 뒤를 따라가는 것이 다소 힘에 부치기는 했지만 리커는 부지런히 힘을 내 더는 따라갈 수 없을 때까지 그 뒤를 쫓았다.

어느 날 늦은 오후, 그날은 커리가 담임선생님과 상담을 하는 날이라 해 질 무렵이 다 되어서야 교문을 나왔다. 하늘은 벌써 어둑어둑해졌다. 그때까지 리커는 교문 앞 한쪽 구석에서 계속 커리를 기다리고 있었다. 이제 커리를 기다리는 일은 습관처럼 몸에 배어 커리가 가는 모습을 보지 않으면 다른 것은 아무것도 할 수 없었다. 커리는 골목에서 손을 뻗어 택시를 잡으려 했지만, 골목에는 차가 거의 없었다. 하는 수 없이 택시가 좀 더 많이 다니는 큰길 쪽으로 걸어갔다. 그때였다. 어둠 속에서 웬 사람 그림자가 튀어 나오더니 커리의 가방을 낚아챘다. 놀란 커리는 한순간 멍한 얼굴로 굳어 버렸다. 그 광경을 본 리커는 이것저것 생각할 겨를도 없이 소리를 지르며 그를 뒤쫓았다. 그자가 그렇게 빠른 속도로 도망치는 것이 아니었는데도 리커는 금세 숨이 턱에 차올라 헉헉거렸다.

결국 커리의 가방을 훔친 도둑은 흔적도 없이 자취를 감추었고 온몸에 힘이 빠진 리커는 절망과 무력감을 느끼며 길바닥에 쓰러지고 말았다. 금방이라도 심장이 목구멍 밖으로 튀어나올 듯 쿵쾅쿵쾅 뛰었다. 리커는 정말 심장이 튀어 나올까 두 손으로 입을 틀어막고 가쁜 숨을 쉬다가 다음 순간 그만 정신을 잃고 말았다. 얼마나 시간이 지났을까. 눈을 떠 보니 아빠와 엄마가 걱정스러운 얼굴로 자기를 내려다보고 있었다. 그 옆에는 역시 걱정이 가득 담긴 눈길로 자기를 바라보고 있는 커리의 모습이 보였다.

"여기가 어디예요?"

"병원이야. 너희 반 커리가 병원으로 데려왔어. 고맙게도……."

엄마가 말해 주었다.

리커는 어쩐지 민망하고 부끄러워 커리를 마주 보지 못하고 얼굴을 돌렸다. 조금 전 있었던 일은 생각조차 하고 싶지 않았다.

하지만 그 일 이후, 리커는 살을 빼기 시작했다. 그리고 1년 가까이 지나 마침내 또래 남자아이의 정상 체중을 회복했다.

이후 50년 동안 리커는 계속 정상적인 몸무게를 유지해 나갔다. 나이가 들어서도 길을 나서면 군살 없이 호리호리한 멋으로 사람들의 이목을 끌었다. 때때로 친구들이 찾아와 중학교 시절 앨범을 펼쳐 보면 누구도 사진 속 뚱보가 그라는 사실을 믿지 않았다. 그러면 리커는 미소 지으며 이렇게 말하곤 했다.

"그저 수박을 심고 풀 한 포기 나오기를 기대했을 뿐이야."

다다

다다는 동물 이름이기도 하고 사람 이름이기도 했다. 고양이와 그 주인의 이름이 모두 다다였기 때문이다.

다다는 누런 빛깔의 늙은 고양이였다. 나이가 많아 유동식 사료밖에 먹지 못했다. 다다는 입을 벌리는 일이 거의 없어 이빨이 몇 개나 남았는지, 예전에는 얼마나 되었는지 아는 사람이 아무도 없었다.

샤오룽의 엄마가 바로 이 고양이 다다의 주인이었다. 그녀의 이름도 다다였다. 이 고양이가 아직 새끼였을 때 품에 안고 집에 돌아와 자신과 같은 이름을 붙여 준 것이다.

때때로 아빠가 "다다!" 하고 부를 때면 샤오룽은 엄마를 부르는 것인지 고양이를 부르는 것인지 헷갈렸다. 쌀쌀한 가을이 되어 사람들이 털스웨터를 입기 시작할 무렵, 웬일인지 고양이 다다는 오히려 털이 빠지기 시작했다. 이제까지 다다는 늘 봄에 털갈이를 했다. 봄이 되어 사람들이 겨우내 입었던 겨울옷을 세탁하듯 다다의 털갈이도 그때쯤 시작되었다. 여느 때와 다른 다다의 털갈이에 엄마는 마음이 불안해졌다.

털갈이로 인해 다다의 털은 온 집 안에 어지럽게 날리고 있었다. 다다가 잠깐이라도 머문 자리에는 여지없이 누런 빛깔의 털들이 빠져 있었다. 자연히 샤오룽의 예쁜 스웨터에도 고양이 털이 날아와 묻었다.

샤오룽은 고양이 털이 덕지덕지 묻은 스웨터를 벗어 엄마 품에 던지며 말했다.

"다다 털 좀 보세요. 이걸 어떻게 입어요?"

엄마는 서둘러 딸의 스웨터에서 고양이 털을 떼어 내며 중얼거렸다.

"이제 겨울옷을 입어야 할 때인데 털이 빠지다니 대체 무슨 일이지……."

"엄마, 다다 누구 주면 안 돼요?"

"뭐? 누구한테 우리 다다를 줘!"

엄마는 당장 안색이 변하더니 들고 있던 스웨터를 딸에게 도로 확 던졌다.

"네가 떼!"

갑자기 벼락같이 화를 내는 엄마의 모습에 어리둥절해진 샤오룽이 물었다.

"엄마, 내가 어쨌다고 그렇게 화를 내요? 그리고 이 털을 언제 다 떼라고요?"

"엄마가 말했지. 네가 직접 떼!"

샤오룽은 잠시 멍한 얼굴로 서 있다가 하는 수 없이 스웨터에 묻은 털을 대강 떼어 내고 학교 갈 준비를 서둘렀다. 하지만 머릿속으로는 여전히 엄마가 이해되지 않았다. 아니, 왜 나한테 화를 내는 거야? 그깟 고양이가 뭐라고.

아직도 군데군데 고양이 털이 묻어 있는 샤오룽의 스웨터를 보고 반 아이들이 물었다.

"샤오룽, 너 이거 어디서 샀어? 털이 막 빠져. 너무 싼 옷 아냐?"

샤오룽이 볼멘 얼굴로 대답했다.

"자세히 봐. 옷에서 빠진 털이 아니고 우리 고양이 털이 묻은 거야."

선생님이 수업하는 동안에도 샤오룽은 스웨터에 묻은 털이 자꾸만 신경 쓰여 계속 옷에 손이 갔다. 선생님은 수업 도중 연신 고개를 숙이고 스웨터에서 털을 떼고 있는 샤오룽을 보고 성난 어조로 말했다.

"샤오룽, 수업 중에 뭐 하는 거니? 몸에서 뭐, 털이라도 떨어지니?"

반 아이들 앞에서 선생님의 꾸지람을 들은 샤오룽은 창피해서 고개를 들 수가 없었다.

학교 수업을 마치고 집에 돌아온 샤오룽은 내내 참았던 화가 폭발해 스웨터를 벗어 다다한테 집어 던졌다. 나이는 들었어도 아직 예민함을 잃지 않은 다다는 어린 주인의 기분이 몹시 좋지 않다는 것을 눈치채고 스웨터를 피해 한 걸음 물러섰다. 그러나 샤오룽은 다시 그것을 집어 던지며 말했다.

"자, 가져가! 난 도저히 못 입겠으니까. 날도 추워지는데 잘됐네. 털까지 빠지고 있으니 이거나 덮고 자!"

아빠는 아직 퇴근 전이었고 엄마는 주방에서 저녁을 하고 있었다. 딸이 무어라 큰 소리로 외치는 소리를 들은 엄마는 무슨 일인지 궁금해 고개를 내밀었다. 샤오룽이 한창 다다에게 화풀이를 하는 중이었다. 엄마는 급히 주방을 나와 주걱으로 딸을 가리키며 야단을 쳤다.

"너 지금 뭐 하는 거니? 입기 싫으면 안 입으면 되지, 다다가 너한테 뭘 어쨌다고 그래! 당장 스웨터 주워!"

엄마의 서슬 퍼런 기세에 눌려 샤오룽은 어쩔 수 없이 옷을 주워 들었다. 그리고 자기 방으로 들어가 바닥에 내동댕이쳤다.

주말이 다가왔다. 이날은 샤오룽이 친한 친구 몇 명과 함께 집에서 놀기로 한 날이었다. 이런 날이면 아빠와 엄마는 으레 집을 비워 아이들이 마음 편히 놀 수 있도록 해 주었다. 냉장고에는 엄마가 미리 넣어 둔 먹을 것과 마실 것들이 잔뜩 들어 있었고, 아빠는 외출하기 전에 용돈까지 쥐어 주었다.

아빠, 엄마가 나가자 샤오룽은 미리 준비해 둔 종이 상자를 꺼내 고양이 다다를 집어넣고 베란다에 놓아두었다. 그런 다음 화장수를 방마다 뿌렸다.

아빠와 엄마가 집에 돌아왔을 때는 샤오룽의 친구들은 하루 종일 신나게 놀고 집으로 돌아간 뒤였다. 엄마는 다다가 걱정되어 이 방 저 방 찾아보았지만, 어디에도 보이지 않았다.

"다다는?"

엄마의 물음에 샤오룽이 무심히 대답했다.

"베란다 종이 상자 안에 있어요."

딸의 대답에 엄마는 어처구니 없다는 표정을 짓고는 황급히 베란다로 갔다. 상자 안에서 다다를 안아 드니 주인을 본 다다의 눈가에 눈물이 그렁그렁 맺혔다. 그런 다다를 보고 엄마 역시 눈언저리가 붉어졌다. 당장 딸에게 한마디 하고 싶었지만 마침 친구들과 즐겁게 통화하는 것을 보고는 꾹 화를 참았다.

첫눈이 내리던 날, 외갓집에서 전화가 왔다. 외할머니가 위독하다는 소식이었다. 아빠와 엄마는 그날 밤 바로 외갓집으로 간다고 했다. 그렇지 않으면 얼굴도 못 보고 병자를 보내야 할지도 모르는 상황이었다. 출발하기 전 엄마는 잠시 틈을 내 시장에 다녀왔다. 집을 비우는 동안 샤오룽이 먹을 음식들을 사다 놓기 위해서였다. 먹을 것과 마실 것을 이것저것 사서 냉장고에 채워 넣고 다다가 먹을 죽도 한 냄비 끓여 소금을 친 뒤 딸에게 단단히 일렀다.

"때 되면 밥 꼭 챙겨 먹고, 다다 죽 주는 거 잊지 마. 날마다 신선한 물도 넣어 주고. 이제는 나이가 들어서 죽 말고는 물밖에 못 마시니까. 알았지?"

아빠가 듣다못해 끼어들었다.

"얼른 갑시다. 그만하면 충분히 알아들었겠네."

하지만 엄마는, 냉장고만 들여다볼 뿐 다다는 거들떠보지도 않는 딸을 보고 마음이 놓이지 않았다. 또다시 다다의 물그릇과 밥그릇을 가리키며 말했다.

"다다 물그릇이랑 밥그릇 저기 있어. 알았지?"

샤오룽은 그제서야 힐끔 쳐다보며 대답했다.

"알았어요."

"알았다잖아. 인제 그만 좀 해요." 아빠가 재촉했다.

그렇게 아빠와 엄마가 외갓집으로 떠나고, 나흘째 되는 날에야 샤오룽은 아빠의 전화를 받았다.

"외할머니가 돌아가셨어. 엄마가 너무 상심이 커서 아무것도 못 먹고 앓아누울 지경이야."

"엄마랑 아빠 언제 돌아오실 거예요? 냉장고에 있는 음식도 이젠 질려서 더 못 먹겠어요."

"외할머니 장례 마무리한 뒤에 갈게."

"빨리 오세요."

아빠와 엄마는 여드레가 지나서야 집에 돌아왔다. 샤오룽은 아직 학교에 있을 시간이었다. 집으로 들어선 엄마는 먼저 다다를 불렀다.

"다다!"

아무런 기척이 없었다. 엄마는 손가방을 내려놓고 실내화도 신지 않은 채 맨발로 다다를 찾아 이 방 저 방 돌아다녔다. 다다는 보이지 않았다. 베란다에도 가 보았지만 찾을 수 없었다. 한참을 헤맨 뒤에야 엄마는 안방 침대 밑에 누워 있는 다다를 발견했다. 다다는 이미 죽어 있었다. 배가 푹 꺼져 등에 달라붙다시피 한 채 죽어 있었다……. 엄마는 다다의 밥그릇과 물그릇을 살펴보았다. 그릇 안은 텅 비어 바짝 말라 있었다. 의심할 여지 없이 다다는 굶어 죽은 것이었다. 물그릇에 물만이라도 매일 주었다면 이렇게 죽지는 않았을 것이다.

아빠도 난감한 얼굴이 되어 말했다.

"이미 죽은 걸 어떡해. 이 일로 애 나무라지 말아요. 아직 어려서 뭘 모르는 게지."

"어려요? 내년이면 고등학교에 들어갈 나이예요."

아빠는 엄마를 달래기 시작했다.

"내가 나가서 다다를 묻어 주고 올게요."

"필요 없어요. 내가 할 거예요."

엄마의 얼굴은 백지장처럼 창백해져 있었다.

저녁이 되어 샤오룽이 집으로 돌아왔다. 집에 들어서니 아빠가 주방에서 식사 준비를 하고 있었고, 엄마는 침대에 누워 있었다. 자신이 온 것을 보고도 엄마는 아무 말도 하지 않았다. 샤오룽은 주방으로 들어가 물었다.

"아빠가 무슨 요리를 한다고, 왜 엄마가 안 하고 아빠가 해요?"

"응, 엄마가 많이 피곤해서."

저녁상을 차린 후 아빠는 샤오룽에게 엄마를 불러 저녁 식사를 하도록 했다. 샤오룽은 식탁에 앉은 채로 침실을 향해 외쳤다.

"엄마, 식사하세요!"

"방에 들어가서 엄마 오시라고 해."

식탁에 앉은 엄마는 줄곧 샤오룽을 가만히 응시했다. 샤오룽은 그런 엄마의 행동이 의아하기만 했다.

"엄마, 밥 안 먹어요? 왜 계속 나만 쳐다보고 있어요?"

아빠는 엄마에게 화내지 말라는 뜻으로 손을 내저었다.

엄마는 입을 열어 냉랭한 어투로 말했다.

"한 주 만에 두 노인이 떠났구나."

"네? 두 노인이 떠나다뇨? 무슨 말인지…… 못 알아듣겠어요."

"네가 어떻게 알아듣겠니?"

엄마는 그 말만 남기고 자리에서 일어나 다시 방으로 들어갔다.

샤오룽은 아빠를 돌아보았다.

"외할머니 말고 또 누가 돌아가셨어요?"

아빠가 고개를 절레절레 흔들며 되물었다.

"너 정말 모르겠니? 고양이 다다가 굶어 죽었어."

그제야 샤오룽은 다다가 생각났다. 8일 동안 한 번도 떠올리지 못하고 까맣게 잊고 있었던 것이다.

30년 후, 샤오룽의 아빠는 엄마를 남겨두고 먼저 세상을 떠났다. 엄마는 딸의 만류에도 한사코 양로원으로 들어가 눈을 감는 날까지 그곳에서 지냈다. 샤오룽은 세 차례의 이혼 끝에 자식 한 명 없이 홀로 남았다. 일흔의 나이가 될 때까지 샤오룽은 아무도 없는 집에서 외로이 홀로 지냈다. 커다랗고 텅 빈 집이 견딜 수 없이 싫었다. 낮에는 정신이 흐리멍덩했고 밤이 되면 잠이 오지 않았다. 집에 있는 텔레비전은 매일 24시간 틀어 놓았다. 텔레비전을 보는 일은 거의 없었다. 그저 집 안에서 소리가 나도록 하기 위해서였다.

그러던 어느 날, 샤오룽은 시장을 거닐다 동물들을 파는 곳에서 고양이 한 마리를 샀다. 고양이는 고개를 치켜들고 털이 보송보송한 얼굴을 연신 샤오룽의 얼굴에 비벼댔다. 고양이를 데려오고 며칠 후, 샤오룽은 문득 수십 년 전 집에서 기르던 늙은 고양이 다다가 떠올랐다. 갑자기 눈물이 솟구쳤다. 샤오룽은 엉엉 소리 내어 울기 시작했다.

한참을 울고 난 뒤 샤오룽은 고양이를 안아 들었다.

"너에게 이름을 지어주마. 넌 오늘부터 '다다'란다."

이튿날, 샤오룽은 또다시 시장에 갔다. 그리고 한꺼번에 예닐곱 마리의 고양이를 사서 집으로 돌아왔다. 고양이들의 이름은 모두 '다다'였다. 그날부터 샤오룽은 피곤한 줄 모르고 날마다 고양이들에게 정성껏 먹을 것을 만들어 주었다.

밖에서 산책하고 돌아와 "다다!" 하고 부르면 여덟 마리 가까이 되는 고양이들이 한꺼번에 몰려와 샤오룽을 에워쌌다. 샤오룽은 그 여러 '다다'들 사이에 누워 눈을 감고 다시금 50년 전의 늙은 다다를 가만히 떠올렸다. 그렇게 생각에 잠겨 있노라면 어느새 눈가에 눈물이 맺혀 천천히 흘러내렸다. 주인의 눈물을 보고 '다다'들이 다가와 촉촉한 혀를 내밀어 그 눈물을 핥아 주었다. 샤오룽의 눈가에는 더 많은 눈물이 샘솟듯 흘러내렸다…….

한 마디

왕쥔은 여섯 살때 처음으로 연극 무대에 올랐다. 대사는 단 한 마디였다. 그렇게나마 무대에 올라갈 수 있었던 것도 아빠, 엄마가 유치원 선생님에게 여러 차례 간곡히 부탁했기 때문이다. 사실 유치원 선생님은 왕쥔을 연극에 참여시킬 생각이 전혀 없었다. 왕쥔이 처음 유치원에 들어온 날부터 지금까지 선생님은 왕쥔이 입을 열어 무언가 말하는 것을 한 번도 들어 본 적이 없었다. 심지어 바지에 오줌을 싸 울먹일 때조차 소리 없이 울었다. 그러니 연극을 한다는 것은 상상도 할 수 없는 일이었다.

무대에 막이 오르던 그날, 선생님과 왕쥔의 아빠, 엄마는 모두 얼굴을 들지 못한 채 집에 돌아와야 했다. 한창 연극이 진행되던 중 왕쥔이 대사를 할 차례가 되었는데, 너무 긴장한 탓인지 왕쥔은 얼굴이 새빨개진 채 입을 다물고 있었다. 그러다 결국에는 그만 무대 위에서 바지에 오줌을 싸고 말았다. 왕쥔이 그러는 바람에 다른 아이들도 어쩔 줄 몰라 덩달아 멍하니 무대 위에 서 있다가 울상을 지으며 무대 아래로 내려왔다.

유치원 때 있었던 이 일은 초등학교, 중학교 때까지 따라다녔다. 수업 시간에 선생님이 왕쥔을 불러 발표를 시킬 때면 꼭 누군가가 수군거렸다. "오줌싸개!" 반 아이들은 그 말을 듣고 서로 킥킥거렸다. 그러면 왕쥔은 아는 답이어도 끝까지 말하지 못하고 그만 어물어물 말끝을 흐리고 말았다.

사람이 많은 곳에서는 더더욱 입을 열지 못했다. 하지만 주변에 다른 사람 없이 아빠, 엄마만 있을 때면 말하는 속도나 표현 방식 모두 아무런 문제가 없었다. 아빠, 엄마가 보기에도 이런 때의 아들은 다른 아이들과 조금도 다를 것 없는 지극히 정상적인 아이였다.

어느 날, 왕쥔은 샹지라는 아이와 싸움이 붙었다. 정확히는 왕쥔이

다짜고짜 샹지를 때린 거였다. 왜 샹지를 때렸냐고 묻는 선생님에게 왕쥔은 이렇게 대답했다.

"한 달 전에 저 녀석이 저더러 오줌싸개라고 했어요."

"뭐? 샹지가 한 달 전에 한 말을 이때까지 기억하고 있다가 때렸단 말이야? 이 녀석 정말 무서운 녀석이네."

그러나 선생님이 무슨 말을 해도 왕쥔은 입을 열지 않았다.

그 일이 있고 난 뒤 왕쥔과 아이들의 관계는 더욱 안 좋아졌다. 반 아이들 누구도 왕쥔과 이야기하려고 하지 않았다. 남학생, 여학생 할 것 없이 아이들은 모두 왕쥔을 '무섭고 악독한 녀석'으로 치부했다. 왕쥔 스스로도 자신을 나쁜 아이로 여겼다.

이른 봄, 왕쥔은 썰매를 들고 혼자 강으로 썰매를 타러 갔다. 강물은 아직 얼어 있었다. 겨울 방학 내내 왕쥔은 영화 보는 것과 썰매 타는 것, 이 두 가지만 줄기차게 했다. 강으로 들어서기 전 왕쥔은 경고문이 적힌 팻말을 보았다. 이른 봄에는 얼음을 지치지 말라는 내용이었다. 하지만 별일 없을 것이라 여기고 늘 그랬듯이 강 안쪽 깊숙한 곳까지 썰매를 타고 들어갔다. 그런 다음 썰매 위에 드러누워 파란 하늘을 바라보았다.

얼마 후, 왕쥔은 자기 외에 또 한 아이가 썰매를 타고 강 위를 돌아다니는 것을 보았다. 누군지 궁금해서 썰매에 탄 채 그 아이가 있는 쪽으로 향했다. 그 아이도 왕쥔을 발견하고 왕쥔 쪽으로 다가왔다. 두 아이의 거리가 10여 미터쯤 좁혀지자 왕쥔은 그가 샹지라는 것을 알아차렸다. 샹지도 왕쥔을 알아보았다. 두 아이는 아무 말도 하지 않고 서로를 스쳐 지나갔다.

그런데 잠시 후, 샹지를 등지고 20미터쯤 멀어졌을 때 왕쥔은 등 뒤에서 무언가 크고 둔탁한 소리가 울리는 것을 들었다. 연이어 샹지의 비명이 들려왔다. 뒤돌아보니 조금 전까지 얼음을 지치던 샹지의 모습이 보이지 않았다. 강 위에는 아무것도 없었다. 순간, 얼음이 깨져 샹지가 그 밑으로 빠졌을 거라는 생각이 번뜩 뇌리를 스쳤다. '잘됐다! 손이고 발이고 아주 꽁꽁 얼어 버려라. 얼음물 속에서 아이스바가 되어 나오겠지…….' 속으로 이런 생각을 하며 왕쥔은 강가로 미끄러져 나왔다. 그런데 썰매를 집어 들고 다시 뒤돌아보니 샹지는 여전히 물 밖으로 모습을 드러내지 않고 있었다. 그때서야 사태가 심상치 않음을 깨달은 왕쥔은 지나가는 사람을 소리쳐 불러 누군가가 물에 빠진 것 같다고 알렸다. 사람들이 샹지를 강에서 건져 올렸을 때는 이미 너무 늦은 상태였다.

여러 해가 지났지만 왕쥔은 여전히 그날의 일을 떠올리면 가슴이 조여 왔다. 숨이 가빠올 만큼 가슴이 먹먹해졌다.

몇십 년 후, 노인이 된 왕쥔은 시장에서 장을 보다가 그만 발을 헛디며 넘어지고 말았다. 그 바람에 반신불수가 되어 말도 제대로 하지 못하게 되었다. 무언가 말을 하려고 입을 벌리면 말 대신 침만 흘러나왔다. 식구들은 그저 그의 눈길만으로 그가 무엇을 말하려고 하는지 무슨 일을 하려 하는지 짐작하는 수밖에 없었다.

입에서 나오는 소리라고는 무어라 웅얼웅얼하는 소리뿐이었다. 그 때문에 식구들과도 수없이 오해가 빚어졌다. 화장실이 급해서 웅얼거리면 식구들은 배가 출출하다는 줄 알고 우유를 한 컵 들고 왔다. 그러면 그는 답답함으로 속이 터질 것만 같아 머리로 우유 컵을 들이받고는 그만 바지에 소변을 보고 말았다……. 식구들은 그의 언어 능력만이라도 치료해 보고자 했지만 쉽지 않았다. 어느 병원도 그의 언어 능력이 회복되리라고 자신 있게 답하지 못했다.

그렇게 세월을 보내던 왕퀀은, 어느덧 병석에 누워 마지막 순간을 기다리고 있었다. 그의 입에서 가느다랗게 웅얼거리는 소리가 흘러나왔다. 주위에 둘러선 식구들은 모두 애를 태우며 그가 마지막으로 무슨 말을 하려는지, 무엇을 하고 싶어 하는지 주의를 기울였다. 그때였다. 아주 또렷한 발음으로 그가 한 마디 외쳤다.

"어서 가서 그를 구해 줘!"

그를 둘러싸고 있던 사람들은 그 소리에 모두 소스라치게 놀랐다. 그중 한 사람이 나서서 물었다.

"누구를 구하란 말씀이세요?"

그러나 왕쥔은 더는 말이 없었다. 자신의 말을 모두가 똑똑히 알아들은 것을 보고는 긴 한숨을 내쉬며 가벼운 마음으로 세상을 떠났다.

하얀 신발

초등학생 때부터 중학생인 지금까지 샤시는 무엇 하나 부족함 없이 마냥 즐겁고 행복한 나날을 보냈다. 집에 돌아오면 늘 엄마와 아빠가 자기 곁에 딱 달라붙어 금이야 옥이야 어르고 귀여워해 주었다. 샤시가 느끼기에 삶이란 정말 행복하고 아름다운 것이었다.

샤시는 어릴 때부터 예술적 재능이 있었다. 세 살 때 피아노를 배워 남들보다 두 배는 빨리 피아노 10급을 통과했고, 시에서 주최한 문예 합동 공연에서 피아노 독주를 하기도 했다. 초등학교 4학년에 올라갈 무렵, 샤시는 동갑내기 여자아이가 무대에서 무용 공연을 펼치는 것을 보고 엄마에게 자기도 무용을 배우고 싶다고 졸랐다. 엄마는 고개를 갸우뚱하며 말했다.

"이제 3학년 마치고 4학년이 되는데 무용을 하기에는 조금 늦은 나이 아닐까?"

하지만 샤시는 고집을 꺾지 않았다.

"하나도 안 늦었어. 저 정말 배우고 싶어요."

아빠가 옆에서 거들었다.

"배우라고 해."

거우 6개월을 배우고 무용 선생님은 샤시를 무대에 내보내 독무를 추게 했다.

“이 아이는 천부적인 재능이 있습니다.”

선생님이 샤시의 부모님에게 한 말이었다. 이웃들은 샤시가 지나가는 것만 보아도 부러움의 눈길을 보냈다.

“저 집 부모는 어쩜 저렇게 애를 잘 키웠을까!”

샤시는 신발을 고를 때 유독 하얀색을 좋아해 일 년 내내 하얀 신발만 신었다.

“하얀 신발을 신으면 왠지 모르게 기분이 좋아. 여름에는 눈을 밟으며 걷는 것 같고 겨울에는 구름을 디디며 걷는 느낌이랄까. 늘 높은 곳에서 아래를 내려다보는 기분이야.”

그런데 어느 날, 같은 반 남학생 류난이 지나가다 샤시의 발을 밟고 말았다. 샤시는 칼에 찔리기라도 한 것처럼 비명을 질렀다. 갑작스런 비명에 놀란 류난이 뒤를 돌아보았다.

“깜짝이야! 뭐야? 너 왜 그래?”

“네가 내 신발 밟았잖아.”

기가 막힌 류난은 일부러 과장된 말투로 받아쳤다.

“아이고 세상에, 발가락이 잘리기라도 했나 보네. 어디 신발 벗어봐.”

“뭐? 발가락이 잘렸으면 네가 보상해 줄 거야?”

기분이 상한 샤시의 목소리가 송곳처럼 날카로워졌다. 옆에서 지켜보던 천이 끼어들었다.

“야, 야, 샤시의 발가락이 보통 발가락이냐? 어디 감히 무용하는 발을…….”

어딘지 비꼬는 듯한 천의 말에 샤시의 독기 어린 눈길이 천에게로 향했다.

“그래, 내 발 무용하는 발이다. 그래서 뭐?”

천은 자신에게 불똥이 튈까 봐 곧바로 자리를 피했다. 샤시가 다시 류난 쪽을 돌아보자 류난도 샤시를 피해 화장실로 달아났다.

류난은 그렇게 성가신 일을 피했다고 생각했다. 하지만 샤시는 호락호락 넘어가지 않았다. 화장실에 갔다가 돌아온 류난은 자기 책상 위에 조금 전 자신이 밟은 샤시의 하얀 신발 한 짝이 놓여 있는 것을 보았다. ‘일 났네, 일 났어. 얘 아주 끝장을 볼 생각이네.’ 류난은 일부러 아무것도 못 본 척 태연히 자리에 앉았다. 교실 밖을 나갔던 천도 자리로 돌아와 류난의 책상 위에 덩그러니 놓인 하얀 신발을 보았다. 천은 류난의 옆을 지나면서 어깨를 탁탁 두드렸다. 류난을 위로하는 것 같기도 하고, 또 한편으로는 이 까다로운 여자애의 성깔머리에 잘 버텨보라는 의미 같기도 했다.

다른 아이들은 소리 죽여 킥킥거리며 류난이 샤시의 신발을 어떻게 하나 지켜보았다. 류난의 귀에도 아이들의 웃음소리가 들려왔다. 이제는 눈앞의 하얀 신발을 못 본 척할 수만은 없었다. 자신을 향해 거침없이 도전장을 내민 이 하얀 신발을 어떻게든 해결해야 했다.

류난은 신발을 높이 쳐들고 샤시에게 물었다.

"나 주는 거야? 사양할게. 내 발에는 너무 작아서."

"시끄러워! 당장 그 신발 깨끗이 닦아서 돌려줘."

샤시는 매섭게 대꾸했다.

"꼭 닦기까지 해야 돼? 지금?"

"지금 당장!"

막다른 골목이었다. 빠져나갈 구멍이 보이지 않았다. 교실 안은 술렁거렸다. 재미있는 구경거리를 앞두고 금방이라도 웃음바다가 될 분위기였다. 이대로 숙였다가는 반 아이들 앞에서 체면이 말이 아닐 것 같아 류난은 타협을 시도했다.

"샤시, 수업 끝나고 나서 닦아 주면 안 될까?"

"안 돼. 나 지금 계속 한쪽 발 맨발인 거 안 보여?"

샤시는 한 치도 물러서지 않았다. 도리어 류난을 반 발짝 더 몰아붙였다. 반 발짝만 더 가면 벼랑 끝 낭떠러지였다. 두 사람 다 자존심을 굽히지 않고 팽팽히 맞서고 있는 가운데 때마침 선생님이 들어왔다.

"무슨 일이야?"

선생님의 물음에 샤시가 얼른 대답했다.

"류난이 제 신발을 밟아서 깨끗이 닦아 달라고 했어요."

선생님은 곧 류난에게 지시했다.

"류난은 빨리 신발 닦아 주고 자리에 앉아. 수업 시작해야 하니까."

어쩔 수 없이 류난은 휴지를 꺼내 번개같이 신발을 닦아 샤시에게 돌려주었다.

그 일은 그렇게 지나가는 듯했다. 하지만 그 일 이후 류난은 '구두닦이'라는 별명을 얻게 되었다. 같은 반 아이들뿐 아니라 다른 반 아이들까지 그렇게 불렀다. 그 별명은 꽤 오랫동안 아이들의 입에 올랐다. 류난에게는 암담한 날들이었다. 창피하고 속상한 마음에 류난은 온종일 얼굴을 구기고 있었다.

그 후, 류난에게는 누구도 예상치 못한 버릇이 하나 생겼다. 언제 어디서든 하얀 신발을 신은 사람과 마주치면 자신도 모르게 그 신발을 피해서 멀리 돌아가는 것이었다. 거의 반사적으로 몸이 움직였다.

어느 날, 류난은 현관문 옆 신발 상자 위에 엄마의 하얀 구두가 놓여 있는 것을 보았다. 별안간 류난은 그것을 닦고 싶은 욕구가 치솟아 두 팔을 걷어붙이고 정신없이 구두를 닦기 시작했다. 잠시 후 구두는 티 하나 없이 말끔해졌다. 이튿날, 엄마가 집을 나서기 전 구두를 신으려다 말고 아빠에게 물었다.

"당신이 내 구두 닦아 놨어요?"

"내가 당신 구두 닦고 있을 시간이 어디 있어?"

아빠가 대답했다. 그 말을 듣고 류난이 대답했다.

"제가 닦았어요."

엄마가 놀란 기색으로 물었다.

"왜? 용돈 떨어졌니? 공부와 용돈벌이를 병행하려고?"

"그냥 하얀 구두를 보니 닦고 싶어서요."

"잘됐다. 그럼 엄마 신발들 좀 닦아 놓을래?"

"그냥 하얀 구두만 닦고 싶은 거라니까요."

"거참 이상하네."

엄마는 의아해하며 문을 나섰다. 그때, 등 뒤에서 다시 아들의 목소리가 들렸다.

"엄마, 누가 그 하얀 구두 밟거든 엄마도 그 사람한테 깨끗이 닦아서 돌려달라고 하세요!"

류난의 얼굴은 무언가 잔뜩 화가 난 사람처럼 붉게 상기되어 있었다.

"너 왜 그러니? 무슨 일 있어?"

갑작스레 얼굴이 빨개지며 씩씩거리는 아들을 보고 엄마가 놀라 물었다. 류난은 아무것도 아니라고 했지만, 엄마는 조금 전 아들의 말이 귀에서 계속 맴돌았다. 누가 그 하얀 구두 밟거든 엄마도 그 사람한테 깨끗이 닦아서 돌려달라고 하세요!

하루는 류난이 엄마를 따라 마트에 갔다. 신발 가게에서 엄마는 푹신한 의자에 앉아 신발을 신어 보고 있었다. 그때 진열대 한 줄에 나란히 진열된 하얀 신발들이 류난의 눈에 띄었다. 그 신발들에 시선을 고정하고 있던 류난은 별안간 꿈이라도 꾸는 것처럼 진열대를 냅다 밀어 넘어뜨렸다. 진열대 위에 놓여 있던 하얀 신발들은 우당탕 소리와 함께 바닥에 어지러이 널브러졌다. 다행히 망가진 신발은 없었지만, 엄마는 한참 동안 판매원에게 머리를 숙이며 사과해야 했다. 마트를 나오면서 엄마의 성난 눈초리가 아들의 얼굴에 꽂혔다.

"신발을 보려면 가만히 서서 볼 것이지 신발 진열대는 왜 넘어뜨려!"

하지만 류난은 아무런 대답도, 변명도 없이 여전히 분이 풀리지 않은 얼굴로 씩씩거리며 앞서 갔다.

이후로도 류난은 중학교 3년 동안 하얀 신발과 관련해 몇 차례 더 일을 저질렀다. 담임선생님인 친쯔 선생님의 하얀 구두를 잉크로 물들이는가 하면, 체육대회 때 흰 운동화를 신은 어느 여학생이 달리다 넘어지자 큰 소리로 웃음을 터뜨리기도 했다.

세월이 흘러 류난도 황혼에 접어들었다. 아내가 먼저 세상을 떠나고 반년 정도 지나자 주변의 여러 사람이 새 배필이 될 만한 사람을 소개해 주었다. 하지만 마음에 드는 이가 없었다. 누군가가 그에게 권했다.

"노년에 하는 결혼이니 사람을 너무 까다롭게 고르지 말게. 그저 말이라도 잘 통하면 그게 어딘가."

친구 한 명이 또 한 사람을 류난에게 소개해 주었다. 이번에는 류난도 그럭저럭 괜찮은 사람이라고 생각되어 몇 번 얼굴도 보고 식사도 함께 했다. 그러던 중 결혼 이야기가 나와 날짜까지 잡게 되었다. 그런데 결혼식 당일, 신부가 하얀 구두를 신고 결혼식장에 나타났다. 류난은 한참을 멍하니 그 하얀 구두를 바라보다가 돌연 신부에게 말했다.

"아무래도 우리는 안 맞는 것 같소!"

그렇게 결혼은 무산되고 말았다.

그러던 어느 날, 류난은 중학교 동창 샤시와 마주치게 되었다. 샤시의 남편 역시 이미 세상을 떠난 뒤라고 했다. 류난은 샤시에게 자기 집에 와서 잠시 앉았다 가라고 권했다. 집에 들어와 샤시에게 차를 따라주면서 류난이 돌연 물었다.

"아직도 하얀 구두 신어?"

"안 신은 지 꽤 됐어."

"왜?"

류난의 물음에 샤시는 "그 일을 잊지 못해서."라고 대답했다. 류난은 짐짓 모르는 척하고 물었다.

"무슨 일?"

"내가 너한테 신발 닦아내라고 몰아붙였던 일."

샤시는 마치 잘못을 저지른 아이처럼 고개를 떨궜다.

"신발 때문에 너 여러 가지로 힘들었던 거 다 알아. 애들은 모두 네가 이상한 애로 변했다고 했지. 어떤 애는 정신적인 문제라고, 그러니까…… 다 지난 일이니 너무 신경 쓰지 마. 그러니까 네 정신이 좀 이상해진 것 같다고 했고……. 그게 다 그때 내가 그 하얀 신발을 닦아내라고 널 그렇게 몰아붙였기 때문이라는 생각이 들었어. 나 때문에 그만……."

얼마 후, 류난은 재혼을 했다. 상대는 바로 샤시였다. 결혼 후 샤시는 류난에게 하얀 구두 한 켤레를 선물했다. 그리고 매일 그 구두를 깨끗이 닦아 놓았다. 구두를 닦는 샤시의 뒷모습을 보면서 류난은 어느새 눈가가 촉촉이 젖어들었다. 그 옛날 중학교 때의 자신이 떠올라 마음 한구석 쓰라림을 달래며 그 뒷모습을 가만히 바라보았다.

해면은 날카롭다

사건은 귀귀의 방 천장에서 시작되었다.

귀귀의 가족이 새집으로 이사 온 지 한 달도 채 안 된 어느 날이었다. 이 집은 아빠, 엄마가 반평생 모은 재산과 노력이 들어간 집이었다. 귀귀도 자기의 새 방이 정말 좋았다. 하얀 벽에 분홍빛 커튼이 어우러진 방 안의 색상이며 배치 등이 마음에 쏙 들었다. 밖에서 화나는 일이 있다가도 방에 들어오면 금세 기분이 가라앉고 마음이 편안해졌다. 다만 한 가지 의문인 것은 귀귀의 집 바로 위층이었다. 누가 사는지는 몰라도 어느 때는 밤새도록 왔다 갔다 하는 소리가 들리는가 하면, 또 어느 때는 며칠 동안이나 아무 소리도 들리지 않았다. 매일 밤 11시까지 공부를 하고 잠이 드는 귀귀는 위층에서 들리는 알 수 없는 소리를 모두 머릿속에 기억해 두고 있었다.

도시에서는 한 건물에 사는 사람들끼리도 기껏해야 마주쳤을 때 인사나 하는 정도이지 집을 오가는 일은 거의 없다. 귀귀의 집은 5층이었다. 6층의 저 윗집은 대체 식구가 몇일까? 뭐하는 사람들일까? 궁금했지만 주변에 아는 이가 아무도 없었다. 굳이 알아보려 하지도 않았다. 언젠가 한 번, 주민 회장 할머니가 공지할 것이 있어 집에 들렀을 때 엄마가 윗집 사람에 대해 물어본 적이 있었다. 할머니는 백발이 성성한 머리를 긁적이며 말했다.

"에구, 기억이 안 나네. 뭐 하는 사람이었더라……."

도리어 엄마에게 묻는 투였다. 할머니가 나간 뒤 귀귀가 물었다.

"저 할머니는 연세가 많아서 기억력도 안 좋으신데 어떻게 주민 회장이 되었을까요?"

엄마가 귀귀를 돌아보며 대답했다.

"주민 회장은 보통 할아버지, 할머니들이 많이 하셔. 너보고 하라고 하면 하겠니?"

"전 할 거예요. 적어도 우리 윗집에 어떤 사람이 살고 있는지는 확실히 알 수 있잖아요!"

어느 날 밤, 시계가 11시 반을 가리키고 있었다. 그때까지 공부에 열중하던 귀귀는 의자에 앉은 채로 크게 기지개를 켰다. 그리고 고개를 젖힌 뒤 눈을 감고 잠깐 휴식을 취했다. 잠시 후, 눈을 뜬 귀귀는 자신의 책상 위 하얀 천장에 누르스름한 빛깔의 달걀 크기만 한 무늬가 생긴 것을 발견했다. 고개를 갸우뚱하며 계속 쳐다보니 그 달걀이 점점 커지는 것 같았다. 귀귀는 의자에서 벌떡 일어나 그것을 뚫어지게 바라보았다. 정말 그 달걀은 빠른 속도로 커지고 있었다. 마치 바람을 넣고 있는 풍선 같았다. 좀 더 자세히 살펴보기 위해 귀귀는 의자 위에 올라섰다. 그리고 다시 책상 위로 올라갔다.

하지만 아무리 올려다보아도 그것이 무엇인지 알 수 없었다. 발돋움하고 손을 뻗어 보았지만, 달걀이 있는 자리까지 손이 닿지 않았다. 귀귀는 신문지를 찾아 돌돌 말아 들고 다시 책상 위로 올라갔다. 돌돌 만 신문지 끝으로 그 달걀을 건드려 보니 놀랍게도 신문지 끝이 젖어들었다.

젖은 신문지를 만져 보면서도 귀귀는 이게 대체 무슨 일인지 어리둥절하기만 했다. 그때, 방 안에서 무슨 소리가 들려왔다. 시계 소리처럼 규칙적인 소리였다. 똑, 똑……. 만약 모두가 잠든 야심한 시각이 아니었다면 듣지 못했을 작은 소리였다. 귀귀는 무서워지기 시작했다. 마치 지금 자신과 이 방이 공포 영화의 한 장면 속에 있는 것만 같았다.

겁에 질린 귀귀는 고개를 치켜들고 천장 전체를 훑어보았다. 그러다 침대 위쪽 천장에 더욱 큰 달걀 무늬가 있는 것을 발견했다. 그 달걀은 이미 깨져 물이 아래에 있는 침대로 떨어지고 있었다. 똑, 똑……. 소리는 바로 여기서 들리는 소리였다.

"물이 떨어져요!"

비명과도 같은 귀귀의 외침에 가장 먼저 반응하고 달려온 사람은 엄마였다. 엄마는 체구도 작고 민첩한 데가 있어 무슨 일이든 재빠르고 깔끔하게 해냈다. 궈궈는 여러 방면에서 엄마를 많이 닮았다. 반면 아빠는 중년에 접어들면서 일찌감치 통통하게 살이 쪘다. 예전에는 아침 일찍 일어나 밖에서 운동도 하곤 했는데 얼마간 시간이 흐르자 베란다에서 허리 운동을 하는 것으로 그치더니 지금은 그저 소파에 앉아 테이블 위에 다리만 걸치고 있었다. 그러면서도 이런 자세가 몸 아래쪽에 있는 혈액을 위로 올라오게 해 혈액 순환에 좋다며 큰소리를 쳤다.

"이게 요즘 전 세계에서 가장 유행하는 운동법이야."

달려온 엄마는 궈궈의 방 천장을 훑어보자마자 날카롭게 외쳤다.

"위층에서 물이 새네!"

귀청이 찢어질 듯 새된 엄마의 목소리는 궈궈의 귀에 처절한 절규로 들렸다. 이 집을 마련하느라 안 그래도 작고 마른 엄마의 몸이 더욱 깡마르게 변했으니 엄마가 이 집을 아끼는 마음이 얼마나 클지는 궈궈도 충분히 짐작할 수 있었다. 아빠가 무슨 일인가 싶어 부스스 몸을 일으키고 통통한 발로 마룻바닥의 실내화를 찾고 있을 때 엄마는 벌써 겉옷을 걸치고 현관문을 나와 위층으로 올라가고 있었다. 위층에 도착한 엄마는 곧 그 집 문을 쾅쾅쾅 두드렸다. 북이라도 치는 것처럼 거세게 문을 두드리는 소리가 온 복도에 울리면서 한 건물에 사는 사람들 대부분이 잠에서 깨어 일어났다. 깨어나지 않은 사람은 오직 물이 새는 그 집 주인뿐이었다.

무려 7, 8분 동안 그 집 문을 두드린 끝에야 엄마는 안에 사람이 없다고 단정지었다.

"어떡해, 어떡해, 어떡하면 좋아! 우리 집! 우리 새집……."

엄마는 복도에 서서 절망적인 목소리로 부르짖었다.

"이 집에 사는 사람 어디 갔는지 누구 아시는 분 없어요?"

잠에서 깨 복도로 나온 사람들 모두 고개를 흔들었다. 엄마의 얼굴은 백지장처럼 하얘졌다.

"여러분이 나중에 증명 좀 해 주세요! 이 집에서 물이 새서 우리 집 천장이 다 젖었어요. 제가 지금 여기서 이 집 문 두드리는 거 다들 보셨죠? 여러분이 증인이에요!"

하지만 궈궈는 떠들썩한 소리에 복도로 나와 본 사람들이 엄마의 이 말을 듣고는 서둘러 문을 닫고 자기 집으로 들어가는 것을 보았다. 그 때, 아빠가 느릿느릿 위층으로 걸어 올라와 연신 하품을 하며 물었다.

"무슨 일인데 그래?"

상황이 여기까지 이르렀는데도 아빠는 아직 무슨 일이 벌어졌는지조차 모르고 있었다.

"물이 샌다고! 6층 이 집에서 물이 새서 우리 집 새 가구며 바닥이 다 젖고 있다고!"

엄마는 다시 한 번 그 집 문을 주먹으로 세게 두드려 보았다.

엄마의 절망스런 얼굴과 아빠의 어리둥절한 얼굴 사이에서 궈궈도 덩달아 감정이 격해져 엄마를 따라 큰 소리로 말했다.

"이 집 주인은 대체 어딜 간 거야?"

안에 주인이 없는 이상 엄마도, 아빠도 그곳에 서서 더 문을 두드리고 있을 이유가 없었다. 엄마는 씩씩거리며 집으로 돌아와 주민 회장에게 전화를 걸었다. 하지만 회장 할머니 집 전화는 꺼져 있었다. 엄마는 주민 회장 할머니가 신경쇠약 때문에 잘 때는 어떤 소리도 들리지 않도록 해 둔다는 것을 떠올렸다. 엄마가 그렇게 아등바등하고 있는 사이 궈궈는 자신의 방으로 들어가 다시 한 번 천장의 달걀 무늬를 살펴보았다. 달걀은 그새 돼지머리만큼 커져 아래로 물을 토해 내고 있었다.

"엄마, 물이 너무 많이 흘러요!"

궈궈는 엄마를 부르면서 서둘러 책상 위에 있는 물건들을 물이 새지 않는 곳으로 옮겼다.

한 시간 후, 궈궈의 집 천장에서는 열한 군데나 물이 떨어지고 있었다. 처음에는 임시방편으로 대야며 그릇을 가져다가 물을 받았다. 하지만 물을 담을 수 있는 것들을 죄다 동원해도 도저히 떨어지는 물의 양을 감당해 낼 수 없었다. 결국, 궈궈네 세 식구는 온몸이 젖은 채 위층에서 떨어지는 물로 집이 물바다가 되는 것을 멍하니 지켜만 봐야 했다.

"경찰에 신고하자."

아빠가 혼이 빠진 듯한 얼굴로 입을 열었다.

경찰들 역시 집을 둘러보고는 사태가 퍽 심각하다고 판단했다. 경찰들은 아빠에게 소방서에도 연락해서 경찰 측과 소방관 측이 함께 일을 처리하는 편이 더 나을 것 같다고 제안했다. 아빠가 어떻게 해야 할지 머뭇거리는 사이 엄마는 벌써 소방서에 전화를 걸고 있었다. 한밤중에 소방차가 사이렌 소리를 요란하게 울리며 달려왔다. 궈궈의 집 주변은 대낮처럼 밝아졌다. 경찰들은 소방관들과 상의해 각각 경찰 한 명과 소방관 한 명이 사다리를 타고 6층으로 올라가 창문을 깨고 그 집 안으로 들어가기로 했다. 한 차례 힘겨운 과정을 거쳐 그들은 마침내 물이 새는 수도관을 막았다.

무려 7시간이 지난 후였다. 그사이 온 집 안은 수영장으로 변해 있었다. 날은 벌써 훤하게 밝아 있었다. 그래도 세 식구가 밤새 고군분투한 덕에 아랫집까지 물이 새는 것은 막을 수 있었다. 4층에 사는 사람들은 아무런 손해도 입지 않았다. 주민 회장은 아침 식사를 하고서야 궈궈의 집에 들러 한 바퀴 빙 둘러보고 말했다.

"관련 기관에 연락해서 이 집이 입은 손실을 증명하고 6층 집 주인에게 보상할 것은 보상하게 해야지."

화가 날 대로 난 엄마는 젖은 옷을 털면서 심각한 얼굴로 말했다.

"수리비 외에 우리 세 식구가 입은 정신적 피해까지 보상하라고 할 거예요."

그 말에 주민 회장은 놀란 얼굴로 엄마를 바라보았다. 궈궈의 엄마가 정신적 피해 보상까지 거론할 줄은 생각지 못한 것이다. 정신적 피해 보상은 그 액수를 뚜렷이 정하기가 모호해 상당히 복잡한 일이었다.

"우선 수리비부터 계산해 봐요. 정신적 피해 보상은 꽤 성가신 문제야."

주민 회장이 이마로 흘러내린 흰머리를 쓸어 올리며 말했다. 흰머리는 주인의 손에서 벗어나 또다시 흘러내렸다.

엄마는 물에 젖을 대로 젖은 실내화를 벗어 식탁 위로 있는 힘껏 집어 던졌다. 궈궈는 식탁으로 가 분노에 찬 엄마의 실내화를 집어 들었다. 지금 엄마는 화가 치밀어 금방이라도 정신이 나갈 지경이었다.

"수리비만 청구하라고요? 그렇게 간단히 넘어갈 문제가 아니지!"

엄마는 이렇게 대꾸하며 아빠를 바라보았다. 평소처럼 늘어지게 하품을 하고 있던 아빠가 엄마의 눈길에 얼른 맞장구를 쳤다.

"그럼, 그럼, 간단히 넘어갈 문제가 아니지."

"우선 식구들끼리 수리비부터 계산해 봐요. 나도 최대한 빨리 6층 집 주인과 연락할 방법을 찾아볼 테니까."

주민 회장은 같은 말을 되풀이하고는 돌아갔다.

엄마가 귀귀를 돌아보며 말했다.

"얼른 깨끗한 옷으로 갈아입어. 뭐라도 좀 먹고 학교 가야지."

그제야 귀귀는 옷을 갈아입고 학교로 향했다. 오후에 수업을 마치고 돌아오니 엄마 아빠는 그때까지도 수리 보상비를 계산하고 있었다. 두 사람 다 아침에 젖은 옷을 그대로 입고 있었다. 옷은 입은 채로 말라 있었다. 귀귀를 보자 엄마가 몹시 피곤한 목소리로 말했다.

"저녁 차려야겠다. 하루 종일 아무것도 못 먹었네."

"두 분이 종일 수리비 계산하신 거예요? 출근도 안 하고 밥도 안 먹고요?"

아빠가 거의 울 듯한 얼굴로 대답했다.

"밥? 물 한 모금도 못 마셨다."

귀귀는 식탁에 놓인 수첩을 들어 거기에 적힌 내용을 살펴보았다. 도료, 바닥재, 페인트, 인건비 등과 더불어 세 식구의 정신적 피해 보상비까지 계산되어 있었다. 엄마가 책정한 정신적 피해 보상비는 상당한 액수였다. 귀귀는 엄마의 절망과 분노, 고생과 피땀 어린 수고를 모두 그 금액에 포함시킨 것을 알 수 있었다.

엄마가 한창 저녁 준비를 하고 있는데 주민 회장 할머니한테서 전화가 걸려왔다. 마침내 그 6층 집 주인과 연락이 닿았다는 소식이었다. 그는 지금 남쪽 지역을 여행하는 중이고 일주일 내로 돌아온다고 했다. 수화기를 내려놓은 엄마는 씩씩거렸다.

"우리 집은 이 지경이 됐는데 뭐? 한가롭게 여행 중이라고? 도대체 양심이 있는 거야, 없는 거야?"

아빠는 듣는 둥 마는 둥 하품만 해댔다.

"난 잘 거야. 졸려 죽겠어. 밥 먹을 기운도 없어."

주방에서 아빠의 말을 들은 엄마가 피곤에 절은 목소리로 말했다.

"궈궈, 네 아빠 하루 종일 시달려서 저러는 것 좀 보렴. 이러니 정신적 피해 보상비를 안 받아내고 그냥 넘길 수 있겠니?"

저녁을 먹으면서도 엄마는 화를 삭이지 못해 젓가락을 거칠게 움직였다. 밥보다 잠부터 자야겠다고 한 아빠는 엄마와 궈궈가 식사를 마치자 기운 없는 목소리로 말했다.

"나 약 좀 갖다 줘. 심장이 또 말썽이네……."

아빠의 말이 끝나기 무섭게 엄마는 벌떡 일어나 아빠가 평소에 먹던 심장병 치료제를 찾았다. 그리고 서둘러 아빠에게 가져가 약을 먹여 주었다. 하지만 약을 먹은 후에도 아무런 효과가 없었다. 아빠의 얼굴은 자줏빛으로 부어오르고 입술은 거무스름해졌다. 아빠는 떨리는 목소리로 엄마에게 말했다.

"계속 아픈데……. 아무래도 병원에 가야 할까 봐."

놀란 엄마가 소리를 빽 질렀다.

"가야 할까 봐가 뭐야! 당장 가! 지금 바로 가!"

엄마와 함께 아빠를 부축하고 현관문을 나오면서 귀귀는 뒤를 돌아 집 안을 쓱 훑어보았다. 마룻바닥은 틈이 벌어져 바닥재가 여기저기 널브러지고 울퉁불퉁한 시멘트 바닥이 드러나 마치 무슨 들짐승이 와서 물어뜯어 놓은 것만 같았다. 하얀 벽지는 물에 젖어 누르스름해지고 누가 가위로 갈래갈래 잘라 놓은 듯 찢어져 늘어져 있었다. 식탁 위에는 급히 나오느라 치우지 못한 밥그릇과 접시들이 그대로 놓여 있었다. 정말이지 난장판이 따로 없었다.

병원에 도착해 한 차례 치료를 받고 나서야 아빠의 상태는 좀 나아졌다. 의사는 귀귀와 엄마에게 말했다.

"제때 서둘러 와서 다행이지 안 그랬으면 큰일 날 뻔했습니다."

의사가 나간 뒤 엄마의 얼굴은 또다시 심각해졌다. 황사가 오기 전 하늘을 뒤덮는 검은 구름처럼 또다시 분노가 엄마의 얼굴을 뒤덮었다.

"오늘 네 아빠가 이렇게 된 것도 다 6층 그 집 때문이야. 입원비, 치료비까지 모두 청구해야겠어! 어디 딴소리하기만 해 봐라!"

엄마의 목소리는 얼음장처럼 차가웠다. 아빠는 조금 전 깊이 잠들어 엄마의 중얼거림을 듣지 못했다. 엄마는 귀귀에게 내일 학교에 늦지 않도록 집에 들어가 자라고 했다. 엄마는 병원에 남아 아빠를 간호하다가 아빠 상태가 좀 더 안정되면 그때 오겠다고 했다.

집에 오니 이미 한밤중이었다. 귀귀는 난장판 같은 집 한가운데에 홀로 멍하니 섰다. 내내 엄마의 안 좋은 얼굴을 보고 오니 귀귀 역시 마음속 깊은 곳에서 분노가 솟구쳤다. 궈궈는 다시 집 밖을 뛰쳐나와 6층으로 올라갔다. 그리고 그 집 문 앞으로 달려가 발로 세게 문을 걷어찼다. 쿵쿵 문을 걷어차는 소리가 온 복도에 울리며 또 한 번 건물 안 사람들을 잠에서 깨웠다. 복도로 나온 사람들의 얼굴은 놀라고 두려워하는 기색이 역력했다. 한참 동안 그렇게 분을 쏟아낸 궈궈는 마침내 차는 것을 멈추고 혼자서 털레털레 계단을 내려왔다. 집으로 들어가 문을 닫으니 사람들의 놀란 얼굴도 시야에서 사라졌다.

집 안에서 난데없이 물난리를 겪은 그 순간부터 엄마의 분노는 궈궈에게 그대로 전이되었다. 궈궈가 누군가에게 이토록 분노를 터뜨려 보기는 처음이었다. 더욱이 중학생 여자아이가 남의 집 대문을 발로 쿵쿵 걷어차는 것은 누가 봐도 고상한 행동이 아니었다. 하지만 궈궈는 이제는 그런, 남들 보기에 고상한 여자아이가 되지 않기로 했다. 예전에는 화나는 일이 있으면 방에 들어가 혼자 몰래 눈물을 흘리거나 책을 내동댕이치고 엄마에게 짜증이나 부리는 정도였다.

집 안으로 들어오니 물에 젖은 바닥재가 온 마룻바닥에 들쳐 일어나 있었다. 궈궈는 발에 걸리적거리는 것마다 걷어차며 방 안으로 들어갔다. 그리고 여전히 윗집 사람에 대한 분노에서 쉬 헤어 나오지 못한 채 한참이 지나서야 겨우 잠이 들었다.

아침이 되어 병원에 있는 엄마한테서 전화가 왔다.

“귀귀, 계란 두 개 삶아서 먹고 우유도 한 컵 데워서 마셔. 절대 아침 거르고 가지 마. 알았지?”

수화기를 내려놓은 귀귀는 엄마의 당부에도 아무것도 입에 대지 않았다. 간단히 세수만 하고 학교로 향했다. 화가 났다. 온통 어수선해진 이 상황이 너무도 화가 났다. 아늑하고 포근했던 집 분위기가 위층에서 샌 물에 모조리, 흔적도 없이 씻겨 내려가 버린 것 같아 더 그랬다.

아빠는 병원에서 이틀을 더 치료받고 퇴원했다. 물이 샌 지 나흘째 되는 날, 귀귀는 엄마, 아빠가 더 큰 액수의 보상을 받기 위해 전문 변호사를 찾아가 자문한 것을 알았다. 변호사 사무실을 다녀온 뒤에도 엄마, 아빠는 여전히 마음을 놓지 못하고 초조한 마음으로 윗집 주인이 돌아오기를 기다렸다.

한 주가 지난 어느 날 저녁, 누군가가 귀귀의 집 문을 두드렸다. 귀귀가 나가서 문을 열자 웬 긴 머리를 늘어뜨린 낯선 청년이 서 있었다. 귀밑과 턱에는 수염까지 나 있었다. 언뜻 봐서는 그 수염이 깨끗한지 어쩐지 알 수 없었다. 나중에야 알게 된 사실이지만 실제로 이 청년의 머리는 그리 길지 않았다. 머리숱이 많아 어깨까지 드리워졌을 뿐이었다. 수염 역시 깔끔했다. 깨끗하고 윤기 있는 구레나룻이 그가 말할 때마다 같이 움직였다. 그는 귀귀를 향해 물었다.

“이 집이 물 피해를 입은 집이지?”

귀귀는 한 번도 이렇게 머리가 긴 남자를 마주한 적이 없었다. 더욱

이 그가 윗집 주인이리라고는 생각조차 하지 못했다. 귀귀는 엄마를 돌아보았다.

"엄마, 우리 집 물 손해 입은 일로 누가 찾아왔어요."

귀귀의 말에 엄마는 얼른 현관문 입구로 나와 보았다. 청년의 모습을 위아래로 훑어보던 엄마의 시선이 그의 긴 머리에 꽂혔다.

"댁이…… 윗집 주인이에요?"

"네, 제가 윗집에 사는 사람입니다."

긴 머리의 청년이 메고 있던 배낭을 내려놓으며 대답했다. 그제야 귀귀는 청년이 어깨에 커다란 배낭을 짊어지고 있었다는 것을 알아차렸다.

"당신 때문에 우리 집은 아주 난리가 났어요!"

청년의 대답을 들은 엄마는 외나무다리에서 원수를 만난 것처럼 갑자기 언성이 높아졌다.

"들어와서 한번 보세요! 우리 집이 어떤 꼴이 됐는지 들어와서 직접 보시라고요!"

흥분한 엄마의 아우성에도 청년은 미소 띤 얼굴로 차분히 응했다.

"아주머니, 진정하세요. 집에 가서 가방만 내려놓고 다시 내려와 정중히 사과드리겠습니다."

"이게 사과만 갖고 될 일이에요? 어림 반 푼어치도 없지."

엄마는 청년이 도망이라도 칠까 걱정됐는지 청년의 뒤를 바싹 쫓아 6층으로 올라갔다.

귀귀도 궁금함을 참을 수 없어 두 사람의 뒤를 따랐다. 문을 열고 얼굴을 마주한 순간부터 지금까지 엄마가 저토록 거칠게 몰아세우는데도 얼굴 한 번 찡그리지 않는 그가 대체 어떤 사람인지 궁금했다.

청년은 열쇠를 꺼내 자기 집 문을 열더니 한쪽 옆으로 비켜서며 말했다.

"들어오세요."

그의 태도에 흥분했던 엄마는 돌연 겸연쩍어졌다.

"집주인이 먼저 들어가야죠."

엄마의 말에 청년은 배낭을 집 안에 놓고 나와 다시금 엄마와 귀귀를 안으로 청했다. 어느새 세 사람을 따라 6층으로 올라온 아빠도 함께 그의 집으로 들어갔다. 아빠를 본 엄마는 등을 떠밀며 말했다.

"당신은 집에 가 있어."

귀귀는 엄마가 왜 그러는지 알고 있었다. 청년과 보상 문제를 이야기하다가 혹시라도 또 아빠 심장에 무리가 올까 봐 걱정됐던 것이다.

"아빠는 집에 가서 쉬세요. 여기는 엄마랑 제가 있을게요."

아빠는 마음이 놓이지 않는지 엄마를 돌아보며 말했다.

"이야기가 잘 안되면 그냥 변호사 불러."

아빠가 아래층으로 내려가는 모습을 바라보며 청년이 물었다.

"변호사라니 아저씨가 하신 말씀이 무슨 뜻인지……?"

"한 주 전에 이 집에서 물이 새는 바람에 우리 집이 온통 물바다가 됐어요. 우리가 입은 피해가 이만저만이 아니에요. 물질적인 피해뿐 아니라 정신적인 피해까지 말이에요. 애 아빠는 이 일 때문에 병원에 입원까지 했어요……."

엄마의 이야기를 모두 들은 청년이 다시 입을 열었다.

"아주머니, 변호사는 부르실 필요 없습니다. 세 분이 입으신 피해 보상 목록을 하나 작성해 주시면 정신적 피해 보상비와 아저씨 입원비까지 포함해 그대로 보상해 드리겠습니다."

청년의 말에 엄마와 궈궈는 도리어 할 말을 잃었다.

한 주 동안 단단히 준비를 해 왔던 엄마는 청년의 말이 믿기지 않아 다시 물었다.

"이렇게 간단히요?"

"뭐, 간단한 일을 굳이 복잡하게 처리할 필요 있나요?"

청년은 긴 머리를 쓸어 올리며 시원스럽게 대답했다. 궈궈는 그 모습이 어쩐지 멋있게 느껴졌다.

이튿날, 궈궈는 청년의 이름이 모원텐이라는 것을 알았다. 왠지 현실 속의 사람 이름이 아닌, 어느 소설 속 등장인물의 이름 같았다. 모원텐은 이튿날 저녁 직접 보상금을 가지고 궈궈의 집을 찾았다. 엄마가 작성한 보상 목록의 금액 그대로였다. 세 식구는 식탁 위에 놓인 두툼한 돈뭉치를 바라보며 한동안 말을 잃었다. 한참이 지나서야 엄마가 조심스럽게 입을 열었다.

"원톈, 혹시 내가 적어 준 보상액이 너무 많다거나 그 밖에 다른 의견이 있으면 조정할 수 있어요."

원톈의 대답은 더욱 뜻밖이었다.

"아닙니다. 아주머니가 작성해 주신 금액 모두 합리적인 액수라고 생각합니다. 다른 의견은 없습니다. 저는 곧 이곳을 떠나 시짱(중국 서남부에 있는 자치구. 티베트 고원에 위치한다 —옮긴이)으로 여행을 갑니다. 이참에 우리 집 열쇠를 두 분께 드리고 갈게요. 만약 또 물이 샌다든지, 이와 비슷한 일이 발생하면 당황하지 마시고 문을 열고 들어오셔서 문제를 해결하시면 됩니다. 겸사겸사 제가 없는 동안 집도 한번 둘러봐 주시면 더 좋고요."

엄마로서는 거절할 이유가 없었다. 원톈은 위층으로 올라가기 전 자신의 핸드폰 번호도 엄마에게 알려 주었다.

"무슨 일이 생기면 제 핸드폰으로 전화 주세요. 24시간 켜 놓고 있겠습니다."

다음 날, 엄마가 무언가 하고 싶은 말이 있어 원톈의 집 문을 두드렸지만, 그는 집에 없었다. 아래층으로 내려와 그의 핸드폰으로 전화를 걸었더니 그는 벌써 기차 안에 있다고 했다.

사흘째 되는 날까지 궈궈네 세 식구는 누구도 원텐의 일을 입에 올리지 못했다. 어쩐지 그 긴 머리 청년에게 큰 빚을 진 것만 같은 기분이었다.

그로부터 한 달이 지난 어느 날, 궈궈의 집으로 전화가 걸려 왔다. 원텐의 전화였다. 이날 집에는 궈궈만 있었다.

"집에 별일 없지?"

궈궈는 이제 그의 목소리가 친근하게 느껴졌다. 듣기 좋은 목소리였다. 한바탕 수다라도 떨고 싶은 생각이 절로 들었다.

"음, 어느 집 말씀하시는 거예요?"

수화기 너머로 울리는 유쾌한 웃음소리마저도 퍽 듣기 좋았다.

"둘 다. 너희 집, 우리 집 모두 별일 없지?"

"네, 별일 없어요. 그런데 어디세요?"

"나도 여기가 어딘지 잘 모르겠다. 시짱의 어느 인적 없는 곳인데, 아니다, 저 멀리 양이 몇 마리 보이네. 조금만 더 가면 사람을 볼 수 있겠는걸."

"그럼 종일 사람을 못 보신 거예요?"

"한 주 동안 아무도 보지 못했어."

"와, 정말 아저씨 취미 생활 한번 독특하네요."

궈궈가 놀라 대꾸했다.

"독특할 것 없어. 너도 나중에 어른이 되면 여행을 다녀 보렴. 복잡한 도시 생활에서 벗어나 이렇게 대자연을 만끽하다 보면 마음도, 생각도 넓어지고 나 자신이 더욱 큰 그릇으로 변하는 것을 느낄 수 있을 거야."

"저, 아저씨께 한 가지 여쭤 보고 싶은 게 있어요. 지난번에 왜 그렇게 하셨어요?"

"뭘 말이니?"

"아저씨네 집에서 물이 샜던 그 일이요. 그리고 아저씨가 저희한테 보상했던 것도요. 왜 그렇게 하신 거예요?"

원톈은 잠시 생각하는 듯 말이 없다가 이렇게 말했다.

"너희 집에 아저씨네 집 열쇠 있지? 아저씨 집에 가 보면 책장 두 번째 칸에 〈해면은 날카롭다〉라는 책이 있을 거야. 가져가서 봐도 돼."

"해면은 날카롭다? 이게 무슨 뜻이에요?"

"간단히 말하면, 아저씨는 해면이란 물건의 특성이 참 좋아. 겉보기에는 폭신하고 부드럽지만 일단 물속에 넣으면 많은 양의 물을 머금어. 그 밖에도 다른 물건이 대체할 수 없는 여러 용도로 쓰이고……. 아, 우선은 여기까지만 말할게. 이거 장거리 통화라서. 그럼 이만 끊는다."

궈궈는 좀 더 이야기하고 싶었지만, 전화는 이미 끊어져 있었다.

수화기를 내려놓은 뒤 궈궈는 원톈의 집 열쇠를 찾아들고 6층으로 뛰어 올라갔다. 문을 열고 안으로 들어가 책장을 살펴보니 과연 책장 두 번째 칸에 원텐이 말한 책이 꽂혀 있었다. 궈궈는 그 자리에서 책을 펼쳐 보았다. 책 상단에 있는 젊은 작가의 사진이 눈에 들어왔다. 긴 머리에 귀밑부터 턱까지 윤기 있는 구레나룻이 돋보이는 청년, 바로 모원텐이었다.

"아저씨가 쓴 책이었어?"

궈궈는 기대와 호기심으로 가슴이 뛰었다. 책 제목에서부터 무언가 알 수 없는 매력이 느껴졌다. 텅 빈 집, 아무도 없는 고요한 분위기 속에서 궈궈는 어느새 물이 되어 거대한 해면 속으로 빨려 들어가는 자신을 발견했다. 한없이 부드러워 보이는 해면은, 그 거대한 품 안에서 궈궈가 자유로이 노닐 수 있도록 힘있게 궈궈를 끌어당겼다.

마지 이야기

건물과 건물 사이 어느 구석진 곳에서 마지는, 첫눈이 내렸을 때 쌓인 눈이 아직 순백의 빛을 간직한 채 남아 있는 것을 보았다. 큰길에 쌓인 눈은 이미 도시의 먼지와 매연으로 거무스름해진 지 오래였다. 그 거무스름한 눈을 볼 때마다 마지는 어쩐지 자기 자신을 보는 듯한 기분이 들었다. 겨울이 오고 눈이 온 세상을 뒤덮을 때면 마지는 늘 무한한 환상과 희망으로 가득 찼다. 하지만 땅에 떨어져 쌓이는 그 순간부터 눈의 운명은 달라졌다. 환상과 낭만은 모두 사라지고 남는 것은 외로움, 그리고 행인들의 발길과 자동차 바퀴에 짓밟히는 일뿐이었다.

건물 구석에 쌓인 눈은 아직 보드랍고 폭신폭신해 바람이 불면 휘날아올라 춤을 추며 흩날렸다. 그러나 건물 꼭대기에라도 오를 듯 높이 솟아오른 눈은 일정한 높이에 이르면 매번 힘없이 떨어져 땅으로 흩어졌다.

그 건물 구석에 쌓인 눈을 마지는 종종 살아 숨 쉬는 생명체를 바라보듯 가만히 응시했다.

마지가 막 한 살이 되었을 때, 아빠와 엄마는 아들에 대한 경이로움으로 감탄을 금치 못했다. 마지의 행동과 지능지수를 보며 아빠, 엄마는 아들이 신동이라고 굳게 믿었다. 하지만 아빠, 엄마가 흥분해서 다른 부모들에게 마지의 이런저런 천재적인 행동들을 이야기하면 가만히 듣고 있던 이들은 거의 이렇게 대답했다.

"우리 아이도 그래요."

이런 일이 반복되면서 아빠, 엄마는 다소 실망하지 않을 수 없었다. 그런데도 두 사람은 포기하지 않고 둘만 있을 때면 종종 신동과 평범한 아이들 간의 차이점을 논하곤 했다. 동시에 마지는 어떻게 하면 저 풍선처럼 부풀어 오른 아빠, 엄마의 허상을 깨뜨릴 수 있을까 고민했다.

마지의 아빠는 지역 안팎으로 영향을 미치는 저명한 이과 대학교수였다. 널따란 대학 캠퍼스를 지나 자신이 책임지고 있는 실험실로 들어서면 문 앞에서 공손히 기다리고 있던 학생들이 그의 흰 실험 가운을 어깨에 걸쳐주고, 이어 여러 학생이 그를 앞뒤로 옹위했다.

학술계에서의 그의 권위와 지위는 자타가 공인하는 것이었다. 이 때문에 간혹 교수로서 학생에게 거친 말을 하거나 학생의 무지와 나태를 가차 없이 꾸짖어도 학생들은 그것을 거만하다거나 교수로서 품위가 없다고 여기지 않았다. 오히려 그 엄격함이 자신의 앞날에 자양분이 된다고 믿었다. 하지만…… 하지만 이렇듯 대단한 마 교수도 집에 들어와 아들 마지를 마주하면 도무지 답이 보이지 않았다. 한겨울 정처 없이 길거리를 헤매는 개처럼 한없이 막막한 심정이었다. 결국 그는 아내에게 이렇게 말했다.

"난 바쁜 일이 한둘이 아닌 사람이니까 애 성적이나 생활에 관해서는 당신이 신경 좀 써요. 내 생각에 저 녀석은 천성적으로 어딘가 좀 심상찮은 면이 있는 것 같아."

"어떤 면이 그런 것 같은데요?"

"글쎄, 확실히 뭐라 말로 표현하기는 어려운데……. 아무튼 주의를 기울여서 잘 살피도록 해요."

아빠의 이 말은 어딘가 학생에게 실험 과제를 내주는 듯한 투였다. 그렇지만 엄마는 바쁜 남편을 대신하여 아들을 돌보는 데 전념하기로 작정하고 퇴직했다.

세상 모든 부모는 자기 자식의 부족한 면이 유난히 크게 보이고 많아 보이게 마련이다. 뚜렷한 결점을 찾지 못할 때도 어딘지 모르게 완벽하지 못하다고 느끼는 것이다.

마지의 시선에서 아빠와 엄마는 자신의 평탄한 날들을 방해하는 적군이나 다름없었다.

어느 날, 마지가 용돈을 가지고 집을 나서는데 등 뒤에서 엄마가 말했다.

“군것질하는 데 다 쓰지 말고 책이라도 한 권 사서 읽어. 책은 먹어 버리면 그만인 그런 것이 아니니까.”

마지는 아무 대답도 하지 않았다. 마음속에서 불만이 솟구쳤다. 거리로 나간 마지의 눈에 가장 먼저 띈 것은 풍선을 파는 노점이었다. 공중에서 하늘거리는 20여 개의 풍선을 가리키며 마지가 말했다.

“이거 다 주세요.”

풍선 파는 아저씨의 작은 눈이 휘둥그레졌다.

“누구한테 선물하는 거니?”

아저씨의 물음에 마지는 이렇게만 대답했다.

“저 자신에게 선물하는 거예요.”

풍선값을 치르고 풍선을 받아 든 마지는 그 20여 개의 풍선을 잇달아 발로 밟아 터뜨리기 시작했다. 밟으면 밟을수록 화가 치밀었다. 그런 마지의 행동에 하나둘 사람들이 몰려들기 시작했다. 풍선 파는 아저씨는 한동안 마지의 알 수 없는 행동을 멍하니 바라보다가 정신이 좀 이상한 아이인가 보다 하고 총총히 사라졌다.

정신 나간 사람처럼 펄쩍펄쩍 뛰며 풍선을 죄다 밟아 터뜨린 마지는 그제야 이마의 땀을 닦으며 눈길 위에 널브러진 각양각색 풍선들의 흔적을 바라보았다. 그리고 잠시 뒤 눈을 들어 주위에 몰려든 사람들을 향해 만족스러운 얼굴을 해 보이고는 집으로 발걸음을 옮겼다.

"뭐 샀어?"

두 손이 텅 빈 채 집에 돌아온 아들을 보고 엄마가 물었다.

"풍선이요."

"무슨 풍선?"

엄마는 영문을 몰라 아들의 뒤를 바짝 따라가며 캐물었다.

"풍선이 풍선이지 또 무슨 풍선이 있어요? 공중에서 흔들거리는 그 풍선이요."

"그럼 샀다는 풍선은 어디 있어?"

"밟았어요."

"밟아?"

"밟아서 터뜨려 버렸어요."

"뭐? 밟아서 터뜨렸다고? 그러니까 일부러 풍선을 사서 밟아 터뜨렸단 말이야? 왜?"

"그냥 터지는 소리가 듣고 싶어서요!"

마지는 이렇게 대답하고는 방으로 들어가 버렸다. 그리고 엄마가 들어오지 못하도록 문을 닫았다. 엄마가 뭘 물어도 방 안에 틀어박혀 아무 말도 하지 않았다. 엄마는 아들의 방문을 두드리며 말했다.

"너 왜 그래? 니 행동이 잘못되었단 생각 안 드니? 계속 그러다 정신병자 되려고 그래? 그러다 정말 위험해질 수 있어……."

"쿵!" 무언가를 던져 방문에 부딪히는 소리가 들렸다. 엄마는 놀라 잠시 말을 멈추었다가 이번에는 협박조로 말했다.

"그래, 던져 봐. 오늘 네가 한 일 아빠한테 죄다 말해 버릴 테니까. 아빠한테 혼나 봐야 정신을 차리지!"

"쿵!" 또다시 방문이 울렸다. 아마도 신발을 한 짝씩 들어 던지는 것 같았다. 이 전쟁을 계속했다간 또 방 안의 무슨 물건을 집어 던질지 몰라, 엄마는 아들의 방문 앞을 떠나 자신의 방에서 화를 삼켰다.

저녁 무렵, 하늘에서 또다시 눈이 내리기 시작했다.

"올해는 눈이 유난히 많이 오네."

아빠가 창밖을 내다보며 중얼거렸다.

"당신 오늘은 눈이 와서 바깥 운동은 못하겠네요."

"베란다에서 스트레칭이나 하지, 뭐."

아빠는 운동복으로 갈아입고 베란다로 향했다. 그런데 베란다로 나가 보니 아들 마지가 창가에 서서 시선을 고정한 채 밤하늘에서 떨어지는 눈을 하염없이 바라보고 있었다. 아빠는 거실로 되돌아갔다.

"스트레칭 한다더니 왜 그냥 들어와요?"

"저 녀석이 베란다에 멍하니 서 있어서."

아빠와 엄마의 대화는 마지의 귓가에도 스쳤다. 아빠의 말에서 묻어나는 경멸과 핀잔에는 이미 익숙해진 마지였다. 창가에 선 마지는 아래를 내려다보았다. 가로등의 어스름한 불빛 속에서 눈은 어지러이 흩날리고 있었다. 하지만 불빛이 닿지 않은 눈송이들은 어둠 속에서 고요히 잠들어 있었다.

아빠는 거실에 앉아 신문을 보는 척했지만 실은 온 신경이 창가에서 있는 마지에게 쏠려 있었다. 이제 겨우 중학생밖에 안 된 녀석이 눈이 흩날리는 밤 풍경을 반 시간째 넋 나간 사람처럼 보고 있다니, 만약 저 눈길에 아프리카 하마 한 마리가 나타난다면 저 녀석은 어떤 표정을 지을까?

마지는 여전히 베란다 창가에서 떠날 줄을 몰랐다. 아빠는 엄마를 돌아보며 물었다.

"최근에 마지 학교 성적은 좀 어때?"

"그럭저럭 괜찮아요."

"저 녀석 혹시 첫사랑에 빠졌다거나 그런 낌새는 없어?"

그때였다. 엄마가 아빠의 질문에 채 대답하기도 전에 "쨍그랑!" 하는 소리와 함께 무언가 후드득 떨어지는 소리가 들려왔다. 아빠는 신문을 내던지고 급히 베란다로 달려갔다. 베란다 창문의 유리가 깨지고 거친 유리 날만 보기 흉하게 남아 있었다. 아들을 보니 마지는 고개를 떨어뜨리고 한 손으로 다른 한 손을 가리고 있었다. 손에서 피가 흐르고 있었다.

"너 이게 뭐하는 짓이야? 무슨 답답한 일이라도 있는 거냐?"

아빠가 엄한 목소리로 물었다. 엄마도 황급히 베란다로 달려와 아들의 손을 살폈다. 하지만 마지는 엄마를 등지고 서서 한사코 손의 상처를 보이려 하지 않았다.

"왜 이랬어? 무슨 일이 있으면 말을 할 것이지 왜 주먹으로 유리를 깨뜨려? 유리야 다시 갈아 끼우면 그만이지만 손 다친 건 어떡하려고 그래?"

엄마의 안타까운 물음에도 마지는 말이 없었다. 그저 어둠 속에서 베란다 안으로 들어오는 눈송이들을 가만히 응시하고 있을 뿐이었다. 눈송이는 온기 있는 생명을 찾아 헤매듯 베란다 안으로 날아들었다가 베란다의 온기 속에서 녹아 없어졌다.

아빠는 마지가 혹시 아빠, 엄마의 대화를 엿듣고 그런 것인가 하는 생각이 불쑥 들었다. 만일 아빠의 말 때문에 이런 반항적인 행동을 한 것이라면 아빠, 엄마는 종일 마스크를 쓰고 살아야 하는가. 아니다. 이 아이의 이런 성격을 내버려 두면 자칫 아들이 아버지가 되고 아버지가 아들이 되는 분위기가 되고 말 것이다. 내가 이제껏 가르친 그 수많은 학생 중 한 명이라도 엄격히 가르치지 않은 학생이 있었던가? 우수한 학생들이라 해서 엄히 대하지 않은 적이 있었던가? 물론 학생 중에 꾸짖지도, 엄하게 대하지도 않은 학생들이 있기는 하다. 그 애들은 내가 포기한 아이들이었기 때문이다. 나는 그 아이들에게 일말의 희망도 품지 않는다…….

생각이 여기까지 미친 아빠는 손을 들어 아들을 가리키며 아주 엄한 목소리로 말했다.

"너 또 한 번 이런 행동했다간 아빠도 가만있지 않을 거야."

하지만 마지는 아빠의 말을 듣고도 얼굴에 반성하는 빛이나 개선의 의지가 조금도 보이지 않았다. 오히려 차디찬 냉소만 스칠 뿐이었다. 아들의 차가운 미소를 보며 아빠는 누군가 옷 뒤를 들추고 얼음물이라도 끼얹은 것처럼 등골이 서늘해져 더는 아무 말도 할 수 없었다.

아빠는 아들의 반항적 태도에, 엄마는 아들의 다친 손에 정신을 쏟는 동안 마지는 다시 물처럼 고요해졌다.

손의 상처에서 피가 멎자 마지는 곧 자기 방으로 돌아갔다. 그리고 책상 위에 앉아 빠르게 시 한 편을 써 내려 갔다. 눈, 밤 풍경, 고독이 담긴 시였다. 펜을 내려놓은 마지는 자신의 시를 내려다보며 눈가가 붉어졌다. 잠시 후 그는 흐르는 눈물을 닦고 만족스러운 마음으로 잠자리에 들었다.

마지의 이 시는 많은 사람이 구독하는 석간신문에 실렸다. 이 신문은 독자층이 두터워 퇴직한 노인들도 정시에 이 신문을 사서 처음부터 끝까지 읽을 정도였다. 그중에는 마지네와 한 건물에 사는 '앙가(주로 북방 농촌에 유행하는 한족의 민간 가무 중 하나. 노래하고 춤을 추며 징과 북으로 반주한다—옮긴이) 환자' 우 노인도 있었다. 우 노인을 '앙가 환자'라 부르는 것은 그가 한번 앙가에 맞춰 춤을 추기 시작하면 누구도 말리지 못했기 때문이었다. 태풍이 불고 폭우가 쏟아져도 거리에 나가 앙가 춤을 추는 그였다. 설령 하늘에서 칼이 떨어진다 해도 갑옷과 투구를 쓰고 나가 앙가 춤을 출 사람이었다. 그래서 사람들은 그를 이름 대신 '앙가 환자'라고 불렀다. 사실 우 노인의 이 별명은 아빠의 입에서 처음 나온 것이었다. 다분히 경멸 섞인 어조였다. 집에서도 아빠는 우 노인 이야기를 꺼낼 때면 한평생 보잘것없는 인생이니, 나이 들어 앙가 춤이나 추는 것이 고작인 생이니 하면서 무시하는 투로 말하곤 했다. 우 노인의 손자는 대학교에 가지 못했다. 중학교 졸업 후 조리 전문 고등학교에 입학했고, 졸업 후에는 어느 식당에서 요리사로 일했다. 마지는 또렷이 기억하고 있었다. 어느 여름날, 식당에서 일을 마치고 집으로 돌아가는 우 노인의 손자를 가리키며 아빠가 한 말을.

"저 기름때 범벅인 모습 좀 봐라. 어떤 사람은 저렇게 한평생 그저 식당 부엌에서 밥이나 하고 채소나 볶으면서 살아가는 거야."

불치병이나 다름없는 '앙가 환자' 우 노인은 신문에서 마지의 시를 보고 그 신문을 마지의 아빠에게 건네주었다. 아빠는 또 자신과 관련된 기사가 난 줄 알고 무심히 신문을 건네받았다. 수년간 신문에는 아빠의 이름 석 자 '마우취안'이 아빠가 이끄는 연구팀 관련 기사와 함께 적잖이 오르내렸다. 아직 밝혀지지 않은 연구 영역에서 마 교수의 연구팀이 또다시 새로운 발견과 발전을 거듭했다는 것이 주된 내용이었다.

아빠는 우 노인이 건넨 신문을 펼쳐 먼저 제1면을 훑어 보았다. 자신의 이름이 눈에 띄지 않았다. 다시 제2면을 펼쳤다. 자신의 기사는 늘 신문의 제1면과 2면에 실렸었다. 하지만 2면에서도 자신의 이름을 찾을 수 없었다. 우 노인이 제4면을 가리키며 말했다.

"자네 아들의 시일세."

제4면을 펼쳐 보니 과연 시 한 편이 눈에 들어왔다. 〈적설의 무도〉라는 시였다. 작가의 이름은 '마지', 의심할 바 없는 아들이었다. 전국의 기차 역명이 중복되지 않듯이 이 이름이 결코 다른 이의 이름이 아니라는 것을 아빠는 직감했다. 아빠는 시를 읽어 볼 생각조차 하지 않았다. 아마 읽어 본다 해도 이해하지 못했을 것이다. 젠장! 한순간에 화가 머리끝까지 치민 아빠는 우 노인에게 말했다.

"이 신문, 잠깐 저 좀 빌려주십시오. 나중에 돌려드리겠습니다."

"난 다 봤으니 그냥 가져가도 되네. 아들의 시가 실렸으니 잘 보관해 두게나."

아빠는 뒤돌아 집 쪽으로 걸어갔다. 등 뒤에서 우 노인이 다른 사람과 주고받는 이야기 소리가 들려왔다.

"마 교수네 좀 봐. 아버지는 교수고, 아들은 벌써 시를 쓸 줄 아니 하나같이 재주를 타고난 사람들이야."

아빠는 몸을 홱 돌리고 '앙가 환자'를 향해 눈꼬리를 추켜올렸다. '앙가 환자'는 자신의 칭찬에 마 교수가 고마워 그러는 줄 알고 얼굴 가득 미소로 답했다. 마 교수는 그의 미소에 눈길조차 주지 않고 다시 등을 돌려 걸어갔다. 너무 급히 걷느라 눈길 위에서 몇 걸음 비틀거리기까지 했다. 그러자 또다시 뒤에서 우 노인의 목소리가 들려왔다.

"조심하시게, 마 교수."

아빠는 고개도 돌리지 않고 그대로 집으로 들어갔다. 집에 들어서자마자 아들을 불러 신문을 집어 던지며 고등학교 입학시험도 얼마 안 남았는데, 지금 어디에다 정신을 팔고 있느냐고 한바탕 야단을 칠 생각이었다. 잔뜩 화가 나 씩씩거리며 현관문을 열고 들어서니 아들은 소파 위에 앉아 누군가와 통화를 하고 있었다.

"……아니, 아니. 읽어 주고 싶진 않아. 시는 읽어 주는 게 아니야. 그건 의미가 없어. 그래, 정말 안 읽어 줄 거야. 시는 천천히 음미해야만 돼. 마치 음식을 먹듯이 조금씩 조금씩……. 뭐? 야, 비행기 태우지 마. 대시인은 무슨, 누가 하룻밤 사이에 대시인이 됐다고 그래?"

그때, 갑자기 전화가 뚝 끊어졌다. 아빠가 신문지를 말아 그 끝으로 전화기 버튼을 누른 것이다. 마지가 뒤돌아보자 아빠는 돌돌 만 신문지를 아들의 눈앞에 들이밀었다.

"시를 다 썼더구나?"

아빠의 기색을 보며 마지는 조금 전 대시인까지 올라갔던 자신의 위치가 죄인으로 전락하는 것을 느꼈다. '죄인'이 그나마 덜 혼나려면 그저 입을 꾹 닫고 침묵을 지키는 수밖에 없었다. 마지는 아무 말도 하지 않았다.

아빠는 일장 훈시를 하며 마지의 시, 나아가 이 세상 모든 시를 욕했다. 그러고는 마지가 보는 앞에서 그 신문을 불태웠다. 마치 제정신이 아닌 사람처럼 화를 쏟아내는 아빠를 보며 마지는 냉소를 지었다.

"왜 웃는 거냐? 너 지금 왜 웃는지 말해 봐."

"그걸 태워서 뭐하시게요. 그 시는 제가 쓴 거예요. 이미 제 마음속에 다 있다고요. 한 자 한 자 모두 다요. 태운다고 그게 없어질 줄 아세요?"

그 순간 아빠는 망치로 머리를 한 대 맞은 느낌을 받았다.

그날 저녁, 아빠는 서재에서 엄마와 이 일을 의논했다. 아빠의 노기 어린 목소리를 들으며 엄마 역시 남편이 아이를 너무 엄하게 다루는 게 아닌가 하는 생각이 들었다. 다른 집 부모들 같으면 이런 경우 칭찬과 격려를 아끼지 않을 텐데 남편은 너무 딴판이었다. 아들의 시가 신문에 실린 게 이토록 분노할 일인가?

아빠는 몹시 흥분하며 말했다.

"내가 세상에서 가장 싫어하는 게 머리에 피도 안 마른 새파란 녀석들이 시를 읽느니 쓰느니 하면서 앉아 있는 거야. 내가 만약 젊을 때 그런 쓸데없는 것에 빠졌다면 오늘의 이런 성공을 이룰 수 있었겠어?"

결국, 아빠, 엄마가 내린 결론은, 어쨌든 입학시험이 중요하니 마지가 모든 잡념을 없애고 시험 준비에 몰두하게끔 하자는 것이었다.

그러나 또 하나의 사건이 터졌다. 아빠는 전혀 눈치 채지 못했지만 마지는 학교에서 시를 좋아하는 학생들끼리 모여 만든 시 동아리의 회장이었다. 동아리의 이름은 '적설'이었다. 1년 전 동아리가 창설되었을 때 마지가 직접 지은 이름이었다. 즉, 마지는 1년 전부터 줄곧 눈과 관련된 시를 쓰고자 생각하고 있었던 것이다.

아빠가 이 사실을 알았을 때는 고등학교 입학시험이 얼마 남지 않은 시점이었다. 그날, 집에 마지를 찾는 전화가 걸려 왔다. 아빠가 전화를 받았다.

"회장 집에 있나요?"

상대방의 말에 아빠는 잠시 말을 잊었다. 교수이자 연구팀의 리더인 자신을 '회장'이라고 부르는 사람은 아직 없었기 때문이다. 아빠에게는 낯선 호칭이었다.

"회장이라니, 전화 잘못 거신 것 같은데요."

"아, 저 마지를 찾는데요."

"뭐? 잠깐만……."

전화를 마지에게 바꿔 주려는 게 아니었다. 아빠는 이 일을 좀 더 자세히 알고 싶었다.

"지금 마지를 찾는다고 했니?"

"네, 마지 좀 바꿔 주시겠어요?"

상대방은 빨리 마시와 동화하고 싶은 눈치였다.

"방금 마지를 회장이라고 한 거니?"

"네, 마지가 저희 시 동아리 회장이거든요……."

"지금 마지 집에 없다."

아빠는 전화를 끊었다. 그리고 곧바로 마지의 방으로 들어갔다.

"입학시험이 코앞인데 넌 지금 시 동아리 회장을 맡은 거냐? 제정신이야?"

"그건 1년 전부터 맡고 있던 거예요." 마지가 대답했다.

"아빠가 너한테 뭐라고 했어? 입학시험, 입학시험, 온 정신을 집중해서 입학시험 준비하라고 귀에 못이 박히게 얘기했잖아! 음침한 데 모여 시 쓸 궁리나 하는 이따위 '시 암 환자' 같은 인간들이 집에 전화까지 걸게 하다니……."

시 동아리까지 모욕하는 아빠의 말에 마지는 더 참을 수 없었다.

"아빠, 제발 그 '환자'라는 표현 좀 안 하실 수 없어요? 그리고 음침한 데라뇨? 우리는 쥐도 아니고, 지렁이도 아니에요! 우리 모두 사람들 앞에서 떳떳하게 활동하고 있어요. 아빠와 다를 바 없이요! 우리도 날마다 하루 세 끼를 먹고 신선한 공기를 마시고 밝은 햇볕을 쬐고 있다고요. 전 날마다 제가 보고 싶은 것, 흥미를 느끼는 것을 보면서 살고 싶어요. 제가 가장 보고 싶지 않은 건 바로 아빠라고요!"

철썩! 아빠의 손이 뺨을 향해 날아왔다. 벌겋게 부어오른 마지의 얼굴에 또다시 그 이해하기 힘든 미소가 떠올랐다.

"그렇죠. 아빠는 나한테 이런 권위만 부리는 사람이에요!"

마지의 이 말에 아빠는 무언가로 호되게 얻어맞은 듯한 기분이 들었다. 아들의 말에는 뼈가 있었다. 심장을 한 대 후려치는 듯 무겁고 힘 있는 말이었다.

마지는 아빠에게 뺨을 맞고 오히려 이상하리만치 마음이 가벼워졌다. 예전처럼 어른의 눈치를 보고 마음을 졸이며 사는 것에서 완전히 벗어난 기분이었다.

아빠는 뒤늦게야 아들의 뺨을 때린 일을 후회했다. 그 일은 아빠로서 아들의 교육에 관여할 수 있는 길을 완전히 차단해 버린 것과 마찬가지였다.

아빠에게 뺨을 맞은 그날 이후, 마지는 아빠와 단 한 마디도 하지 않았다. 아빠에게 아들 마지는 늘 사면이 바다로 둘러싸인 외딴섬과 같았다. 그 외딴섬에 가는 유일한 방법은 작은 배 한 척뿐이었다. 그런데 그날 뺨을 때린 일은 그 작은 배조차 뒤엎고 말았다. 이제는 그저 바다를 사이에 두고 그 섬을 바라만 보는 수밖에 없었다.

건물과 건물 사이 구석진 곳에 쌓인 눈은 날씨가 따뜻해지자 녹아 반짝이는 얼음으로 변했다. 볕도 잘 들지 않는 그 구석에서 태양 빛의

간접적인 반사광만으로 점점이 빛나는 그 얼음이 마지의 시선을 붙잡았다. 마지는 그 빛을 보며 아직 그것에 생명이 남아 있다고 생각했다. 그 빛이, 쌓인 눈의 마지막 춤이라고 여겼다.

마지의 눈에서도 반짝 빛이 났다. 마지의 눈에 맺힌 빛은 이내 아래로 굴러떨어져 얼굴에서 옷깃으로 흘러내렸다.

고등학교 입학시험 후 마지는 스스로 조리 전문 고등학교에 지원했다. 우연히 길에서 우 노인의 손자를 다시 마주친 것이 그 계기였다. 마지는 요리사로 일하는 그의 얼굴에 감도는 빛, 그 행복한 모습에 사로잡히고 말았다. 그의 얼굴에서 사람을 감동시키는 아름다운 요리사의 삶을 엿볼 수 있었다.

아빠는 조리 학교에 들어가겠다는 아들의 결심이 확고한 것을 알고 깊은 절망에 빠졌다. 그 몇 개월 사이에 자신은 이미 아들을 잃어버렸다는 것을 절실히 깨달았다.

계절이 바뀌고 여름이 다가왔을 때 마지는 다시 건물 사이의 그 구석진 곳으로 가 보았다. 겨울에 눈이 쌓여 있던 그 자리는 햇빛이 거의 들지 않아 여전히 습기가 차 있었다. 마치 흘러내린 눈물 자국처럼 눅눅히 젖어 어느 소년의 가슴 아픈 기억을 간직하고 있었다.

그 후 여러 해가 지난 어느 날, 요리사가 된 마지와 퇴임한 아빠 마교수가 한자리에 마주 앉았다. 아빠가 아들에게 물었다.

"너 그 시 생각나니?"

마지는 눈을 들어 아빠를 바라보았다.

"저 시 안 본 지 오래됐어요. 지금은 중국과 외국의 다양한 요리에 빠져 사니까요. 저 자신만의 독자적인 메뉴도 개발하고 싶고요. 시는 이제……."

"내가 말하는 건 그때 네가 쓴 시 말이다."

아빠가 다시 일깨웠다.

마지는 의아한 눈길로 아빠를 바라보았다.

"제 시요? 제가 쓴 시가 있었나요? 아빠가 기억하는 게 있으세요?"

아빠는 그때 그 시, 〈적설의 무도〉를 암송했다. 그러자 마지는 기억이 난 듯 소리 내어 웃었다.

"어디서 찾아내신 거예요? 저도 따로 간직한 게 없었는데."

아빠가 대답해 주었다. 어느 날 도서관에 갔다가 그해의 석간신문을 찾아보고 신문에 실렸던 아들의 시를 복사해 가지고 와서 외웠노라고. 그때서야 아들이 쓴 그 시가 상당히 괜찮은 시였음을 느꼈노라고…….

"네가 중학교 때 쓴 그 시, 정말 잘 썼더구나!"

아빠의 마음에서 우러나온 말이었다.

"고맙습니다."

아들의 담담하고 공손한 대답에서 아빠는 다시 이을 수 없는 아들과의 거리를 느꼈다. 자기 일에서는 더없이 큰 업적과 성과를 이룬 아빠였지만, 노년에 이르러서는 아들에 대한 후회만 남았다. 이 퇴임한 이과 교수에게 남은 것은 아들 마지가 쓴 〈적설의 무도〉뿐이었다.

"다시 과거로 돌아갈 수는 없겠지. 그래도 내가 다시 과거로 돌아갈 수 있다면……."

아빠가 노년에 가장 자주 한 말이었다.

"……내 아이를 좀 더 행복하게 해 줄 텐데."

마지가 아빠의 말을 대신 이었다. 아들은 모든 것을 이해한다는 눈빛으로 아빠를 바라보았다.

"그래, 그래. 맞아……."

이제는 많이 약해진 아빠의 눈에 어느덧 눈물이 고였다. 돌연 아빠가 기침을 하기 시작했다. 기침이 쉬 멎지 않자 마지는 손을 뻗어 아빠의 등을 두드려 주었다. 아빠가 뺨을 때린 그날 이후 처음으로 아빠에게 닿은 손길이었다. 이 순간 아빠는 자신의 등에 닿은 아들의 손이 영원히 떨어지지 않기를 간절히 바라고 또 바랐다.